Knaur.

Knaur.

Informationen zu den Autorinnen dieses Buches finden Sie ab Seite 275.

Jessica Adams • Chris Manby • Fiona Walker (Hrsg.)

GIRLS NIGHT

Wie Frauen lästern und lachen

Aus dem Englischen
von Bettina Schmied

Knaur Taschenbuch Verlag

Die englische Originalausgabe erschien 2000 unter dem Titel »Girls' Night In« bei HarperCollins Publishers Ltd, London.

Dieser Titel erschien im Knaur Taschenbuch Verlag bereits unter der Bandnummer 61989.

Besuchen Sie uns im Internet:
www.knaur.de

Vollständige Taschenbuch-Neuausgabe März 2005
Knaur Taschenbuch. Ein Unternehmen der Droemerschen Verlagsanstalt Th. Knaur Nachf. GmbH & Co. KG, München

Redaktion: Angela Troni
Umschlaggestaltung: ZERO Werbeagentur, München
Umschlagabbildung: Zefa
Satz: Ventura Publisher im Verlag
Druck und Bindung: Clausen & Bosse, Leck
Printed in Germany
ISBN 3-426-62890-2

5 4 3 2 1

Inhalt

MARIAN KEYES

Irgendwo da draußen

Los Angeles International Airport. Es wimmelte von Menschen: Passagiere, Neuankömmlinge, Filmstars, illegale Immigranten, ein leicht benommen wirkendes englisches Mädchen namens Ros und nicht zu vergessen die Außerirdischen, die gerade von einem anderen Planeten eingetroffen waren. Na ja, ein einziger, wenn man es genau nahm, ein kleiner, gelber, durchsichtiger Alien, der sich Bib nannte. Eigentlich hieß er Ozymandmandyprandialsink, aber er fand, dass Bib sehr viel besser zu ihm passte. Nach Los Angeles hatte ihn der pure Zufall verschlagen. Er hatte ein Raumfahrzeug geklaut, sich zu einer kleinen Spritztour aufgemacht und ursprünglich nur bis zum Planeten Zephir fliegen wollen, oder höchstens bis Kyton, nicht weiter. Doch auf der intergalaktischen Autobahn waren Bauarbeiten im Gange, und alle Flugobjekte wurden umgeleitet. So kam es, dass er sich irgendwann völlig verfranst hatte und hier gelandet war.

Ros Little war zwar nicht von einem anderen Planeten eingetroffen, aber es kam ihr so vor. Durch die achtstündige Zeitdifferenz, den zwölfstündigen Flug von London Heathrow bis hierher und den schrecklichen Streit in der Nacht zuvor war ihr zu Mute, als hätte sie eine Psychose. Ihr Körper signalisierte ihr, dass es jetzt eigentlich Mitternacht sein sollte, ihr Herz sagte ihr, dass ihr Leben vorbei war, während die kalifornische Sonne völlig unbeirrt ihre sengende, flirrende Hitze ausstrahlte. Gerade war Ros dabei, sich mit ihrem Koffer durch die Menschentrauben und die feuchtwarme Luft zu kämpfen und auf die Taxischlange zuzusteuern, als sie, erschreckt durch das Geschrei einer Frau, stehen blieb.

»Ein Alien!«, gellte die Frau, eine Matrone mit Helmfrisur und Freizeitdress. Mit ausgestrecktem Arm deutete sie auf etwas, das nur sie sehen konnte. »O mein Gott, seht doch, da drüben – ein kleiner gelber Alien!«

Typisch Kalifornien, dachte Ros müde. Sie hatte dem Flughafen noch nicht ganz den Rücken gekehrt, und schon war ihr die erste verrückte Person begegnet. Unter anderen Umständen hätte sie es bestimmt aufregend gefunden.

Hastig nahm Bib eine unsichtbare Gestalt an. Das war knapp! Aber er musste schleunigst von hier verschwinden, schließlich wusste er ein bisschen was über den Planeten Erde – was er eben so im Fach »Primitive Kulturen« mitbekommen hatte, wenn er sich mal zur Schule bequemt hatte, was selten genug vorgekommen war. Allem Anschein nach war Los Angeles die Zentrale zur Alien-Ortung, und es war nur eine Frage von Minuten, bis das Gelände von Scully, Mulder und Konsorten überflutet werden würde.

Nervös blickte er sich um und sah ein zierliches Mädchenwesen in ein Taxi klettern. Ausgezeichnet – sein Fluchtauto. Es gelang ihm gerade noch, unbemerkt an Ros vorbei auf den Sitz zu schlüpfen, bevor sie die Tür zuschlug. Das Taxi fuhr an und ließ die Menschenmenge hinter sich, die sich mittlerweile um die hysterische Matrone versammelt hatte.

»Aber Myrna, Aliens sind doch grün und nicht gelb, das weiß

doch jeder!«, war das Letzte, was Ros hörte, ehe sie mit quietschenden Reifen lospreschten.

Erleichtert ließ sie sich in den Rücksitz des klimatisierten Wagens sinken, dann erstarrte sie. Erst jetzt nahm sie den Taxifahrer richtig wahr. Sie war zu sehr von Myrnas komischen Anwandlungen abgelenkt gewesen, um den eins-zweiundneunzig-großen, dreihundert Pfund schweren, kahl rasierten Kerl zu bemerken, über dessen Schädel sich zum Nacken hin eine acht Zentimeter lange Narbe zog.

Es wurde noch ärger. Er fing an zu reden.

»Ich bin Tyrone«, ließ er verlauten.

Du bist vor allem Furcht einflößend, dachte Ros und nannte ängstlich ihren Namen.

»Zum ersten Mal in L. A.?«, fragte Tyrone.

»Ja«, erwiderten Ros und Bib gleichzeitig, und Tyrone wandte sich nervös um. Teufel, er hätte schwören können, eine zweite Stimme gehört zu haben, eine Art übersinnliches Knacken und Schnarren. Er krallte die Finger fest um das Lenkrad und hoffte inständig, dass es sich nicht um einen LSD-Flashback handelte. Er hatte schon so lange keinen Rückfall mehr gehabt, dass er dachte, es wäre endlich damit vorbei.

Als das Taxi schließlich aus dem Flughafengelände kurvte, sah L. A. so nach … nach L. A. aus, dass Ros Zweifel bekam, ob die Stadt real war: blauer Himmel, Palmen, Gebäude, die in 32 Grad Hitze flirrten, und Blondinen mit unfassbar großem Vorbau. Aber als sie an den Waffengeschäften vorbeifuhren, an den rund um die Uhr geöffneten Heimwerkerläden, an Motels im Pueblo-Stil, die mit Wasserbetten und Pornofilmen warben, und an kieferorthopädischen Praxen, die in dieser Menge für ganz England ausgereicht hätten, konnte Ros sich nicht recht begeistern. In London regnet es jetzt, versuchte sie sich aufzuheitern, aber es half nichts.

Um ihren guten Willen zu beweisen, presste sie die Nase gegen die Scheibe. Bib konnte es ihr leider nicht nachmachen, weil er keine hatte. Er amüsierte sich prächtig und genoss den Anblick, den die Stadt bot. Besonders den der Mädchenwesen mit dem gelben Haar und den großen Vorderfronten. Supernova!

Tyrone pfiff durch die Zähne, als er vor Ros' Hotel anhielt. »Allererste Sahne«, sagte er anerkennend. »Sie ham jede Menge Knete, richtig?«

»Falsch«, korrigierte Ros hastig. Man hatte sie vorgewarnt, dass Amerikaner großzügige Trinkgelder gewöhnt waren. Wenn Tyrone glaubte, dass sie in Geld schwamm, würde sie ihn entsprechend entlohnen müssen. »Das bezahlt alles meine Firma. Wenn ich selbst dafür aufkommen müsste, würde ich mich wahrscheinlich in einem dieser grässlichen Motels mit den Wasserbetten einquartieren.«

»Bisschen knickrig, hä?«

»Gar nicht knickrig«, entgegnete Ros verstimmt, »aber ich spare gerade für etwas, oder zumindest habe ich gespart, bis letzte Nacht …«

Einen Augenblick lang war tiefe Traurigkeit zu spüren, und sowohl Bib als auch Tyrone betrachteten Ros mit einer Mischung aus Mitgefühl und brennender Neugier. Aber sie sagte nichts weiter, biss sich nur auf die Lippen und verbarg das kleine blasse Gesicht hinter ihrem braungelockten Haar.

Süß, schoss es Bib und Tyrone gleichzeitig durch den Kopf. Sie ist süß. Aber zu wenig positive Schwingungen, fand Tyrone. *Und sie könnte für meinen Geschmack etwas gelber aussehen*, dachte Bib. Trotzdem, sie ist echt *süß*, nickten sie in unbewusster, doch schönster männlicher Einigkeit.

So süß sogar, dass Tyrone ihr den Koffer bis zum Empfangsschalter schleppte und – das hatte es noch nie gegeben – abwinkte, als sie ihm ein Trinkgeld zustecken wollte.

Mann o Mann, dachte Tyrone, während er schwerfällig zum Auto zurücktrottete, was ist denn mit dir los?

Nach der glühenden Nachmittagshitze brauchte Bib eine Zeit, bis sich seine Augen an die Lichtverhältnisse in der kühlen Empfangshalle gewöhnt hatten. Erst jetzt erkannte er, dass der Hotelangestellte, bei dem Ros eincheckte, kein anderer war als dieser Mädchenwesen-Schwarm Brad Pitt.

Was war schief gelaufen? Bestimmt hatte Brad Pitt mit seinen Erdlingsfilmen dick Karriere gemacht. Aber warum ließ er sich dann dazu herab, in einem Hotel zu arbeiten, so schön es hier auch sein mochte? Und warum war Ros nicht auf der Stelle ohnmächtig zu Boden gesunken? Bib wusste ganz sicher, dass Brad diese Wirkung auf Mädchenwesen hatte. Aber jetzt strich der Typ sich das Haar aus dem Gesicht, und Bib merkte, dass es doch nicht Brad Pitt war, nicht hundertprozentig, irgendwas stimmte nicht ganz überein. Vielleicht standen seine Augen zu eng beieinander, oder seine Wangenknochen waren nicht hoch genug. Jedenfalls, abgesehen von der Tatsache, dass seine Haut die richtige Sonnenbankbräune aufwies, war irgendetwas an ihm verkehrt.

Bevor Bib sich näher damit befassen konnte, sah er einen weiteren Erdlings-Filmstar anrücken und mit Ros' Koffer verschwinden. Tom Cruise, so hieß er. Und diesmal war es *wirklich* Tom Cruise, da gab es keinen Zweifel. Klein genug war er schließlich, dachte Bib selbstgefällig und gluckste in sich hinein. (Bib war sehr stolz auf seine Größe; mit seinen beachtlichen 80 Zentimetern kam er bei den weiblichen Wesen auf seinem Planeten ziemlich gut an.)

Der Möchtegern-Brad-Pitt drückte Ros die Schlüssel in die Hand und sagte mit breitem amerikanischen Akzent: »Sie haben ein Zimmer mit irrem Blick aufs Meer bekommen, richtig cool.« Auch wenn es niemand sehen konnte, lächelte Bib herzlich und nickte Ros aufmunternd zu. Das musste sie doch aufheitern. Ein Zimmer mit irrem Meerblick, das noch dazu richtig cool war – was konnte man sich Besseres wünschen?

Doch Ros nickte nur kläglich. Und als sie sich vom Empfangsschalter abwandte, sah Bib, wie sie die Nägel in die Handflächen grub und ganz beiläufig fragte: »Ähm, ist irgendeine Nachricht für mich eingetroffen?« Als Brad Pitt im Computer nachsah, wollte Bib schon den Atem anhalten, doch dann fiel ihm ein, dass er gar keine Lungen hatte. Endlich sah Brad auf und verkündete mit strahlendem Lächeln, »Nein, Ma'am!«

Normalerweise war Bib nicht sonderlich scharf darauf, die Gedanken anderer Leute zu lesen – während des Hellsehunterrichts pflegte er sich Raumschiffe »auszuleihen« und sie ein bisschen spazieren zu fliegen –, aber die Schwingungen, die Ros aussandte, waren so heftig, dass sogar er sie empfangen konnte. Dass sie keinen Anruf bekommen hatte, war schlecht, soweit hatte er verstanden. Sehr schlecht sogar. In gedrückter Stimmung trottete er hinter Ros her, die sich zum Lift begab, wo eine ältere, hässlichere Ausgabe von Ben Affleck für sie auf den Fahrstuhlknopf drückte.

Bib hatte es kaum abwarten können, das Zimmer zu begutachten, und war nun einerseits beeindruckt und andererseits enttäuscht. Es wirkte sehr … *geschmackvoll* war wahrscheinlich das richtige Wort. Er selbst hätte ganz und gar nichts gegen ein Wasserbett und ein paar Pornofilme einzuwenden gehabt, musste aber zugeben, dass ihn der riesige, hellgelb und weiß getünchte Raum beeindruckte. Und das Badezimmer war toll – in Blau, Weiß und Chrom gehalten. Mit Interesse verfolgte er, wie Ros einen verstohlenen Blick über die Schulter warf, rasch die kostenlosen Beigaben des Hotels – Duschhaube, Bodylotion, Shampoo, Nähzeug, Nagelfeile, Wattestäbchen und Seife – zusammenraffte und in ihre Handtasche fegte. Irgendwie gewann er den Eindruck, dass sie es nicht gewohnt war, sich in Hotels zu bewegen.

Als ein leises Klopfen an der Tür zu hören war, zog sie panisch den Reißverschluss ihrer Tasche zu. »Herein!«, rief sie, und Tom Cruise, ein strahlendes Lächeln auf den Lippen und vor Charme sprühend, erschien mit ihrem Koffer. Er war so überaus liebenswürdig und konnte sich so lange nicht entschließen, zu gehen, dass Bib besitzergreifend zu schnauben begann. *Verzieh dich, sie ist nicht interessiert,* hätte er am liebsten zu Tom gesagt, der gar nicht Tom war, wie sich herausstellte. Er sah nur so aus, wenn er sein Lächeln aufsetzte, das allerdings mehr und mehr erstarb, je länger er im Zimmer herumwuselte und trödelte. Im selben Moment, als Bib klar wurde, warum Tom so lange zögerte, begriff auch Ros. Hektisch durchwühlte sie ihre Tasche (wobei sich der Inhalt des Nähetuis auf den Boden verstreute) und fand schließlich einen Dollar. Tom blickte auf den Schein in seiner Hand, dann wieder zu Ros. Komisch, er schien nicht zufrieden zu sein. Wieder einmal verfluchte Bib seine ständig leeren Taschen. »Zwei?«, fragte Ros nervös. »Drei?« Schließlich einigten sie sich auf fünf, worauf sich Toms kilometerbreites Zahnpastalächeln wie auf Knopfdruck wieder einfand.

Kaum hatte Tom sich davongemacht, um jemand anderem Geld abzunötigen, als die Stille im Raum von einem Geräusch erschüttert wurde: das Telefon! Es klingelte! Ros schloss die Augen, und Bib wusste, dass sie jetzt diesem Ding dankte, das die Erdlinge Gott nannten. Was ihn betraf, schwebte er vor Erleichterung frei im Raum. Ros warf sich herum und surfte bäuchlings über das Bett ans Telefon. »Hallo?«, krächzte sie, und Bib sah ihr still lächelnd zu. Fast wären ihm Tränen in die Augen gestiegen. Doch dann, als er Ros' Gesicht beobachtete, begann er, sich ernsthaft Sorgen zu machen. Sie sah gar nicht zufrieden aus, vielmehr bitter enttäuscht.

»Oh, Lenny«, seufzte sie, »du bist es.«

»Das klingt ja sehr erfreut!«, hörte Bib ihn antworten. »Ich stelle meinen Wecker auf zwei Uhr morgens, um sicherzugehen, dass meine liebste Mitarbeiterin auf der ersten Geschäftsreise in ihrer neuen Position heil angekommen ist, und was kriege ich zu hören? ›Oh, Lenny, du bist es!‹«

»Tut mir Leid, Lenny«, entschuldigte Ros sich niedergeschlagen. »Ich hatte irgendwie gehofft, es wäre Michael.«

»Ihr habt euch wieder gestritten, stimmt's?« Lenny klang nicht sonderlich mitfühlend. »Hör auf mich, Ros, und gib ihm endlich den Laufpass. Du kletterst gerade die Karriereleiter hoch, und er tut nichts weiter, als dich zurückzuhalten und dein Selbstvertrauen zu untergraben. Du hast zum ersten Mal die Chance, dich zu beweisen. Das könnte der Anfang von etwas Großem sein!«

»Du meinst wohl, das Ende von etwas Großem«, entgegnete Ros leise.

»Er ist nicht der einzige Kerl auf der Welt«, erwiderte Lenny betont heiter.

»Für mich schon.«

»Wie du meinst, aber denk daran: Du bist jetzt ein Profi«, warnte Lenny. »Vor dir liegen drei Tage in L. A., also: Setz ein Lächeln auf und mach sie fertig, Mädchen.«

Ros legte den Hörer auf und blieb wie ein Häufchen Elend auf dem Bett sitzen. Alarmiert sah Bib, wie alles Leben aus ihr wich. Viel war ja von Anfang an nicht vorhanden gewesen. Eine geschlagene halbe Stunde lag sie reglos da, während Bib von einem Fuß auf die anderen – es waren immerhin sechs an der Zahl – trat und überlegte, was sie aufmuntern könnte. Endlich bewegte sie sich. Er beobachtete, wie sie mit der Hand über das Bett strich und sich dann ein paar Mal halbherzig nach hinten warf. Mit enormer Willenskraft gelang es Bib, sämtliche telepathischen Fähigkeiten auf sie zu konzentrieren. *Auf dem Bett herumhopsen.* Anscheinend hüpfte sie gern auf dem Bett herum, wenn sie an einen neuen Ort kam. Michael und sie hatten das immer getan. Tja, in Michaels Abwesenheit würde sie wohl mit einer attraktiven (wenn er das mal ganz bescheiden sagen durfte) achtzig Zentimeter großen, vanillepuddingfarbenen Lebensform vom Planeten Duch Vorlieb nehmen müssen. *Komm schon,* trichterte er ihr ein, *schön aufstehen,* und nahm sie – wenn sie es auch nicht spüren konnte – bei den Händen. Zu ihrem eigenen Erstaunen stellte sich Ros mühsam auf die Beine, machte erst behutsam ein paar Kniebeugen und hüpfte dann ein wenig auf und ab. Schließlich begann sie, die Beine anzuwinkeln und sich fast bis zur Decke hochzuschrauben, während Bib ihr ungesehenerweise aufmunternd zunickte. *Braves Mädchen,* dachte er, als sie lachte. Ein hübsches Lachen, mehr ein Kichern, das aber nicht albern klang.

Verwundert fragte sich Ros, was sie da tat. Ihr Leben war vorbei, und sie hopste auf einem Bett herum und hatte sogar Spaß daran – total verrückt.

Und jetzt musst du etwas essen, impfte Bib ihr ein. *Ich weiß, dass ihr Menschen regelmäßig euren Treibstoff braucht. Scheint mir zwar eine sehr ineffiziente Art des Überlebens zu sein, aber ich stelle die Regeln ja nicht auf.*

»Ich kann nicht«, seufzte Ros.

Du musst.

»Also gut«, grummelte sie und nahm sich ein Snickers aus der Minibar.

Ich hatte eigentlich an etwas Nahrhafteres gedacht.

Aber Ros gab keine Antwort. Sie kroch vollständig angezogen ins Bett und war binnen weniger Sekunden eingeschlafen. Das angebissene Snickers blieb auf dem Kissen liegen.

Während Ros schlief, sah Bib ohne Ton fern und wachte über

sie. Er wurde aus sich selbst nicht schlau. Immerhin war seine Zeit hier begrenzt, sein Raumschiff konnte jederzeit aufgefunden werden. Er sollte besser draußen herumfliegen, die Weibchen auschecken und sich in einem gewissen *Viper Room*, der jemandem namens Johnny Depp gehörte (der Typ war zweifellos nach seinem Vorbild gestaltet), eine schöne Zeit machen. Doch er wünschte sich nichts anderes, als hier bei Ros zu bleiben.

Um vier Uhr morgens rissen sie Jetlag und Liebeskummer aus dem Schlaf. Sie saß kerzengerade im Bett. Bib konnte ihren Schmerz nicht mit ansehen, aber diesmal war er machtlos. Wenigstens gelang es ihm, sich annähernd auf ihre Wellenlänge einzutunen, hie und da ein paar Gedankenfetzen aufzuschnappen. In der Nacht, bevor sie aufgebrochen war, musste eine furchtbare Auseinandersetzung mit diesem Michael stattgefunden haben, während derer sich die beiden wutentbrannt angeschrien hatten. Offenbar hatte Michael seine Freundin von dieser Geschäftsreise abhalten wollen. Als »selbstsüchtig« hatte er sie bezichtigt, ihr vorgeworfen, dass ihr der Job wichtiger sei als er. Und Ros hatte zurückgeschossen, *er* sei der Egoist und wolle sie zwingen, zwischen ihm und dem Job zu wählen. Nach alldem, was Bib empfangen konnte, war es der schlimmste Streit, den die beiden je gehabt hatten, und alles wies darauf hin, dass es der letzte gewesen sein sollte.

Männliche Erdlinge, seufzte Bib. Nichts weiter als Höhlenmenschen. Empfindsames Ego und in Dauerkonkurrenz mit ihrer Umwelt. Warum konnten sie sich nicht über die Erfolge ihrer Weibchen freuen? Bib für seinen Teil hatte gern eine starke, erfolgreiche Frau an seiner Seite. Auf diese Weise brauchte er nicht zu arbeiten und – Ui! Was machte Ros denn da? Versuchte sie etwa, den schweren Koffer allein zu heben? Sie würde sich nur wehtun!

Keuchend und schnaufend wuchteten Ros und Bib den Koffer aufs Bett. Als sie ihn öffnete und ihre Kleider durchstöberte, sah Bib, dass sie beim Packen offenbar völlig neben sich gestanden hatte. Hier auf dem Planeten Erde gab es noch immer diese wunderliche, altmodische Einrichtung namens Jahreszeiten, und Ros hatte, obwohl in L. A. 32 °C herrschten, nicht nur Sommer-, sondern auch Frühlings-, Herbst- und Winterkleidung mitgenommen. Eine Pelzmütze – warum um alles in der Welt hatte sie die eingepackt? Und vier Schlafanzüge – für einen Dreitagesausflug? Und was machte sie nun schon wieder?

Ros war gerade dabei, aus dem Durcheinander an Seidenstrümpfen ein Foto herauszufischen und mit ihrer kleinen Hand die Falten und umgeknickten Stellen glatt zu streichen, um es dann liebevoll zu betrachten. Bib schlenderte hinüber, um einen Blick darauf zu werfen – und wich erschrocken zurück. Obwohl er sich sonst nicht von anderen Männern einschüchtern ließ, musste er zugeben, dass der Kerl auf dem Foto geradezu unverschämt gut aussah. Kein Schönling wie die Möchtegern-Brads und -Toms, sondern rauer und männlicher. Der Typ Mann, der einen Akku-Bohrer besaß, der Regale anbringen konnte, der mit sechs Kerlen um eine geöffnete Motorhaube herumstand und von sich überzeugt verkündete: »Nein, Kumpel, ich sag's dir, es liegt an der Lichtmaschine.« Das, folgerte Bib und schluckte unbehaglich, musste Michael sein.

Er hatte dunkles, zerzaustes lockiges Haar, das Kinn war unrasiert, und das kleine fehlende Stück am Vorderzahn beeinträchtigte seine Attraktivität in keiner Weise. Offensichtlich war das Foto draußen aufgenommen worden, denn eine Locke war ihm über die Stirn geweht und hing ihm halb ins Auge. Das abgewandte Gesicht und sein widerstrebendes Lächeln ließen darauf schließen, dass Michael sich weggedreht hatte, als Ros auf den Auslöser drückte. *Richtige Männer posieren nicht für*

Fotos, schien seine Haltung auszudrücken. Und mit einem Mal war es Bib irgendwie peinlich, dass er selbst so eifrig »cheese« sagte, wann immer sich die Gelegenheit bot. Aber was sollte er machen? Er war nun mal ausgesprochen fotogen. Lange Zeit starrte Ros auf Michaels Bild. Als sie es endlich widerstrebend weglegte, sah Bib voller Entsetzen, wie ihr eine Träne über die Wange rann. Er eilte hinüber, um sie zu trösten, trat aber zurück, als ihm klar wurde, dass es nicht nötig war, denn sie machte sich bereits für die Arbeit fertig. Ihr Herz war entzwei – er konnte es spüren –, aber ihr Pflichtgefühl war trotzdem ungebrochen. Seine Bewunderung wuchs.

Zum Glück hatte Ros noch genügend Geistesgegenwart besessen, neben dem ganzen anderen Zeug auch einen hellgrauen Anzug einzupacken, und als sie zu ihrem Acht-Uhr-Meeting aufbrach, wirkte sie sehr überzeugend. Bib spürte, dass sie sich wie eine Hochstaplerin vorkam und nichts anderes erwartete, als dass die Firma aus L. A. sie vom ersten Augenblick an entlarven würde. Doch anscheinend war das immer so, wenn man gerade befördert worden war, und legte sich mit der Zeit.

Angesichts ihrer Unsicherheit hielt Bib es für besser, sie zu begleiten. Und schon fuhren sie mit dem Taxi zur Zentrale von Danger Chem am Wilshire Boulevard, wo Ros in einen Konferenzraum voller karottenfarbiger Männer mit großen weißen Zähnen geführt wurde. Jeder Einzelne zerquetschte Ros' kleine Hand in seiner manikürten, großen fleischigen Pranke und behauptete in breitem L. A.-Akzent, »wörklig, wörklig erfreut zu sein, sie kennen zu lörnen.« Bib seinerseits nahm ihnen »wörklig, wörklig« übel, wie viel Zeit sie sich nahmen, Ros zu betatschen, und konnte einem von ihnen tatsächlich ein Bein stellen. Und nicht etwa irgendeinem, sondern ihrem *Anführer* – Bib hatte ihn daran erkannt, dass sein Gesicht den tiefsten Karottenton von allen aufwies.

Dann reckte Bib den Kopf. Soeben hatten zwei Mädchen den Konferenzraum betreten. Im ersten Moment dachte er, sie wären ebenfalls Aliens, auch wenn er nicht hätte sagen können, von welchem Planeten sie stammten. Mit ihren unnatürlich langen, skelettartigen Gliedern und den Augen, die so weit auseinander standen, als wären sie an den Schläfen festgewachsen, erinnerten sie ihn an die Weibchen vom Planeten Pfeiff. Aber als er versuchte, sich in der entsprechenden Sprache mit ihnen zu verständigen (er kannte nur ein paar Sätze: »Zu dir oder zu mir?« und »Würdest du's mir übel nehmen, wenn ich dir sage, dass du einen wunderschönen Körper hast?«), zeigten sie nicht die geringste Reaktion. Die eine hieß Tiffany und die andere Shannen. Beide hatten die gelbe Haut und das lange gelbe Haar, das er bei Mädchenwesen so attraktiv fand, obwohl – vielleicht nicht mehr ganz so wie früher.

Das Meeting lief so weit gut, und die karottenfarbenen Männer und gelben Mädchen hörten Ros zu, wie sie ein Kaufangebot unterbreitete. Als sie entgegneten, der Preis, den Ros für die Produkte bot, sei zu niedrig, konnte die junge Frau das Zittern in der Stimme unterdrücken und die Preise einiger ihrer Konkurrenten herunterrasseln, die allesamt darunter lagen. Bib platzte vor Stolz.

Dann, während der Mittagspause, verfolgte Bib mit Interesse, wie Tiffany mit ihrer Gabel ein dunkelrotes Radicchioblatt auf dem Teller herumschob. Von Zeit zu Zeit spießte sie es auf und ließ es in Mundnähe schweben, um es dann wieder abzulegen. Sie *spielte Theater*, erkannte er. Und das war nicht gut. Also richtete er die Aufmerksamkeit auf Shannen. Sie nahm ihren Radicchio auf die Gabel und steckte sich ab und zu etwas in den Mund. Er beschloss, ihr den Vorzug zu geben, und sprang daher, als sie verlauten ließ, »muss mal kurz wohin«, wie der Blitz vom Sitz, um ihr nachzueilen.

Er wäre wirklich verärgert gewesen, wenn man ihn als Spanner bezeichnet hätte. Er selbst sah sich als Opportunisten. Ein Alien, der wusste, wie man das Beste aus dem machte, was das Leben einem zu bieten hatte – und der unsichtbar war.

Aber wie merkwürdig. Er war Shannen bis in die Toilettenkabine gefolgt, und der Armen schien übel zu sein. Halt, nein, sie *sorgte* dafür, dass ihr übel wurde, indem sie sich den Finger in den Hals steckte. Dann putzte sie sich die Zähne, und zum Abschluss erneuerte sie den Lippenstift. Und sie schien sehr zufrieden zu sein! Er hatte sich immer als weltallgewandten Mann betrachtet, aber das eben gehörte zu den seltsamsten Dingen, die er je zu sehen bekommen hatte.

Ich sollte für den Oscar nominiert werden, dachte Ros gut gelaunt, als sie endlich die letzte Hand schüttelte. Sie hatte an diesem Konferenztisch eine bühnenreife Vorstellung hingelegt. Und sie versuchte, stolz darauf zu sein, dass sie es getan hatte. Angesichts des Jetlags und bleischweren Kummers wegen Michael war sie überrascht gewesen, dass sie es überhaupt geschafft hatte, sich am Morgen anzuziehen, vom Verhandeln über Fixkosten und Mengenrabatt ganz zu schweigen.

Doch kaum war sie im Hotel angelangt, musste sie das Glashaus unbedingt einem Steinhagel aussetzen, indem sie einen nicht ganz echten Ralph Fiennes fragte, ob jemand für sie angerufen habe. Ralph schüttelte den Kopf. »Sind Sie sicher?« Die Verzweiflung stand ihr wie eine Leuchtreklame ins Gesicht geschrieben. Leider war der Ralph-Verschnitt sich absolut sicher.

Sie versuchte, die Scherben notdürftig zusammenzukleben, und stolperte in Richtung Hotelzimmer, wo sie keine Macht der Welt, nicht mal eine vom Planeten Duch, davon abhalten konnte, Michael anzurufen.

»Tut mir Leid«, sagte sie, sobald er den Hörer abnahm, »hast du schon geschlafen?«

»Nein«, erwiderte Michael, woraufhin sich neue Hoffnung in ihr regte. Wenn er um zwei Uhr morgens noch wach war, konnte er nicht allzu glücklich sein, oder?

»Ich vermisse dich«, sagte sie so leise, dass sie es selbst kaum hörte.

»Dann komm nach Hause.«

»Ich bin am Freitag zurück.«

»Nein, komm jetzt heim.«

»Ich kann nicht«, sagte sie behutsam. »Ich muss zu den Meetings.«

»Meetings«, wiederholte er bitter. »Du hast dich sehr verändert.«

Während Ros sich bemühte, die richtigen Worte zu finden, um alles ins Lot zu bringen, fragte sie sich, warum es immer als Beleidigung galt, wenn man jemandem sagte, er habe sich verändert.

»Als wir uns kennen lernten, warst du eine ganz normale Frau«, klagte er. »Jetzt sieh dich nur an – mit deiner dicken fetten Beförderung.«

Er kann nichts dafür, dachte Ros. In kurzer Zeit hatte sich eine Menge verändert. Innerhalb von knapp achtzehn Monaten hatte sie sich von ihrem Telefonistinnenjob über die Stelle als Supervisor zur Assistentin des Produktionsleiters und schließlich von der Assistentin des Vorsitzenden zur Vize-Produktionsmanagerin hochgearbeitet. Und das alles ohne ihr Dazutun; sie hatte immer geglaubt, strohdumm zu sein, und war damit ganz glücklich gewesen. Woher hätte sie wissen sollen, dass sie ein angeborenes Zahlenverständnis besaß und sich als wahres Naturtalent fürs Management entpuppte? Sie hatte es diesem Mistkerl von Lenny zu verdanken, »entdeckt«

worden zu sein, und hätte im Nachhinein liebend gern darauf verzichtet. Es war wirklich gut mit Michael gelaufen, mehr als gut, bis sie diese verdammte Karriereleiter hinaufgeklettert war.

»Warum ist mein Job so ein Problem für dich?«, fragte sie ihn zum x-ten Mal.

»Mein Job!«, äffte Michael sie hitzig nach. »Mein Job, mein Job – es macht dir einen Riesenspaß, das auszusprechen, oder?«

»Das stimmt nicht! Und es ist ja nicht so, dass du keinen hättest.«

»Kopierer zu reparieren ist ein bisschen was anderes, als wenn man Vize-Produktionsmanagerin ist.« Michael verfiel in drückendes Schweigen.

»Ich kann das nicht«, sagte er schließlich. »Ich kann nicht mit einer Frau zusammensein, die mehr verdient als ich.«

»Das Geld gehört doch uns beiden.«

»Und was ist, wenn wir mal Kinder haben? Denkst du, ich will so ein Trottel von Hausmann sein? Das kannst du vergessen, Baby«, sagte er brüsk. »Der Typ bin ich nicht.« Er klang wütend und schrecklich dickköpfig.

Aber ich bin gut in dem, was ich tue, dachte sie in panischer Verzweiflung. Sie wollte ihren Job nicht aufgeben. Doch mehr noch, als sie an ihrer Arbeit hing, wollte sie von Michael akzeptiert werden. Ganz und gar.

»Warum kannst du nicht einfach stolz auf mich sein?«, stieß sie gepresst hervor.

»Weil es nicht richtig ist, was du tust. Du solltest endlich zur Vernunft kommen, allein kommst du nicht klar, du brauchst mich. Denk darüber nach!«

Damit knallte er den Hörer auf. Sofort machte sie sich daran, seine Nummer zu wählen, als sie plötzlich innehielt und den Hörer langsam sinken ließ. Es wäre nichts damit gewonnen, wenn sie ihn zurückrief; er würde seine Meinung nicht ändern. Sie hatten sich so oft gestritten, und nie war er auch nur einen Deut von seinem Standpunkt abgewichen. Was hatte sie schon für eine Wahl? Sie liebte ihn. Seit sie ihn vor drei Jahren kennen gelernt hatte, war sie überzeugt, er sei »der Richtige« und ihr trostloses Dasein habe ein Ende. Sie hatten vorgehabt, nächstes Jahr zu heiraten, und sogar schon für ein Brautkleid gespart. Wie könnte sie all das in den Wind schreiben? Das Naheliegendste wäre, den Job aufzugeben. Aber das kam ihr völlig falsch vor. Sollte Michael sie nicht so lieben, wie sie war? Sollte er auf ihre Talente und Fähigkeiten nicht stolz sein, statt sich durch sie bedroht zu fühlen? Und wenn sie jetzt nachgab, wie würde dann der Rest ihres gemeinsamen Lebens verlaufen?

Wenn sie aber nicht nachgab ...? Dann würde sie allein sein. Ganz allein. Wie sollte sie das schaffen? Michael hatte Recht, sie besaß wirklich wenig Selbstvertrauen.

Ein paar Minuten lang blieb sie niedergeschlagen neben dem Telefon sitzen, drehte wieder und wieder den Kugelschreiber in ihrer Hand, während sie über das einsame Dasein sinnierte, das sie erwartete. Sie sah ein Leben vor sich, in dem sie allein auf Hotelbetten herumhüpfte. Die Trostlosigkeit drohte sie zu ersticken. Augenblick mal, dachte sie plötzlich, von sich selbst überrascht, und hielt mit dem unablässigen Drehen inne. Es war ihr gelungen, den ganzen Weg von Hounslow nach Los Angeles ohne Michaels Hilfe zu bewältigen. *Und* sie hatte es geschafft, für die Fahrt zur Arbeit und zurück ein Taxi zu besorgen, ganz davon zu schweigen, dass sie sich in einem Meeting behauptet hatte.

Zu ihrem großen Erstaunen ertappte sie sich bei dem Gedanken, dass es ihr gar nicht so schlecht ging. Natürlich fühlte sie sich schrecklich – verängstigt, krank und einsam, an Liebeskummer leidend. Aber ihr war nicht nach Selbstmord zu Mute, und das traf sie wie ein Schock. Sie war so an Michaels Worte gewöhnt, ihr Leben sei ohne ihn eine Katastrophe, dass sie es in letzter Zeit nicht mehr in Frage gestellt hatte.

Wie das? Sie blieb auf dem Bett sitzen und sah in Richtung Fenster. In dem ganzen Trauma hatte sie gar nicht mehr an den »richtig coolen« Blick aufs Meer gedacht, der tatsächlich kaum schöner hätte sein können: der Strand von Santa Monica, die Abendsonne, die den Ozean in silbrig-rosiges Licht tauchte und den feinen Sand rötlich schimmern ließ. Auf der Strandpromenade waren Vorzeige-Kalifornier auf Inline-Skates und Fahrrädern unterwegs. Gerade fegte ein schickes Pärchen auf einem Tandem vorbei, im Schlepptau ein zweifellos vollkommenes Baby, das wie ein kleiner König in seinem gelben Anhänger thronte. Ein weiteres Pärchen, groß und schlank natürlich, skatete die Promenade entlang, beide mit Sonnenbrille und den neuesten und teuersten Disc-Mans ausgestattet. Hand in Hand, wie perfekt synchrone Ballett-Tänzer, glitten sie graziös dahin.

Nun fallt schon hin, wünschte Bib grimmig. *Los, stolpert, schlagt euch die gleichmäßig gebräunten Knie auf, fallt auf eure operierten Gesichter.* Er hatte gehofft, das würde Ros aufheitern. Aber ach!, es sollte nicht sein, da fuhr es weiter, das prachtvolle Paar.

Ros sah sie dahinschweben und wurde von bittersüßer Melancholie erfasst. Dann stellte sie zu ihrer Überraschung fest, dass sie soeben beschlossen hatte, es selbst mit dem Inline-Skaten zu versuchen. Warum nicht? Es war erst halb sieben, und gleich neben dem Hotel gab es einen Verleih.

Während sie noch immer kaum glauben konnte, was sie da tat, war sie schon in ihre Leggings geschlüpft, aus dem Zimmer gerannt und hatte sich fünf Minuten später in ein Paar Skates gezwängt. Versuchsweise stieß sie sich ab, um ein kurzes Stück auf der Strandpromenade zu rollen. He, es klappt, ich kann's!, dachte sie voller Erstaunen. Bib hielt Ros' Hand fest, während sie unbeholfen den Weg auf und ab schlitterte. Es war ein harter Kampf gewesen, sie bis hierher zu locken. Und sie war ein schier *hoffnungsloser* Fall. Wenn er nicht die ganze Zeit ihre Hand halten würde, wäre sie schon längst auf den Hintern gefallen. Aber ihre unbeholfene, verletzliche Art machte sie in seinen Augen nur noch liebenswerter.

Bib hatte die Ereignisse des Abends mit leidenschaftlicher Anteilnahme verfolgt. Michaels Macho-Allüren hatten ihn ziemlich entsetzt. Was für ein Armleuchter! Er war drauf und dran gewesen, Ros den Hörer aus der Hand zu reißen und Michael ordentlich die Meinung zu geigen, ihm zu sagen, wie fabelhaft Ros war, wie sie einen ganzen Raum voller mächtiger, karottenfarbener Männer in Angst und Schrecken versetzt hatte. Dann, als Michael einfach aufgelegt hatte, hatte er sie mit aller Kraft davon abgehalten, ihn wieder anzurufen. Er musste sich furchtbar anstrengen, bis Ros wahrnahm, wie sie seit ihrer Ankunft in dieser fremden, bedrohlichen Stadt alles wunderbar gemeistert hatte, obwohl es so offensichtlich war, dass sie von allein darauf hätte kommen können und …

Vorsicht, Vorsicht!, flehte er stumm und kniff ängstlich die Augen zusammen, als Ros beinahe eine Frau gerammt hätte, die einen kleinen Jungen auf seinem Fahrrad stützte.

»Tut mir Leid«, keuchte Ros, »hab' noch nicht so viel Übung.«

»Schon okay«, erwiderte der kleine Junge. »Ich auch nicht. Ich heiße Tod und das ist meine Mum, Bethany. Sie bringt mir grade Fahrrad fahren bei.«

Bethany war gezwungen, das Rad am Gepäckträger festzuhalten und so schnell mitzulaufen, wie Tod in die Pedale trat. Bib konnte nachempfinden, was sie gerade durchmachte, denn er selbst musste so schnell rennen, wie Ros auf den Rollerblades fuhr, und zu allem Übel wurde sie mit wachsendem Selbstvertrauen immer schneller.

»Juchhuuu!«, kreischte Ros, als sie gute vier Meter weit sauste, bevor sie Bib verlor und auf die Nase fiel.

Als sie die Inline-Skates in den Verleih zurückbrachte, waren ihre Knie aufgeschlagen, doch ihre Augen blitzten. »Es war toll!«, verkündete sie strahlend. Dann sprintete sie freudig über den Sand ins Hotel, während Bib ängstlich schnaufend hinterherhastete und dabei ständig über seine zahlreichen Füße stolperte.

Mitten in der Nacht wachte sie auf. Jegliche Freude und Heiterkeit vom Abend zuvor waren verflogen, und sie fühlte sich kalt, alt, allein und ängstlich. Niemals würde sie ohne Michael zurechtkommen, sie wollte nicht ohne ihn leben.

Doch dann fiel ihr das Rollerbladen ein. Normalerweise war sie gar nicht abenteuerlustig und brauchte Michael an ihrer Seite, bevor sie sich an neue Dinge wagte. Trotzdem hatte sie es ganz allein versucht, und der Gedanke war irgendwie tröstlich.

»Ich bin eine Frau, die allein Inline-Skaten geht«, wiederholte sie so lange, bis es ihr gelang, wieder einzuschlafen.

Dann erwachte sie, zog sich an und ging zur Arbeit; irgendwo im Innern spürte sie eine neue Stabilität, eine wachsende Stärke.

Als sie abends zurückkehrte, ausgepowert, aber stolz, während der schleppenden und zähen Verhandlungen ihren »Mann« gestanden zu haben, traf sie im Hotelfoyer auf Brad Pitt. Anscheinend machte er gerade Feierabend.

»Hatten Sie einen angenehmen Tag?«, erkundigte er sich.

Ros nickte höflich.

»In welcher Branche arbeiten Sie denn?«, fragte er.

Ros dachte nach. Die Frage war ihr immer etwas unangenehm. Wie sollte man auch erklären, dass man in einer Firma angestellt war, die Campingklos produzierte? Wohlgemerkt eine sehr erfolgreiche Firma, die Campingklos produzierte.

»Wir, äh, kümmern uns um Menschen«, erwiderte sie. Na ja, warum sollte sie die Sache nicht ein bisschen verschleiern? Meine Güte, immerhin bezeichneten die Amerikaner ihre Toiletten als »Ruheraum«.

»Auch um Menschen am Filmset?« Brad ließ sich nie eine Chance entgehen. Die Türen zu seiner Karriere könnten sich Gott weiß wo öffnen; einmal hatte er den Regisseur von *Buffy – Im Bann der Dämonen* im Warteraum seiner Fußpflegerin sitzen sehen, bei einer anderen Gelegenheit hatte er versehentlich Aaron Spellings BMW gerammt. Also war er jederzeit gewappnet.

»Doch, das ist schon vorgekommen«, sagte Ros guten Gewissens.

Schnell wie der Blitz war das Zahnpastalächeln wieder aufgesetzt und Brad ein gutes Stück näher gerückt. »He, ich bin Bryce«, murmelte er, »würden Sie mir die Ehre erweisen und heute Abend mit mir einen Drink nehmen?«

Ein gut aussehender Mann hatte sie zu einem Drink eingeladen! Was für eine Schande, dass sie durch gar nichts je wieder aufzuheitern war, denn was hätte sich besser dafür geeignet als das hier? Die Abfuhr schon auf der Zunge, stockte sie plötzlich. Wäre es nicht doch besser, als allein in ihrem Zimmer zu sitzen und darauf zu warten, dass das Telefon klingelte?

»Okay«, erwiderte sie lustlos.

Bryce war verdutzt; normalerweise waren Frauen höchst erfreut, Zeit mit ihm verbringen zu dürfen. Dann schnippte er mit den Fingern. »Ah, ich hab's. Sie sind Engländerin, richtig? Sieht man an ihrem Gesicht. Derselbe Ausdruck wie in den Merchant-Ivory-Filmen. Verdrängte Gefühle und so. Ich liebe das! Wir treffen uns dann um halb sieben im Foyer.« Er strich sich das Haar glatt, und weg war er.

Im Hotelzimmer prüfte Ros als Erstes das Telefon, nahm den Hörer ab, zitterte vor Anstrengung, als sie dem Drang widerstand, Michaels Nummer zu wählen, und schleppte sich dann ins Bad, unter die Dusche. Amerika, das Land der unbegrenzten Möglichkeiten. Sie sollte es auf einen Versuch ankommen lassen – immerhin war Bryce ein wirklich toller Typ.

Sie zog ein paar Sachen aus dem Durcheinander an Klamotten, das auf dem Bett lag, und sah am Ende präsentabel aus. Ein kurzes – nicht zu kurzes – schwarzes Kleid, ein paar schwarze offene Schuhe mit hohem – nicht zu hohem – Absatz. Doch als sie sich im Spiegel betrachtete, kam sie sich fremd vor: Wer war diese Single-Frau, die mit einem Mann ausging, der nicht Michael war?

Als sich die Aufzugstüren öffneten, sah sie Bryce in der Eingangshalle herumstehen. Sein sonnengebleichtes Haar glänzte auf der goldbraunen Stirn, und die blendend weißen Zähne entblößten sich auf der Stelle zu einem fotogenen Lächeln, als er sie erblickte. Ros' Lebensgeister wurden munter. Vielleicht sah doch nicht alles so düster aus. Auf dem Weg zu Bryces Auto bemerkte sie, wie er sich im Vorübergehen in der Fensterscheibe betrachtete und sich das Haar zurechtstrich, tat aber, als hätte sie nichts gesehen.

Das Lokal war spärlich beleuchtet und ruhig. »Damit wir richtig reden können und so«, meinte Bryce mit einem viel versprechenden Lächeln, so dass Ros' Stimmungsbarometer erneut anstieg. Sobald sie ihre Getränke bestellt hatten, begann Bryce mit der angekündigten Unterhaltung.

»… und dann hab' ich die Rolle als Ladenverkäufer in *Clueless* bekommen. Okay, sie wurde am Ende rausgeschnitten, aber der Regisseur meinte, ich wäre toll gewesen, wirklich toll.

Es war ein absolut toller Auftritt, ich habe echt alles gegeben, aber der verdammte Cutter hatte mich irgendwie total auf dem Kieker und so ...«

Ros nickte mitfühlend.

»... natürlich hätte ich Joseph Fiennes Rolle in *Shakespeare in Love* spielen sollen. Es war mein Part, mein Agent hatte schon Bescheid bekommen, aber die Machenschaften am Set – total zum Kotzen, hab' ich Recht?«

Ros nickte erneut. Trotz der vielen Leidensgeschichten blitzte und funkelte Bryces Lächeln wie zuvor. Während die Litanei über sein Pech weiterging, fiel ihr irgendwann auf, dass er kein einziges Mal Augenkontakt mit ihr aufgenommen hatte und trotzdem mit dem vertraulichen Lächeln fortfuhr. Schließlich, als sie sich fragte, ob er sich etwa an ein Mädchen hinter ihr heranmachte, blickte sie über die Schulter und – sah einen Spiegel. Aha, das erklärte alles. Bryce flirtete mit der Person, die er am meisten bewunderte – sich selbst.

Er schwafelte und schwafelte. Von tollen Auftritten, die er beinahe hätte hinlegen können, von böswilligen Regisseuren, unbarmherzigen Cuttern und von Hauptdarstellern, die es auf ihn abgesehen hatten, weil sie sich durch sein Talent und sein Aussehen bedroht fühlten.

»He, ich habe genug über mich geredet«, hielt er endlich inne, um Luft zu holen. »Was denkst *du* von mir?«

Ros war so niedergeschlagen, dass sie kaum ein Wort hervorbrachte. Mit Bryce an ihrer Seite fühlte sie sich noch einsamer, als wenn sie allein war.

»Macht es dir etwas aus, wenn ich jetzt gehe? Ich bin fürchterlich müde, weißt du? Muss an dem Jetlag liegen.«

»Wir sind ja noch keine halbe Stunde hier«, protestierte Bryce, »ich komme gerade erst in Fahrt.«

Zu ihrem Leidwesen bot Bryce sich an, sie zum Hotel zu begleiten – und nach oben zu ihrem Zimmer. An ihrer Tür spürte sie, dass er drauf und dran war, sie zu küssen. Sie wappnete sich, so gut es ging – sie hatte einfach nicht die Kraft, Widerstand zu leisten. Er sah ihr tief in die Augen und fuhr ihr sanft mit dem Finger über die Wange. Auch wenn er der langweiligste Mann auf Erden war, spürte Ros einen Funken Interesse. Immerhin – er sah so ungeheuer gut aus. Langsam ließ Bryce seine perfekten Lippen auf die ihren sinken, dann hielt er inne.

»Was ist?«, flüsterte Ros.

»Nahaufnahme«, erwiderte Bryce wispernd. »Drei Sekunden füllt mein Gesicht die Leinwand aus, dann Kamera auf den Kuss.«

»Um Himmels willen!« Ros rammte den Schlüssel ins Schloss, wirbelte ins Zimmer und knallte die Tür zu.

»He!« Bryce klang gedämpft, aber ungebeugt. »Ihr kratzbürstigen Engländerinnen! Judi-Dench-Masche, hä? Bist du der nie begegnet? Dachte nur, wo ihr doch beide aus England kommt …«

»Hau ab!« Die unvergossenen Tränen ließen ihre Stimme zittern. Noch nie war es ihr so schlecht gegangen. Erbärmlich, absolut erbärmlich war ihr zu Mute. War das alles, was sie in Zukunft erwartete – langweilige, selbstsüchtige Narzissten?

Bib war von Anfang an dagegen gewesen, dass sie mit Bryce etwas trinken ging. Er hasste Männer, die überzeugt waren, jede Frau mit einem einzigen umwerfenden Lächeln rumkriegen zu können. Er hatte versucht, Ros klarzumachen, dass Bryce nichts weiter als ein großer Schaumschläger war, aber sie wollte nicht hören und – was war denn jetzt wieder los? Jemand stand draußen vor dem Zimmer, hämmerte gegen die Tür und verlangte, hereingelassen zu werden. Eine Männerstimme. Vielleicht Bryce, der noch einmal sein Glück versuchen wollte?

»Mach die verdammte Tür auf!«, befahl die Stimme. Verblüfft beobachtete Bib, dass Ros wie eine Schlafwandlerin durchs Zimmer ging und die Tür weit aufriss. Auf der Schwelle stand ein Mann. Ein Mann, den Bib irgendwo schon mal gesehen hatte. Aber es war keiner von den Möchtegern-Filmstars, es war …

»Michael!«

Auch wenn es Bib wurmte, aber Michael sah wirklich gut aus. Sein zerzaustes lockiges Haar, das zerknitterte Jeanshemd und die ganze männliche Erscheinung ließen all die Möchtegern-Toms und -Brads wie gelackte Schnösel erscheinen.

»Kann ich reinkommen?«, fragte er knapp.

»Ja.« Ros sah aus, als würde sie jeden Moment in Ohnmacht fallen.

»Was machst du hier?«, fragte sie, während Michael ins Zimmer schritt.

»Ich wollte dich küssen«, verkündete er, zog Ros an seine breite muskulöse Brust und küsste sie so lange und innig, dass Bib ganz schlecht wurde.

Endlich gab er sie frei, sah ihr in die emporgerichteten Augen und sagte: »Ich bin gekommen, um die Sache endgültig zu klären, Baby: Das mit dir und mir und dieser Jobgeschichte.«

»Du bist hierher geflogen?«, fragte Ros benommen.

»Ja – klar.«

Hm, dachte Bib, scheint nicht viel Humor zu haben, der Knabe. Die meisten Leute hätten so was erwidert wie, »Nee – ich bin die ganzen zehntausend Kilometer auf einem Bein hergehüpft.«

»Ich kann es gar nicht glauben.« Ros war das Staunen in Person. »Wir sind pleite, und du reist um die halbe Welt, um unsere Beziehung zu retten. Das ist das Romantischste, das ich je erlebt habe.« Und Bib musste zugeben, dass Michael, der mit launischem, leidenschaftlichem Gesichtsausdruck im Zimmer auf und ab schritt, den idealen Brontë-Romanhelden abgab.

Schlecht gelaunt, wenn man's genau nimmt, revidierte er.

»Du kommst jetzt mit mir nach Hause«, drängte Michael. »Du schmeißt den Job hin, wir heiraten und leben glücklich bis ans Ende unserer Tage. Du und ich, wir sind füreinander bestimmt. Es lief wunderbar, bis zu deiner dämlichen Beförderung, seitdem ist nichts mehr so wie's mal war.«

Nach diesen Worten wich die Freude aus ihrem Gesicht. Sie war tief bestürzt.

»Komm!« Michael klang ungeduldig. »Fang an zu packen. Ich habe einen Platz für dich reservieren lassen. Wir nehmen denselben Rückflug.«

Doch Ros schien vor Unentschlossenheit wie gelähmt. Sie lehnte mit dem Rücken an der Wand und regte sich nicht, während die Spannung wuchs, bis man es förmlich knistern hörte. Bib war schweißgebadet, dabei hatte er gar keine Schweißdrüsen.

Tu's nicht, flehte er eindringlich, *du musst das nicht machen. Wenn er dich liebt, stellt er dich nicht vor die Wahl.*

Zu seinem Entsetzen musste er mit ansehen, wie Ros ihren Pyjama unter dem Kopfkissen hervorzog und ihn langsam auffaltete.

»Wo ist dein Koffer?«, erkundigte sich Michael. »Ich helfe dir.«

Ros zeigte mit dem Finger darauf und begann, ihre Toilettenartikel von der Frisierkommode in eine Tasche zu fegen. Als Nächstes öffnete sie den Kleiderschrank und nahm ein paar Sachen heraus, die sie auf Bügel gehängt hatte. Es sah ganz so aus, als würden ihre Bewegungen allmählich schneller und sicherer. Panisch beschwor Bib sämtliche Energie und Willenskraft herauf und übertrug sie auf Ros.

Du brauchst diesen Mann nicht, flößte er ihr ein, *du brauchst überhaupt keinen Mann, der dich wie sein Eigentum behandelt, als hättest du weder einen eigenen Kopf noch ein eigenes Leben. Du bist schön, du bist klug, du bist lieb. Du wirst jemand anderen kennen lernen, der dich so akzeptiert, wie du bist, ganz und gar. Übrigens, wenn du ein aufgeschlossener Mensch bist und nichts gegen eine Beziehung mit Angehörigen anderer Galaxien einzuwenden hast, stelle ich mich gern freiwillig zur Verfügung* ... Er bremste sich. Kein guter Moment, sich ablenken zu lassen.

»Ich hole schnell deine Sachen aus dem Bad«, verkündete Michael und ging energisch ans Werk.

Dann öffnete Ros den Mund, um zu sprechen, und Bib betete, dass sie das Richtige sagen würde.

»Nein«, sagte sie, und Bib wirbelte vor Erleichterung um die eigene Achse.

»Nein«, wiederholte sie. »Lass es. Ich kann heute Abend nicht mit dir kommen. Ich habe morgen ein Meeting.«

»Das weiß ich, Baby«, stieß Michael gepresst hervor, als hätte er Mühe, ruhig zu bleiben. »Genau darum geht es ja. Ich möchte, dass du *jetzt* mit mir kommst.«

»Zwing mich nicht, das zu tun.« Die Verzweiflung stand ihr ins Gesicht geschrieben.

»Deine Bedenkzeit ist abgelaufen.« Michaels Ausdruck wurde hart. »Der Job oder ich.«

Eine lange, nervenzerreißende Pause folgte, bis Ros noch einmal sagte: »Nein, Michael, ich komme nicht mit.«

Michaels Miene verzerrte sich zu einem Ausdruck bitteren Unglaubens. »Ich hätte nicht gedacht, dass dir der Job dermaßen am Herzen liegt.«

»So ist es auch nicht«, beharrte Ros. »Das hat nichts mit dem Job zu tun.«

Er schien wütend zu werden, doch Ros fuhr fort: »Wenn man jemanden liebt, lässt man es auch zu, dass er sich verändert. Wenn die Ehe ein Bund fürs Leben ist, dann werde ich doch in zehn, zwanzig, dreißig Jahren ein ganz anderer Mensch sein. Wie willst du damit umgehen, Mikey?«

»Aber ich liebe dich«, beteuerte er.

»Nicht genug, nein«, erwiderte sie traurig.

Einen Augenblick lang schien er wie versteinert, dann siegte der Zorn in ihm. »Du liebst mich nicht.«

»Doch, das tue ich. Du hast ja keine Ahnung, wie sehr«, sagte sie mit ruhiger, fester Stimme. »Aber ich bin, wer ich bin.«

»Seit wann?« Michael konnte seine Überraschung nicht verbergen.

»Ich weiß nicht«, sie schien fast ebenso überrascht. »Vielleicht, seit ich hier bin.«

»Hat das irgendwas mit Lenny zu tun? Hast du was mit ihm?«

Ros' ungläubiges Lachen war Antwort genug.

»Habe ich das richtig verstanden, ja?« Michael klang trotzig und gereizt. »Du kommst nicht mit mir nach Hause.«

»Ich muss hier einen Job erledigen«, sagte Ros leise. »Ich fliege morgen Abend heim.«

»Wenn das so ist, denke bloß nicht, dass ich auf dich warte.«

Und im gleichen Cowboy-Gang, mit dem er hereinstolziert war und den Bib trotz allem bewunderte, schritt Michael wieder hinaus. Die Tür schlug hinter ihm zu, die Stille hallte wie ein Echo, und dann, wer könnte ihr das verübeln, dachte Bib mitfühlend, brach Ros in Tränen aus.

Kein Michael mehr, nie wieder. Der Gedanke war fast unerträglich. Sie lag auf dem Bett und dachte daran, wie sich sein Haar anfühlte, so rau und doch so überraschend seidig. Sie würde es nie wieder berühren können. Wie unfassbar das war; nie, *niemals* wieder. Sie hatte seinen Geruch in der Nase, als wäre er noch im Zimmer – die eigentümliche Kombination von Süße und Moschus, die so typisch für ihn war. Sie würde diesen unverkennbaren Duft furchtbar vermissen. Und auch die eigene Sprache, die sie im Laufe der Zeit entwickelt hatten; sie brauchten ihre Sätze, sogar die einzelnen Wörter, nicht zu Ende bringen, so gut kannten sie sich. Nun würde sie jemand anderen finden müssen, mit dem sie gemeinsam alt werden konnte. Es war alles vorbei, sie war sicher. Es würde keine Streitigkeiten mehr geben und keine Versuche, den anderen in seiner Meinung umzustimmen.

Sie hatten so viele zornerfüllte, bittere Kämpfe ausgetragen, doch jetzt war nichts als stille Trauer im Raum. Jene Ruhe, die einkehrt, wenn alles verloren ist. Sie hatte die Stromschnellen hinter sich gelassen und trieb nun in stilleren Gewässern jenseits von Zorn und Wut; eine Umkehr war nicht mehr möglich.

Was würde sie mit dem Rest ihres Lebens anfangen?, fragte sie sich. Wie sollte sie nur die Zeit zwischen diesem Augenblick und dem Tag ihres Todes ausfüllen?

Rollerbladen, schoss es ihr durch den Kopf. Mach dich nicht lächerlich, rief sie sich zur Ordnung. Wie könnte sie jetzt Rollerbladen gehen?

Aber warum eigentlich nicht? Was sollte sie sonst bis zur Schlafenszeit tun, schließlich war es trotz all der Ereignisse des Abends gerade erst halb neun. Sie zog ihre Leggings an, obwohl die eine Kniepartie einen Riss hatte, rannte hinunter und über den Sand. Sie war überrascht, welchen Auftrieb es ihr verschaffte, auf den Skates hin und her zu sausen. Vielleicht lag es daran, wie stolz sie war, ihre Sache so gut zu machen. Es klappte wirklich ausgezeichnet, dafür, dass sie es erst zum zweiten Mal versuchte. Besonders ihr Gleichgewichtssinn war außerordentlich. Der kleine Junge vom Vorabend war auch wieder da, zusammen mit seiner leidgeprüften Mutter Bethany. Die Frau war völlig außer Atem und rot angelaufen, so lange hatte sie rennen und Tods Fahrrad festhalten müssen, während er immer wieder dieselben sechs Meter Strandpromenade rauf und runter fuhr. Ros schenkte ihr ein mitfühlendes Lächeln.

Später kehrte sie auf ihr Zimmer zurück und schlief allen Erwartungen zum Trotz wie ein Murmeltier. Am nächsten Morgen ging sie zum Meeting und handelte derart geschickt einen Preisnachlass von dreißig Prozent aus, dass den Anwesenden die Spucke wegblieb. Und das, obwohl sie nie vorgehabt hatte, mehr als zwanzig Prozent zu fordern. Zufrieden blies sie den Rauch vom imaginären Colt, verabschiedete sich mit so festem Händedruck, dass alle sich vor Schmerzen wanden, und flog wie ein stolzer Schwan ins Hotel zurück, um zu packen. Wenn das keine erfolgreiche Mission war!

Bib litt Höllenqualen. Was sollte er jetzt tun? Sollte er Ros nach England begleiten, oder sollte er auf seinen Planeten zurückkehren? Auch wenn er Ros sehr – viel zu sehr – ins Herz geschlossen hatte, wurde er das Gefühl nicht los, dass er irgendwie nicht ganz ihr Typ war, und dass es absolut keine gute Idee wäre, wenn er sich ihr in all seiner puddinggelben Herrlichkeit offenbarte. Es brachte ihn fast um, dass er es nicht wagen durfte. Kaum zwei Tage waren vergangen, und doch hatte er sich schwer verliebt.

Würde es ihr gut gehen? Sie glaubte zwar, es ginge ihr gut, aber was würde passieren, wenn er sie allein ließ und niemand mehr da war, der ihr Selbstvertrauen stärkte? Ob sie zu Michael zurückkehren würde? Denn das würde nicht funktionieren, das würde *ganz und gar* nicht funktionieren.

Er sorgte und grämte sich ganz gegen seine Art. Und mit dem letzten Abend kam die Antwort. Ros hatte bis zu ihrem Nachtflug noch ein paar Stunden totzuschlagen, doch statt in ihrem Zimmer zu sitzen und Trübsal zu blasen, rannte sie zur Strandpromenade, um einer letzten Rollerblade-Session zu frönen. Bib hatte seine Hände diesmal nicht im Spiel, sie hatte es ganz allein beschlossen. Er selbst hätte es vorgezogen, ein paar ruhige Minuten mit ihr zu verbringen, statt neben ihr herumzukugeln, verzweifelt bemüht, mit ihr mitzuhalten, während sie die Promenade rauf und runter flitzte und vor Vergnügen jauchzte.

Auch Bethany und Tod hatten sich wieder eingefunden. Den Gepäckträger fest im Griff, rannte Bethany hinterdrein, während Tod ein paar Meter weit in die Pedale trat. Wieder und wieder flitzten sie auf derselben kleinen Strecke auf und ab, bis Bethany völlig unerwartet losließ und Tod leicht taumelnd davonfuhr. Als er begriff, dass er allein radelte, ohne dass jemand ihn stützte, schwankte er einmal kurz, brachte sich aber wieder ins Gleichgewicht. »Ich kann's allein!«, rief er freudig. »Guck mal, Mum, ganz allein!«

»Alles nur eine Frage des Selbstvertrauens«, meinte Bethany lächelnd zu Ros.

»Da haben Sie wohl Recht«, stimmte Ros ihr zu, während sie graziös und ohne Hilfe dahinglitt, bevor sie mit voller Wucht gegen einen Jogger prallte.

Als Bib ihr wieder auf die Beine half, wurde ihm plötzlich etwas klar. Natürlich, jetzt verstand er. Wie ein paar Stützräder hatte er Ros eine Zeit lang Halt geboten und ihr, ohne dass sie es wusste, Selbstvertrauen eingeflößt – damit sie in dieser fremden Stadt ihre Arbeit tun konnte und damit es ihr gelang, sich von ihrem tyrannischen Freund zu lösen. Und ebenso, wie Tod seine Mutter nicht mehr zum Radfahren benötigte, brauchte Ros ihn nicht länger. Sie kam jetzt wirklich klar, das spürte er. Von ihrem Auftritt im letzten Meeting bis hin zu ihrem Entschluss, Rollerbladen zu gehen, ohne dass Bib sie dazu angeregt hatte, sprachen aus ihr eine Kraft und Zuversicht, die absolut überzeugend waren.

Er freute sich für sie. Wirklich. Aber er konnte sich nicht länger etwas vormachen. Es war Zeit, sie zu verlassen. Er fragte sich, woher der ziehende Schmerz in seiner Brust kam, und brauchte einen Moment, bis ihm klar wurde, dass ihm zum ersten Mal im Leben das Herz brach.

Im Flughafen von L. A. tummelte sich eine riesige Menschenmenge, mehr als die übliche Anzahl von Passagieren.

»Die sind auf Aliensuche«, wurde Ros von der Dame am Check-In-Schalter informiert. »Angeblich ist hier vor ein paar Tagen ein Außerirdischer gesichtet worden.«

»Außerirdische!«, dachte Ros und musterte spöttischen Blicks die aufgedrehte und fiebernde Menschenmenge, die mit Geigerzählern und Metalldetektoren beladen war. »Also wirklich! Was geht nur in diesen Köpfen vor?«

Sie konnte ja nicht wissen, dass ihr Flugzeug, während sie sich auf ihrem Sitzplatz anschnallte, von einer knapp ein Meter großen, gelben Lebensform betrachtet wurde, die gegen die aufsteigenden Tränen ankämpfte. »Große Jungs weinen nicht«, ermahnte Bib sich, als er beobachtete, wie Ros' fliegendes Taxi über die Startbahn rollte, bis er es fast nicht mehr sehen konnte. Er schaute zu, wie es himmelwärts strebte und plötzlich lächerlich leicht und luftig dahinglitt. Er starrte und starrte, bis nicht mehr als ein Punkt in der blauen Weite zu sehen war, und schlenderte dann, vorbei an den Horden von Erdlingen, die so erpicht darauf waren, seine Bekanntschaft zu machen, bis zu der Stelle, wo er sein Raumschiff versteckt hatte. Zeit, heimzukehren.

Das Flugzeug trug Ros in einen windigen englischen Sommertag hinein, zurück in ein Michael-freies Leben. Während sich die Motoren langsam ausheulten, versuchte sie schluckend, sich von dem bittersüßen und harten Klumpen in ihrer Brust zu befreien.

Doch obwohl sie noch Trauer und Verlust spürte, wusste sie bereits, dass es ihr wieder gut gehen würde. Mitten im Auge des Sturms war sie sicher, dass sie mit der Situation fertig werden konnte. Sie war allein, aber es war in Ordnung. Und sie hatte eine neue Stütze: die feste Überzeugung, der unerschütterliche Glaube, dass das Alleinsein nicht den Rest ihres Lebens andauern würde. Es mochte jetzt unwahrscheinlich klingen, da sie im Augenblick Single war, aber sie hatte das merkwürdige, herzerwärmende Gefühl, geliebt zu werden, und es schien ihr, als würde sie davon umgeben und getragen, als verleihe es ihr Energie.

Ros nahm ihre Tasche und ihr Buch, schlüpfte in die Schuhe und ging langsam den Mittelgang entlang zur Tür. Als sie die Flugzeugtreppe hinunterstieg, atmete sie tief ein und genoss, wie die milde englische Luft durch ihren Körper strömte. Dann nahm sie sich einen Augenblick Zeit, blieb auf der Landebahn stehen und ließ den Blick über den grenzenlosen Himmel schweifen, der sich über den zwergenhaft klein erscheinenden Flughafen wölbte und sich bis ins Unermessliche ausdehnte. Und eines spürte sie mit Gewissheit – dass irgendwo da draußen ein Mann auf sie wartete, der sie so lieben würde, wie sie war. Sie wusste nicht, woher sie diese Sicherheit nahm, aber sie spürte es genau.

Bevor sie in den Shuttlebus stieg, der sie zum Terminal bringen würde, hielt sie inne und betrachtete ein letztes Mal das weite Blau jenseits der Erde. Ja, kein Zweifel, sie fühlte es in ihrem Innern, so sicher, wie die Sonne am Morgen aufging: Irgendwo da draußen war er, irgendwo …

LISA JEWELL

Rudy

Rudy raut seine wüstengelben Wildlederboots mit einer alten Zahnbürste auf. Er zupft sich einen getrockneten Speiserest vom grauen T-Shirt und wirft einen prüfenden Blick auf den Schlitz seiner beigefarbenen Baumwoll-Militärhose. Zum Spiegel gewandt, streicht er sich das glänzende braune Haar hinter die Ohren, schiebt sich den Pony aus der Stirn und kräuselt dann die Oberlippe, um noch rasch seine Zähne zu inspizieren. Fertig zum Abmarsch.

Er stiefelt durch seine spärlich eingerichtete Wohnung, in der eine Gitarrensammlung auf Ständern – zwei Fender-, eine zwölfsaitige, zwei akustische und eine Bass-Gitarre – den größten Raum einnimmt, zieht die Tür hinter sich zu und stapft die schmale Treppe hinauf, die oben am Kebab-Laden mündet. Er muss seitwärts gehen, weil seine Füße für die Stufen zu groß sind. Mojo, sein Hund, folgt ihm dicht auf den Fersen und tapst hörbar mit den Pfoten auf den blanken Dielenbrettern.

Draußen auf der Straße wölbt Rudy die Hand über die Augen, um sie vor der Sonne abzuschirmen. In seine Wohnung kommt kein Tageslicht, und die plötzliche Helligkeit treibt ihm Tränen in die Augen. Eine Sonnenbrille hat er nicht, er verliert die Dinger doch nur ständig. Er macht sich auf den Weg nach Parliament Hill. Obwohl es bis dahin zweieinhalb Kilometer sind, geht er zu Fuß. Rudy geht grundsätzlich zu Fuß. Von Autos hält er nichts, Londons Bus- und Bahnsystem ist ihm verhasst, und allein der Gedanke, einen klapprigen kleinen Drahtesel durch die mörderischen Straßen dieser Stadt zu bugsieren, verursacht ihm Schweißausbrüche. Ab und zu fährt er schon mal im Taxi mit, das ein anderer gerufen hat, oder im Auto, wenn sich ihm eine Mitfahrgelegenheit bietet, aber ansonsten läuft er.

Rudy ist das, was man gemeinhin als Nonkonformisten bezeichnet. Er geht keiner geregelten Arbeit nach, er spielt in der U-Bahn Gitarre und nimmt ab und zu einen Gelegenheitsjob an, seine Miete bezahlt der Staat. Eine Freundin hat er nicht. Zwar schläft er fast jede zweite Nacht mit einer Frau namens Maria, aber er würde sie nie als seine Freundin bezeichnen. Weder hat er einen Fernseher noch liest er Zeitung oder Bücher, und er sieht nicht ein, warum er für teures Geld CDs kaufen sollte. Er wohnt als Vegetarier unter einem Kebab-Laden. Er hält sich einfach an keine Regeln. Selbst seine Gestalt, das Ausmaß seiner Füße, die Länge seiner Finger sind nonkonformistisch.

Seine Größe ist sogar ziemlich beachtlich – knapp 1,90 Meter. Er hat dickes, widerspenstiges Haar, das er sich ständig hinter die Ohren streicht. Oben am Hinterkopf lichtet es sich schon ein bisschen, aber wenn er nicht gerade sitzt oder jemandem begegnet, der größer ist als er – was recht unwahrscheinlich ist –, bleibt das sein kleines Geheimnis. Die Gesichtszüge hat er von seinem italienischen Vater geerbt – dichte Augenbrauen, ausdrucksvoller Mund und lange, sehr lange Wimpern. Das bemerken die meisten Frauen als Erstes an ihm. »Mein Gott, hast du lange Wimpern.«

Echt peinlich.

Man kann ihm nicht nachsagen, dass er auf sein Äußeres keinen Wert legt. Er wäscht sich jeden Morgen das Haar, rasiert sich täglich und kauft sich ab und zu etwas Neues zum Anziehen; schöne Sachen, in denen man sich wohl fühlt: grobe handgestrickte Pullis, Hosen aus Moleskin, riesige Wildlederboots in Größe 46 oder einen langen Kaschmirmantel. Natürlich alles Second Hand, er könnte es sich niemals leisten, so etwas neu zu kaufen. Aber wenn man die richtigen Läden kennt und genau weiß, was man sucht, kann man erstaunliche Schnäppchen machen.

Rudy ist 33 Jahre alt und hat in seinem ganzen Leben noch nie in einem Büro arbeiten, Anrufe entgegennehmen oder Notizen schreiben müssen. Nie hat er diesen furchtbar enttäuschenden Moment erlebt, wenn man seinen Lohnstreifen aufreißt und sieht, dass man *keine* unerwartete Gehaltserhöhung bekommen hat, dass die Steuerklasse sich *nicht* über Nacht geändert hat und die Buchhaltung sich *nicht* zu seinen Gunsten verrechnet hat. Er hat nie vor zehn aufstehen oder länger im Büro bleiben oder zu einer Abteilungsfeier gehen müssen. Krawatten trägt er nur auf Hochzeiten und Begräbnissen, und er lässt sich die Haare schneiden, wann ihm danach ist. Er kann seinen Hund mit zur Arbeit nehmen und seine Mittagspause einlegen, wann er will und so lange er möchte. Er muss zu niemandem nett sein, wenn er keine Lust dazu hat, allenfalls zu den Polizisten, die von Zeit zu Zeit kommen, um ihn zu verscheuchen, und er muss keine Schulungen besuchen oder sich Firmenphilosophien einpauken. Falls es ihm einfallen sollte, lieber zu Hause zu bleiben und doch mal fernsehen zu wollen, braucht er nicht so tun, als wäre er krank, und er wird nie in Panik geraten, weil jemand aus seiner Abteilung plötzlich ein teureres Auto fährt als er. Und was noch viel besser ist, das Allerbeste überhaupt: Er braucht diesem geldgeilen Diebesgesindel von Fiskus keinen Penny von seinem sauer verdienten Geld rüberzuschieben. Mit einem Büroangestellten hat er allenfalls gemeinsam, dass er nach draußen gehen muss, wenn er mal eine rauchen will.

Auch jetzt steckt er sich eine Zigarette an, eine schlanke weiße, jamaikanische Craven A, kramt dazu sein Feuerzeug in Form einer Pistole hervor, das ihm Maria zum Geburtstag geschenkt hat, und raucht im Gehen.

Auf den sengend heißen Straßen von Kentish Town scharen sich an diesem warmen Augusttag fantastische Frauen in fantastischen Kleidern: bauchfreie Tops, Neckholder, Hotpants und knappe Sommerkleidchen. Ein Patchworkmuster aus honigfarbener, goldbrauner und tomatenroter Haut. Einige sind spindeldürr, andere muskulös, manche schwabbelig und ein paar sind ziemlich kurvenreich. Und alle wunderschön. Er könnte sich in jede Einzelne verlieben.

Rudy merkt, wie er mit jedem Schritt erregter wird.

Im Park angekommen, sieht er einen passablen Stock von etwa 30 Zentimetern Länge, schön glatt und gut zum Werfen geeignet. Er hebt ihn auf und schleudert ihn himmelwärts, so dass er sich ein paar Mal um die eigene Achse dreht, bevor er unter einer üppigen Rosskastanie landet. Mojo erreicht die Stelle fast vor dem Stock, bremst scharf ab und muss ein paar Schritte zurücklaufen. Er schließt sein kräftiges Maul um das Holz, trabt zu Rudy zurück und legt es ihm zu Füßen.

»Braver Junge, braver Junge.« Rudy gräbt seine Finger in das warme dichte Fell unter Mojos Kinn und krault ihn kräftig durch. Dann hebt er den Stock wieder auf und wirft ihn nochmals. Eine Weile beobachtet er, wie der große Rüde davonsprintet, dann richtet er den Blick auf die Bank am Fuß des Hügels. Ist sie da? Er stopft die Hände in die Jackentaschen und steuert den steilen Abhang hinunter auf die Bank zu. Es sitzt jemand darauf; doch aus dieser Entfernung ist es schwer zu sagen, ob es ein Mann oder eine Frau ist. Rudy geht rascher. Mojo taucht an seiner Seite auf und läuft neben ihm her, während sein Herrchen zielbewusst hangabwärts strebt und die Gummisohlen bei jedem Schritt auf dem rutschigen Teerboden quietschen.

Aus dem undeutlichen Etwas auf der Bank formt sich eine Gestalt. Mit nackten Schultern und braunem Haar. Das könnte ... das könnte sie sein. Das Haar ist lang – ja, sie ist es, ganz sicher – und mit einem schwarzen, krallenähnlichen Plastikding zusammengehalten, das ihn irgendwie an Adlerklauen erinnert. Er ist ganz vernarrt in dieses Ding.

Sie dreht kurz den Kopf, um einen hyperaktiven West-Highland-Terrier zu beobachten, der einer Taube nachjagt und an ihr vorbeifegt. Im Profil betrachtet wirkt ihre Nase so vollkommen gerade, als hätte ihr jemand mit dem Hobel den letzten Schliff verliehen. Die Mundwinkel sind ganz sachte zu einem kleinen Lächeln verzogen, und sie trägt wieder dieses Kleid. Dieses Kleid, das Rudy so liebt. Es ist aus einer Art Pannesamt geschneidert und in etwa zehn verschiedenen Schattierungen von Bordeauxrot bis Flaschengrün gebatikt. Es hat hauchdünne Träger und, wie er bei der einen Gelegenheit, als er sie gehen sah, erkennen konnte, einen Rock von genau dem Gewicht und der Form, dass er beim kleinsten Windstoß hochflattert und ein paar zusätzliche Zentimeter ihrer hübschen Beine zum Vorschein bringt. Doch heute weht kein Wind. Die Luft ist klar und ruhig und aufregend warm. Kein Wölkchen am Himmel, bis auf ein paar Schlieren in östlicher Richtung, die aussehen, als wären sie von schmutzigen Kinderhänden hinterlassen worden. Im Park von Parliament Hill wimmelt es von Menschen, was am wärmsten Tag des Jahres zu erwarten war.

Überall spärlich bekleidete Leute, die sich auf dem Rasen ausstrecken und in der Sonne aalen.

Rudy nähert sich der Bank und denkt über den nächsten Schritt nach. Wo setzt er sich am besten hin? Direkt hier, ans hinterste Ende der Bank, weit weg von ihr? Mehr zur Mitte hin, in ihre Richtung, aber immer noch distanziert genug, um ihre »Privatsphäre« nicht zu verletzen? Oder soll er sein Glück versuchen und sich an ihrer Seite niederlassen? Während er versucht, allen Mut zusammenzunehmen und sich hinzusetzen, fällt ihm das regelmäßige Atmen immer schwerer. Ein und aus. Ein und aus. Ein und aus. Tu's einfach, tu's einfach, tu's … verdammt … noch … mal. Inzwischen ist sein Keuchen laut zu hören, so dass das Mädchen den Kopf umwendet, um ihn anzusehen. Sie blickt unbehaglich drein. Mist! Er atmet tief aus, entscheidet sich für das andere Ende der Bank und zieht ein vergammeltes altes Taschenbuch aus der Innentasche seiner Jacke. Er weiß gar nicht genau, was für ein Buch es ist. Irgendein Schrott, den Maria ihm vor ein paar Jahren geliehen hatte. »Oh, du wirst begeistert sein. Es ist so gut beobachtet und witzig geschrieben – über Männer und Frauen, Beziehungen und das Leben. Du musst es unbedingt lesen.« Er hatte nur kurz gelächelt, sich bedankt, es im Mantelinnern verschwinden lassen und dabei gedacht: »Wie viele Jahre müssen wir uns noch kennen, Maria, bis du verstehen wirst, dass ich nicht gern lese, dass ich Bücher und viele Worte nicht leiden kann und dass ich anderer Leute Gedanken nicht in meinem Kopf haben mag. Wie viele Bücher wirst du mir noch ausleihen, bevor du verstehst, dass ich einfach null Interesse daran habe?« Doch dann hatte er bemerkt, dass es von demselben Kerl stammte wie das, in dem das Mädchen im Samtkleid gerade schmökerte. Deswegen hatte er es letzte Woche aus der Tasche gezogen und darin zu lesen begonnen. Eigentlich war die Geschichte ganz witzig. Es ging um einen Mann, der einen Plattenladen in Nordlondon besaß und in puncto Beziehungen ein hoffnungsloser Fall war. Könnte ihn glatt an sich selbst erinnern, wenn er einen Job oder je eine richtige Beziehung gehabt hätte.

Rudy öffnet sein Buch und räuspert sich grundlos laut, als wolle er jemandes Aufmerksamkeit erregen. Das Mädchen reckt den Kopf ein wenig in seine Richtung, und Rudy entschließt sich, das Räuspern in einen heftigen Hustenanfall übergehen zu lassen, woraufhin sie sich sichtlich tiefer in die Lektüre auf ihrem Schoß vergräbt. Aha, kein Mitgefühl also, denkt Rudy. Hm … interessant. Sehr interessant. Nicht mal ein Funken Anteilnahme. Sie ist entweder ein herzloses Biest oder einfach nur sehr schüchtern. Rudy entscheidet sich für die schüchterne Variante. Das passt besser in das Gesamtkonzept seiner Fantasievorstellung. Wenn sie sich als herzloses Biest entpuppte, dann wäre jeder Samstagmorgen in den letzten sechs Wochen vergeudete Zeit gewesen.

Damals war sie zum ersten Mal aufgetaucht. Vor sechs Wochen. Aus dem Nichts in sein Leben getreten, einfach so.

Als er sie zum ersten Mal sah, ging er gerade so schnell, dass er nicht mehr als einen nebelhaften Eindruck von Pannesamt und glänzendem Haar bekam. Beim zweiten Mal schlenderte er langsam genug an ihr vorbei, um eine vollkommene Nase und ein Taschenbuch auszumachen. In der dritten Woche hatte er sich ihr von hinten genähert und war völlig fasziniert von dieser Plastikklaue gewesen, die ihr die Strähnen aus dem Gesicht hielt und sich unbarmherzig in ihr dickes Haar grub. Um die vierte Woche herum hatte er sich getraut, sich zu ihr auf die Bank zu setzen, war aber nach weniger als einer Minute wieder aufgestanden und weitergegangen. Erst letzte Woche hatte ihn ein Geistesblitz an die Leihgabe von Maria erinnert. Die Lektüre gibt ihm etwas zu tun, während er dort sitzt, und schwächt so das Unangenehme und Peinliche an der Situation ein bisschen ab.

Das Mädchen im Samtkleid sieht kurz von ihrem Buch auf und lächelt Mojo verhalten zu, der sie trübselig von seinem Platz unter der Bank aus beäugt.

Rudy grinst in sich hinein. Wenn ein Fremder seinem Hund Zuneigung entgegenbringt oder ein lobendes Wort widmet, nimmt ihn das schneller als alles andere für denjenigen ein. Auch die junge Frau auf der Bank hatte Mojo gleich bei der ersten Begegnung einen netten Blick zugeworfen, dasselbe halbe Lächeln, das sie dem West-Highland-Terrier geschenkt hatte, als er vorhin an ihr vorbeigerannt war. Offensichtlich mag sie Hunde, das ist gut, das ist sogar von entscheidender Bedeutung. Schließlich ist Mojo sein bester Freund. So; wenn sie jetzt noch auf Muddy Waters und B. B. King steht und ein bisschen Flamenco-Gitarre spielt, dann wäre sie tatsächlich die perfekte Frau für ihn.

Nicht, dass er es je herausfinden würde. Natürlich nicht. Er wird sie auf keinen Fall ansprechen oder so. Das macht er nie. Die Frau mit dem Samtkleid und der Kralle im Haar ist nämlich nicht die erste, mit der Rudy sich im Park von Parliament Hill eine Bank teilt. O nein. Dieses Jahr war da zunächst die Frau mit dem blauen Nagellack und dem abgefahrenen Hut gewesen, und davor die mit dem rosafarbenen Nasenstecker und dem Schweinsleder-Rucksack, später die Frau mit der Basttasche und den strassbesetzten Haarklämmerchen, dann diejenige mit den baumelnden Ohrringen und den Schlangenlederschuhen und schließlich die eine mit dem Ethno-Fußkettchen und den großen Silberringen an den Fingern. Rudy liebt diese Accessoires. Nicht für sich selbst, aber bei Frauen. Frauen können sich hinter Kleidung verstecken, hinter Mode, aber es sind die kleinen Accessoires, mit denen sie ihren Charakter preisgeben.

Also – was weiß er über diese Fremde, über dieses Mädchen im Samtkleid?

Sie ist Single, so viel ist sicher. Sie alle sind Singles, all die Mädchen hier. Klar. Warum um alles in der Welt sollten sie sonst an einem Samstagnachmittag allein im Park herumsitzen, wenn sie mit jemandem zusammen wären?

Der Samtstoff verrät ihm, dass sie sinnlich ist. Empfänglich für den Reiz von Stoffen und etwas Luxus in ihrem Leben nicht abgeneigt. Er denkt sie sich als den Typ Frau, der auf dem Weg nach Hause an einer piekfeinen belgischen Konfiserie Halt macht, um einen einzelnen Champagnertrüffel zu erstehen, den sie sich in eine winzige Geschenkbox einpacken lässt. Keine gierig verschlungenen Marsriegel, kein KitKat auf dem Weg zur Arbeit. Sie hat weder Twix in ihrer Schreibtischschublade noch schiebt sie sich Milka Luflée rein, wenn gerade niemand hinsieht. Nur ein kurzer Augenblick des puren Luxus!

Er stellt sich vor, wie sie das Konfekt mit nach Hause nimmt, vor Aufregung ganz kribblig ist und sich erst einmal eine schöne Tasse Tee macht, natürlich in der Kanne und mit richtigen Blättern.

Er denkt sich, dass sie eine Katze hat, eine persische vielleicht, oder eine Ragdoll. Jedenfalls eine mit dichtem, langem Haar. Wahrscheinlich kauft sie ihr ab und zu ein Stück Kabeljau oder pochiert ihr Hühnerbrust in Milch.

Das Kleid war bestimmt auch eine Sache gewesen, die sie sich bewusst gegönnt hatte. Etwas, das sie in einem Schaufenster gesehen, in das sie sich sofort verliebt und wofür sie dann wochenlang gespart hat. Sicher hat man es in Seidenpapier eingeschlagen und ihr in einer glänzenden Papiertüte mit Kordelgriffen übergeben. Die Tüte bewahrt sie noch immer in einer

Ecke ihres Kleiderschranks auf, zur Erinnerung an einen vollkommenen Augenblick.

Die junge Frau im Samtkleid schiebt den Finger zwischen die nächsten beiden Seiten des Buches und kichert fast unmerklich in sich hinein, offensichtlich amüsiert über etwas, das sie gerade gelesen hat. Sie blättert die Seite um und seufzt zufrieden.

Rudy räuspert sich ein zweites Mal und mustert sie verstohlen. Wer ihn jetzt beobachten würde, könnte meinen, dass er sie gleich ansprechen wird, dass er gerade allen Mut zusammennimmt. Doch weit gefehlt. Rudy braucht nicht mit ihr zu reden, er muss sie nicht kennen lernen, er weiß ja schon so vieles. Er hat keine der Frauen je angesprochen. Das würde nur alles verderben. Er zieht es vor, Frauen kennen zu lernen, ohne mit ihnen reden zu müssen. So bleibt ihm die Entdeckung erspart, dass sie dumm, verbiestert, langweilig, albern oder oberflächlich sind, dass sie womöglich einen schrecklichen Akzent, eine furchtbare Stimme haben oder sich auf keinen Fall mit ihm unterhalten wollen. Lieber erst gar nicht versuchen. Besser nur auf der Bank sitzen und sie sich in Gedanken einverleiben, ihre Persönlichkeit anhand der verräterischen Signale entschlüsseln, die sie überall unbewusst aussenden. Mit Körpersprache, Schmuck, Büchern oder Accessoires. Mit der Art, wie sie auf Mojo reagieren und auf ihn selbst, wie sie auf das Wetter ansprechen oder auf die Dinge, die um sie herum passieren. Durch abgekaute oder lange Fingernägel, kurzes oder langes Haar, saubere oder dreckige Schuhe. Man kann an solchen Zeichen mehr über den Grad ihrer Selbstachtung lernen als in einem ganzen Jahr Psychotherapie. Na ja, wahrscheinlich.

Aber was ist mit Zuneigung, könnte man sich fragen, was mit Berührungen, mit *Sex*? Man mag es nicht für möglich halten, aber Rudy sucht tatsächlich keinen physischen Kontakt zu seinen Bank-Bekanntschaften. Für solche Dinge hat er ja Maria, die Kellnerin im *Lady Somerset.* Die schlimme kleine Maria mit ihrem Push-up-BH, dem dick aufgetragenen Lippenstift, dem winzigen kleinen Po und den mörderischen Hüftknochen, die wie Haifischflossen zu beiden Seiten ihres Unterleibs hervortreten. Alles an ihr hat etwa die Hälfte seiner Ausmaße, und sie ist mindestens zehn Jahre älter als er. Sie ist jederzeit für alles zu haben und nicht an Quatschen oder Liebe oder miteinander Ausgehen und solchem Zeug interessiert. Wenn die Kneipe schließt, geht sie einfach gern in seine Wohnung rüber und klettert so lange auf seinem großen langen Körper herum, wie er es zulässt. Sie ist großartig. Aber sie reicht nicht annähernd an sein Frauenideal heran, angefangen damit, dass sie für seinen Geschmack viel zu dünn ist. Doch sie gibt ihm genau das, was er braucht, und auf seine ganz eigene Art liebt er sie dafür.

Die junge Frau im Samtkleid wirft einen Blick auf die Uhr (schlicht, mit Lederarmband, sieht aus, als hätte sie das Ding seit Jahren), knickt die Seitenecke um, schließt das Buch und lässt es in die Tasche (Leder-Matchbeutel zum Zuschnüren) gleiten. Sie steht auf, hievt sich die Tasche über die Schulter und wendet sich zum Gehen.

Und dann passiert etwas Ungeheuerliches. Sie hält inne, dreht sich um und schaut Rudy in die Augen. Es kommt ihm vor, als starre sie ihn mindestens zehn Minuten lang an, bis sie langsam den Mund öffnet. Das Blut schießt ihr in die Wangen, und sie fängt an, sich verlegen die Hände zu kneten.

Dann lächelt sie. Sagt »tschüs«, hebt steif eine Hand zum Abschied und setzt sich in Bewegung.

»Ja, klar«, murmelt Rudy, kerzengerade aufgerichtet. Er lässt das Buch auf die Erde gleiten und fügt ein paar Sekunden zu spät hinzu: »Ja, klar – bis dann.« Sie ist schon halb in der Ferne verschwunden. »Bis dann.«

Er beobachtet, wie sie, die Hände in den Taschen, mit gesenktem Kopf den Hügel hinunterschlendert.

Himmel.

Herr im Himmel!

Was war denn das? Was zum Teufel war das?

Rudy beugt sich vor, um sein Buch aufzuheben. Ihm schwirrt der Kopf. Sie hat ihn angesprochen. Das Mädchen im Samtkleid hat ihn angesprochen, hat »tschüs« gesagt. Was hat das zu bedeuten? Was hat diese Frau im Sinn?

Er runzelt die Stirn und stopft sich das Buch in die Innentasche. Warum hat sie ihn angesprochen?

Und dann dämmert ihm die schreckliche Erkenntnis: Sie ist extra hierher gekommen, nur um ihn zu treffen! Jede Woche, dieselbe Bank, dieselbe Zeit. Völlig eindeutig. Sie … sie … verfolgt ihn. Er wird von einer verrückten, besessenen, einsamen, ungeliebten, geistig verwirrten Frau verfolgt. *O Himmel!*

Rasch steht er auf und vergewissert sich, dass sie nicht mehr in Sicht ist. Okay, sie ist weg.

»Komm, Junge, komm.« Er schlägt sich auf die Schenkel, und Mojo gesellt sich zu ihm, um an seiner Seite den Hügel hinunterzuwandern.

Rudy braucht jetzt einen Drink. Seine Hände zittern, und an den Brauen hat sich ein leichter Schweißfilm gebildet. Er beschleunigt seine Schritte, während er den Teerweg hinunter auf die Highgate Road in Richtung Lady Somerset Road eilt und dann und wann einen hektischen Blick über die Schulter wirft.

ISABEL WOLFF

Endspurt

Er ist ohne Zweifel ein geistreicher Mann, dachte Jane, während sie sich dunkelblaue Mascara auf die blassen Wimpern strich. O ja, sinnierte sie und betrachtete ihr Spiegelbild, Gerald war ziemlich gescheit. Genau das mochte sie so an ihm, genau das hatte sie an jenem Samstagnachmittag vor drei Monaten zu ihm hingezogen. Damals im Klubraum der Royal Academy of Arts; als sie für einen Kaffee Schlange stand. So hatten sie sich kennen gelernt. Sie hatten beide in exakt derselben Sekunde nach dem Milchkännchen gegriffen, hatten lachen müssen und waren leicht errötet, bevor sie höflich »nach Ihnen« gemurmelt hatten. Und dann hatte er ihr plötzlich in die Augen geschaut und gefragt, »Finden Sie den jungen Kandinsky nicht auch ein bisschen … asthenisch?« Jane war zu verblüfft gewesen, um gleich antworten zu können, und zu sehr damit beschäftigt, diesen merkwürdigen Mann zu mustern, der in diesem Moment seelenruhig Milch in ihren Kenco-Kaffee goss, als ob sie sich seit Jahren kannten.

»Asthenisch? Tja …«, sie zuckte amüsiert die Schultern. »Ich bin mir nicht sicher, ob ich weiß, was das heißt.«

Er ließ erst einen, dann einen zweiten blassbraunen Zuckerwürfel in ihren Kaffee fallen.

»Kommt aus dem Griechischen, ›sthenos‹ für ›Kraft‹ und ›a‹ für ›nicht‹«, erklärte er und begann, energisch umzurühren. »Heißt also so viel wie ›kraftlos‹.«

»Kraftlos?«

»Eigentlich im körperlichen Sinne. Aber davon abgeleitet könnte man sagen: ohne Substanz. Intellektuell nichts sagend. Schwach«, fügte er selbstsicher hinzu. Er schlug den Löffel dreimal klirrend gegen den Tassenrand und fragte: »Wollen wir uns setzen?«

Jane hatte zustimmend gelächelt und war ihm zum schwarzen Ledersofa neben der Tür gefolgt. Sie hatte schon mal davon gehört, überlegte sie belustigt. Der Klubraum für die Mitglieder des Fördervereins war als Anmachschuppen berüchtigt. Das wusste jeder. Und das hier, nahm sie an, war eine Anmache. Wirklich!, dachte sie. Der hat Nerven. Und dann fiel ihr ein, dass sie genau deshalb beigetreten war. Der Mann redete noch immer über Kandinsky – »mittlere Periode … Kubismus … Picasso überlegen … Klimt …« Und während er erzählte, saß Jane sanft lächelnd daneben, nickte ab und zu höflich und nahm ihn diskret ins Visier. Kopflastiger Typ. Genau. Etwas eulenhaft sogar. Sah ein bisschen aus wie Stanley Spencer. Runde Hornbrille. Ein Wust dicken braunen Haars. Schmale Züge, die sich in der Mitte des weichen runden Gesichts zusammendrängten. Kein schönes Gesicht, musste sie zu ihrem Bedauern erkennen. Nein, absolut nicht schön. Aber auch nicht abstoßend, räumte sie vernünftig ein und spürte eine Anwandlung von Hoffnung. Ganz beiläufig hatte sie den Blick ein wenig tiefer gleiten lassen, um seine Figur in Augenschein zu nehmen. Er war weder schlank noch dick. Groß auch nicht. Aber er hatte breite Schultern. Stämmig, das war er. Und gut gekleidet, mit einem marineblauen Jackett und grauer legerer Hose. Ein stämmiger, redegewandter Mann knapp über vierzig. Single, nahm sie an.

»Kommen Sie öfter …?«, begann sie und bremste sich gerade noch rechtzeitig. »Ich meine, gehören sie schon lange zu den Förderern?« Der Mann nippte an seinem Kaffee und senkte die Tasse.

»Seit Jahren«, erwiderte er. »Und nicht nur der Royal Academy; ich bin auch Klubmitglied im Warburg-Institut und in der Tate Gallery. Als Jane das vernahm, begann sich etwas in ihr zu regen. O ja. Sie hatte eine Schwäche für geistreiche Männer …

Jane trug einen Hauch Rouge auf, ging mit der Bürste durch das kurze blonde Haar und sprühte sich eine Spur »Allure« auf den leicht gepuderten Hals. Sie sah auf die Uhr. Zehn vor sieben. Wie üblich würde sie zu spät kommen. Bei Gerald kam sie grundsätzlich zu spät. Schließlich wusste sie, dass man mit Pünktlichkeit nichts erreichte. Meistens war es eine Frage von fünf oder sechs Minuten. Manchmal, wenn sie sich besonders selbstsicher fühlte, brachte sie es sogar auf acht oder zehn. Ja, Jane hatte Gerald wohlweislich zappeln lassen – wie ein Angler seine Forelle. Hatte ihn gereizt, sich Zeit gelassen und nichts getan, was ihn erschrecken oder unter Druck setzen könnte. Denn Gerald war ohne Zweifel nicht der Typ Mann, der sich drängen ließ. Langsam stieg sie die Treppe hinunter und warf einen letzten prüfenden Blick in den Flurspiegel, bevor sie ihre Tasche nahm und nach draußen trat. Sie dachte an den kulturellen Abend, der vor ihr lag. Seit sie Gerald kannte, hatten sie sehr viele solcher Abende verbracht. Sie hatten *König Lear* im Barbican Centre und Edward Lear in der Tate Gallery bewundert. Sie hatten Hodgkin in der Hayward Gallery einen Besuch abgestattet, sich Schostakowitsch in der Festival Hall angehört und Pinter in der Almeida sowie die Rambert-Ballettkompanie im Sadler's Wells angeschaut. Und sie fand, dass es jetzt, nach drei Monaten, allmählich Zeit war, dass er ... Ja, es war an der Zeit.

Janes Herz begann zu klopfen, als sie in die Kentish Town Road einbog. Heute Abend würde sie den Stein ins Rollen bringen, ihm einen sanften Stoß versetzen. Schließlich hatte Gerald ihr schon versichert, sie hätten jede Menge gemeinsam. Wie sie liebte er die Oper, er fuhr jedes Jahr zu den Festspielen nach Glynderbourne. Ihr schoss ein idyllisches Bild durch den Kopf – Anna und Gerald lachend auf einer Mohairdecke im Grünen, ein Glas Champagner in den Händen ... Auch Theater mochte er und Filme, solange sie anspruchsvoll waren. Und Konzerte natürlich. Er besuchte ständig welche. Und er war ein leidenschaftlicher Bewunderer der bildenden Künste. O ja, sie hatten wirklich vieles gemeinsam, sagte sie sich noch einmal, während sie die U-Bahn Kentish Town betrat. Natürlich gab es auch ein paar Unterschiede. Zum Beispiel war Gerald ein brillanter Mathematiker, sie dagegen ... andererseits waren sich damals alle einig gewesen, dass die Abschlussprüfung für die Sek. I in jenem Jahr verflixt schwierig war. Aber Gerald war ein Mathegenie und hatte sein Studium in Oxford mit Auszeichnung bestanden. Zu seinen liebsten Hobbys gehörte, wie er ihr erzählt hatte, »das Nachdenken über das Universum«. Eine andere Sache, in der sie nicht übereinstimmten, war das Fernsehen. Gerald besaß gar keine Flimmerkiste. »Nichts, was sich anzugucken lohnte!«, pflegte er zu sagen. Jane dagegen arbeitete als freiberufliche Produzentin fürs Fernsehen. Und ein weiterer Unterschied lag darin, dass er Humanist und Jane Katholikin war. Zugegeben, vielleicht nicht mit ganzem Herzen, aber sie wusste dennoch, dass sie ihren Glauben nie aufgeben würde. Dafür war er zu tief in ihr verankert, hatte ihr Leben von Anfang an wie ein roter Faden durchzogen. Gerald dagegen hielt so standhaft an seinem Unglauben fest, dass es fast schon etwas Missionarisches an sich hatte. »Sieh mal, ich *weiß* hundertprozentig, dass Gott NICHT existiert«, hatte er mehrfach verkündet und sich die Brille ein Stück höher geschoben. »Absolut nicht. Auf keinen Fall!« Das bestürzte Jane etwas, hatte sie doch immer gedacht, es bestünde zumindest eine winzige Chance, dass es ihn vielleicht doch gab. Aber man konnte letztlich nicht erwarten, mit dem potenziellen Partner alles gemeinsam zu haben, nicht wahr?, sagte sie sich, als sie ihren Fahrschein in den Automaten steckte, um das Drehkreuz passieren zu können. Und Gerald war an ihr interessiert. So viel war klar. Sie wusste es deshalb, weil er immer, ohne Ausnahme, am folgenden Morgen bei ihr anrief, um sie aufzufordern: »Also, Jane, geh und hol einen Terminkalender.« Und dann trugen sie beide die nächste Verabredung ein, meist für einen Zeitpunkt in vier oder fünf Tagen.

Jane überließ es immer Gerald, sich zu melden. Sie wusste, dass es so besser war. Und obwohl sie von Natur aus nicht manipulativ war, spürte sie, dass sich ihre kalkulierte Zurückhaltung bezahlt machte. Denn er hatte begonnen, sie anzurufen, wenn er geschäftlich für seine Bank unterwegs war. Zweimal hatte er sich von Glasgow aus gemeldet und einmal sogar aus Paris, wovon sie insgeheim ganz entzückt war. Während sie sich unterhielten, stellte sie sich vor, wie er am Fenster stand und den Ausblick auf die Place Vendôme und die in der Herbstsonne funkelnde Seine genoss. O ja, er ist mächtig interessiert, dachte sie, als sie in die Bahn stieg. Und darum lässt er sich Zeit. Doch jetzt war ihr danach, ein *bisschen* fortissimo zu spielen.

Gerald war fünfundvierzig. Fast zehn Jahre älter als Jane. Er erzählte nicht oft von seiner Vergangenheit. Jane wusste nur, dass er seit acht Jahren geschieden war (höchste Zeit also, dass er den Sprung wieder wagte!) und dass er seine Ex-Frau Susie als »dummes Huhn« bezeichnete – was Jane ein wenig bestürzt hatte. Als er es bei ihrer zweiten Verabredung während des Abendessens erwähnte, verließ sie der Mut. Sie hatte ihn leicht tadelnd angesehen und leise »O Gerald« gemurmelt. Dann hatte er ihr schuldbewusst erklärt, er habe Susie verlassen, weil sie zwar »unglaublich attraktiv«, aber leider »strohdumm« gewesen sei. Und Jane wunderte sich, dass er eine attraktive Frau gehabt hatte; wo er doch selbst nicht unbedingt mit optischen Vorzügen gesegnet war. Andererseits, tja, andererseits … andererseits war er reich.

Sie hingegen vermied es tunlichst, von sich zu reden. Doch manchmal drang Gerald forschend in sie. Sie mochte es, wenn er ein bisschen nachbohrte, achtete aber sorgsam darauf, dass ihre Antworten heiter und gelassen klangen.

»Na ja«, sagte sie dann leichthin, »ich schätze, ich habe wohl nie den Richtigen getroffen …«, und fügte hinzu: »Wenn, dann sollte man es schon richtig machen, nicht wahr?« Sie erwähnte nie, dass sie ihren Ex, Philip, – sollte sie ihn je wieder zu Gesicht bekommen – wahrscheinlich mit einem einzigen wohl gezielten Schlag ihrer Handtasche niederstrecken würde. »O ja, wiederholte sie mit bedauerndem Lächeln, »man sollte es schon *richtig* machen.«

Während die Bahn südwärts ratterte, prüfte Jane noch einmal ihr Make-up, strich sich das Haar hinters Ohr und entfernte ein Stäubchen von dem samtenen Revers auf ihrem Mantel. Sie wollten in die Oper gehen, sich im Coliseum *Hänsel und Gretel* anhören. Wie immer hatte sie die Karten besorgt, und er würde sie später zum Abendessen ausführen. »Ich sorge für die Unterhaltung«, hatte sie am Anfang gewitzelt, »und du bist fürs Catering verantwortlich.« Obwohl sie wusste, dass er ein Vermögen verdiente, war sie immer darauf bedacht, ihren Anteil beizusteuern. Jane betrat die Rolltreppe am Leicester Square und schwebte aufwärts, nach draußen. Jetzt noch an St.-Martin-in-the-Fields vorbei, dann scharf nach rechts abbiegen und schon konnte sie das Opernhaus und die Menschenmenge sehen, die die Treppe hinaufeilte. Und da drüben bei der Theaterkasse stand Gerald und wartete. Sie hatte ihn entdeckt, bevor er sie bemerkte und stellte befriedigt fest, dass er leicht besorgt dreinblickte. »Entschuldige, ich bin spät dran«, keuchte sie und bot ihm die kühle Wange zum Begrüßungskuss. »Das Telefon wollte einfach nicht aufhören zu klingeln, und ich konnte nicht weg!« Das war schon keine kleine Notlüge mehr, da bogen sich bereits die Balken. Kein Mensch hatte sie angerufen. Sie warf einen Blick auf Geralds Anzug: Prince-Charles-Karomuster. Er stand ihm gut, und obwohl weit davon entfernt, attraktiv zu wirken, sah er doch wenigstens immer gepflegt aus. Rasch zog sie ihren Mantel aus, als der Gong auch schon den Beginn der Aufführung ankündigte. Unter dem Mantel trug sie eine blassblaue Kaschmir-Strickjacke und einen kurzen, bronzefarbenen Samtrock. Sie schenkte Gerald ein Lächeln, fuhr sich mit den manikürten Fingern durchs Haar, und dann gingen sie die Treppe hinauf zur vordersten Reihe im 1. Rang.

»Ich liebe dieses Gefühl«, dachte sie, während sie ihre Plätze einnahmen und die Lichter gedämpft wurden. »Ich liebe diesen Moment, wenn der Vorhang aufgeht, die Stille einkehrt und die Dunkelheit uns beide wie ein Kokon umhüllt.« Davon überzeugt, dass rechts ihre Schokoladenseite war, versuchte sie es immer so einzurichten, dass sie zu Geralds Linken saß. Sie schlug die Beine übereinander und war sich bewusst, dass er das leise Aneinanderreiben ihrer teuren Seidenstrümpfe hören konnte. Sie hoffte, er würde auch das weiche Schimmern ihres Samtrocks bemerken, der sich über ihre Schenkel spannte, und den Hauch süßer Vanille in ihrem Parfum einatmen. »Heute Nacht«, dachte sie, als die Musik anschwoll, »heute Nacht, vielleicht heute Nacht.« Manchmal legte sie im Theater ihren rechten Ellbogen auf die Armlehne. Wenn er mit seinem linken Arm das Gleiche tat, fühlten sie den Körper des anderen beim Atmen beben. Auf und ab, auf und ab. Bis einer von beiden die Position verlagerte.

In der Pause zeigte Gerald sich völlig hingerissen: »Postromantisch … wagnersche Harmonie … folkloristische Melodien … stark an Richard Strauss angelehnt …« Während Jane lauschte und an ihrem Rotwein nippte, breitete sich in ihrem Innern ein warmes Glühen aus. Sie war glücklich, diesen gescheiten Mann an ihrer Seite zu haben; glücklich und froh, nur … Später, beim Abendessen, wollte sie ihm einen kleinen Wink geben. Aber Gerald verlor sich noch immer in Ergüssen über die Musik des 19. Jahrhunderts. Doch dann, als der Kellner den Kaffee brachte, herrschte plötzlich einen Moment lang Stille, und ihre Blicke trafen sich über den Tisch hinweg. Mit dem weißen Bordeaux strömte neuer Mut durch Janes Adern.

»Gerald …«, begann sie vorsichtig. »Gerald, da ist etwas, das ich dir …«

»Schönberg!«, rief er aus.

»Was?«

»Entschuldige. Schönberg. Im Barbican Centre. Es ist mir gerade wieder eingefallen«, sagte er. »Nächsten Donnerstag. Wollen wir hingehen?«

»Wie? Oh. Ja, doch«, stimmte sie zu. »Schönberg wäre toll.«

»Du wolltest gerade etwas sagen«, räumte er ein. »Tut mir Leid. Sprich nur weiter.«

»Wollte ich das?«, erwiderte sie vage. »Oh, es war nichts Wichtiges. Äh … Ich hatte nur wissen wollen, ob du dich für Liszt begeistern kannst?«

Später begleitete er sie wie jedes Mal zur U-Bahn. Er ging immer bis zur Station mit und nahm dann ein Taxi nach Earl's Court, wo sich seine Luxusvilla befand. Sie schlenderten nebeneinander her, wobei Gerald, stets sehr »korrekt«, auf der Straßenseite zu gehen pflegte.

»Wieder einmal ein wunderbarer Abend«, verkündete er froh, während sie ihren Fahrschein aus der Tasche kramte. »Wieder einmal ein herrlicher Abend. Herrlich. Was für ein Vergnügen.« Er küsste sie auf die Wange. »Schönberg«, wiederholte er fröhlich. »Ich rufe dich morgen an, Jane. Tschüs.«

»Tschüs«, erwiderte sie mit dünnem Lächeln und wandte sich zum Gehen. In der Bahn vermied sie jeden Blick auf das verliebte junge Pärchen, das eng umschlungen auf dem Platz gegenüber saß. Jane hatte ihre Oberlippe stets unter Kontrolle, doch die untere machte ihr im Moment Schwierigkeiten. Um sich zu beruhigen, begann sie tief zu atmen – ein und aus – und hielt sich das Buch vor die Nase. Als sie ausstieg und sich von Kentish-Town entfernte, starrte sie beim Gehen fest auf die Pflastersteine. Endlich in der Wohnung, schloss sie die Haustür, rief »Herr im HIMMEL!« und brach in Tränen aus.

Am nächsten Tag, kurz nach Mittag, klingelte das Telefon.

»Jane. Ich bin's, Gerald. Wie geht's?«

»Mir … Ich bin etwas verwirrt«, war es ihr entschlüpft, ehe sie sich bremsen konnte. O Gott. O *Gott*. Zu spät.

»Verwirrt?«, wiederholte er. »Weswegen?«

»Deinetwegen, Gerald«, sagte sie leise.

»Oh. Oje. Warum?«

»Na ja … weil …«, fuhr sie flach atmend fort, »… Wir gehen jetzt seit dreieinhalb Monaten miteinander aus – und du hast nicht einmal meine Hand gehalten!« Na bitte, jetzt war es heraus. Sie hatte ein Loch in den Damm gestoßen, und nun würde das Wasser hindurchströmen.

»Äh …«, begann er verlegen.

»Ich weiß einfach nicht, was du willst.«

»Was ich will? Ehm … äh«, stotterte er. »Tja … tja … das ist sehr merkwürdig«, entgegnete er schwach, während er sich langsam von dem Schock erholte. »Ja! Ein äußerst merkwürdiges Gespräch.« Jane holte tief Luft.

»Nun, *ich* finde es merkwürdig«, fuhr sie ruhig fort, »dass du dich ständig mit mir treffen möchtest, aber nie irgendetwas unternimmst.«

»Nie etwas unternehme?«

»Dauernd verabreden wir uns«, fügte sie entnervt hinzu, »Woche für Woche, und du hast nicht ein Mal, nicht ein einziges Mal … Hör zu, es ist nicht gut, so schüchtern zu sein.«

»Schüchtern?«, rief Gerald empört. »Ich? Ich bin doch nicht schüchtern!«

»Nicht?«

»Nein!«

»Hm, mir gegenüber schon«, erwiderte sie.

»Bin ich das?«

»Ja. Wenn auch nicht am Anfang, als du mich in der Royal Academy angemacht hast.«

»Ich hab dich nicht angemacht«, sagte er verwundert. »Ich habe Konversation betrieben, ich war einfach nur höflich.«

»Oh. Na gut, aber warum wolltest du dann anschließend mit mir ausgehen? Und warum hast du mich immer wieder gebeten, mit dir auszugehen? Das ist mein Problem, Gerald. Ich weiß einfach nicht, was du willst.«

»Oh, verstehe.«

»Ich dachte, du wärst daran interessiert … du weißt schon …«, sie seufzte, »… mich besser kennen zu lernen.«

»Ja, das war ich auch. Ich meine, das bin ich auch«, verbesserte er sich.

»Aber ich denke, inzwischen kennst du mich recht gut, Gerald. Und um ehrlich zu sein, finde ich deine Annäherung mit 33 Umdrehungen pro Minute ein bisschen …«, sie vermied es, »frustrierend« zu sagen, »… langsam.«

»Ah. Verstehe. Nun, Jane, das ist wirklich ein äußerst merkwürdiges Gespräch«, sagte er wieder, diesmal fast amüsiert. »Meine Liebe, mir war einfach nicht bewusst, dass du so fühlst«, fügte er hinzu. »Ich … ich …« Die Worte gingen ihm aus. »Aber jetzt weiß ich, was ich zu tun habe!«, rief er plötzlich. »Ja! Ich weiß, was ich zu tun habe. Und ich werde es tun!«

Inzwischen bereute Jane zutiefst, ihm ihre Gefühle offenbart zu haben. Sie spürte, wie sich ihr der Magen umdrehte. »Ja«, fuhr er jetzt aufgeregt fort. »Ich weiß, was ich zu tun habe, und wenn ich dich das nächste Mal treffe, werde ich deine Hand halten!«

»Hör zu, Gerald«, sagte sie erschöpft. »Du musst nichts tun, was du nicht möchtest …«

»Oh, aber ich möchte ja!«

»Ich will damit nur sagen«, erwiderte sie geduldig, »dass ich gern wüsste, ob du unsere Freundschaft nur als … na ja … Freundschaft betrachtest?«

»Nun, zuerst einmal müssen wir Freunde sein«, sagte er. »Das ist sehr wichtig. Ich meine, mit meiner letzten Freundin bin ich ein Jahr lang ausgegangen, ehe wir …«

»Ein Jahr?«, wiederholte sie. Gütiger Gott!

»… aber jetzt, da ich weiß, wie du fühlst, werde ich … nun«, schloss er geheimnisvoll, »Ich weiß genau, was ich tun werde.«

Jane legte mit bleischwerem Herzen auf. Mit Gerald eine Diskussion darüber zu führen, ob er ihre Hand halten sollte oder nicht, war ganz und gar nicht das, was sie im Sinn gehabt hatte. Sie wollte doch nur, dass er es einfach tat. Schon seit Wochen hatte sie sich das gewünscht. Sie wollte, dass er in einem geeigneten Moment sanft ihre Hand nahm und sie mit seinen beiden umfing. Aber nichts dergleichen war passiert. Nicht einmal eine zufällige Berührung. Nur diese endlosen kulturellen Exkursionen, bei denen sie wie vertraute Fremde nebeneinander saßen und kaum die Ärmel des anderen streiften. Manchmal hatte sie sich gefragt, ob er vielleicht schwul war.

Er ist nicht schwul, beruhigte sie sich zum wiederholten Mal, als sie später am Tag die Harley Street hinunterging. Er ist nur ein bisschen unbeholfen im Umgang mit Frauen. Das ist oft so bei kopflastigen Männern. Aber wenigstens weiß er jetzt über meine Gefühle Bescheid. Ich kann es ja nicht ewig so weiterlaufen lassen. Sie stieg die Treppe hinauf und betrat Dr. Herbs Wartezimmer. Dr. Herb war ihre Gynäkologin. Es war Jane zu peinlich, sich mit Problemen »solcher« Art an ihren Hausarzt zu wenden, der ein alter Freund der Familie war. Dr. Herbs Name passt gut zu ihr, dachte Jane, als sie auf dem Untersuchungsstuhl Platz nahm und auf die Plastikschalen starrte, in denen ihre Beine lagen.

»Wahrscheinlich ist es Candidose«, verkündete die Ärztin forsch. »Im Allgemeinen als Soor bezeichnet«, ergänzte sie, während sie mit einem Gummihandschuh in Janes Tiefen vorstieß. »Wir haben ein bisschen Juckreiz, hm?«

»Ja.«

»In letzter Zeit Sex gehabt?«

»Nein«, erwiderte Jane trübsinnig.

»Hatten Sie jemals welchen? Soor, meine ich, nicht Sex.«

Jane schüttelte den Kopf.

»Wie auch immer«, sagte Dr. Herb umsichtig, während sie einen Tupfer zur Hand nahm, »es könnte eine bakterielle Vaginose sein. Ich werde es einfach …« Jane zuckte zusammen. »… näher untersuchen lassen. Es nennt sich Gardnerella vaginalis, falls Sie den lateinischen Begriff wissen möchten.« Jane gefiel der Name. Hörte sich an wie eine Blume. Dabei sollte man meinen, dass Unverblümtheit ihr Problem war.

»Gardnerella wird oft mit seelischer Unruhe in Zusammenhang gebracht«, erklärte Dr. Herb, während Jane sich die Seidenstrümpfe hochzog. »Aber Sie brauchen sich keine Sorgen zu machen«, fügte die Gynäkologin hinzu. »Es ist leicht zu behandeln. Ich schreibe Ihnen, sobald ich die Resultate habe.«

Am Dienstag bekam Jane einen Brief von Dr. Herb, in dem ihr mitgeteilt wurde, sie leide an einem einfachen Fall von Soor, und dass die Infektion mit dem beigelegten Rezept im Nu verschwinden werde. Sie brachte es am Donnerstag auf dem Weg zu *Frederick's*, wo sie Gerald treffen wollte, zu einer nahe gelegenen Apotheke.

»Lesen Sie sich die Packungsbeilage gut durch«, riet ihr der Apotheker, und Jane ließ die kleine Schachtel in die Tasche gleiten. Auf dem restlichen Weg zum Restaurant atmete sie schwer. Gerald und sie waren nicht für Schönberg verabredet. Sie würden nur zu Abend essen und reden. Und obwohl Jane froh war, dass sie klar Schiff gemacht hatte, fühlte sie sich wie Gary Cooper in *Zwölf Uhr mittags*. Sie hatte sich mit Sorgfalt gekleidet. Nicht zu sexy. Nur ein schickes graues Kleid von Jasper Conran. Sie öffnete die Tür, und da saß Gerald – auf einem dunkelblauen Sofa bei der Theke. Jane hatte vermutet, er würde nervös aussehen. Aber nichts dergleichen. Er strahlte über beide Ohren.

»Unser Tisch wird erst in einer Viertelstunde frei«, erklärte er, nachdem er aufgesprungen war. »Möchtest du etwas trinken?«

»Ja, bitte.«, sagte sie, und der Ober nahm ihr den Mantel ab. »Ich hätte gern ein Glas Weißwein.« Gerald gab die Bestellung an den Kellner weiter und setzte sich. Dann sah er sie an, neigte keck den Kopf zur Seite und klopfte mit flacher Hand kokett auf den Platz neben ihm. Jane spürte, wie sich ihr Magen zu verkrampfen begann. Sie setzte sich ans andere Ende des Sofas und belegte den Zwischenraum mit ihrer Handtasche. Jetzt beschränkte Gerald sich darauf, ihr in die Augen zu sehen und wissend zu lächeln. Sie wünschte sich von Herzen, er würde damit aufhören.

»Wie war dein Tag? Viel zu tun?«, fragte sie. Er nickte. Sie nippte nervös an ihrem Wein, während er von irgendwelchen Fusionen erzählte, die er zu Stande gebracht hatte.

»Und – lief es bei dir auch gut?«, fragte er mit verschwörerischem Grinsen, als teilten sie beide ein Geheimnis.

»Äh, ja«, erwiderte sie, »doch«, und plapperte etwas von einem Projekt über Männer und plastische Chirurgie, das sie Channel 4 anbieten wollte. Und die ganze Zeit, während sie sprach, saß Gerald ihr explizit zugewandt auf dem Sofa, mit lächelnder Miene und hochgezogener Braue.

»Du musst wissen, der Anteil an Männern, die sich einer Schönheitsoperation unterziehen, hat in den letzten zehn Jahren drastisch zugenommen«, erklärte sie. »Tatsächlich ist er um 20 Prozent angestiegen, und viele Männer behaupten, sie hätten es für ihre Frauen oder Freundinnen machen lassen. Und so habe ich dem Redakteur von Channel 4, der übrigens sehr nett ist, vorgeschlagen, einen Dreiteiler über das Thema zu bringen, in dem …«

Plötzlich schoss Geralds Hand vor, und seine wurstigen Finger klammerten sich um die ihren. Ich bin in meine eigene Falle getappt, dachte Jane, während sie knallrot anlief.

»Gerald …«, begann sie. »Gerald, als ich gesagt habe …«

»Du hast Recht, Jane«, unterbrach er, unempfänglich für ihren höflichen Protest. »Es ist höchste Zeit, dass ich deine Hand halte …« Er drückte sie kurz. »Und was für eine entzückende Hand, wenn ich das sagen darf.« Jane wünschte, sie hätte das Kompliment erwidern können, aber seine eigene Hand fühlte sich heiß und schwitzig an. Er lächelte noch immer. Ihr Magen krampfte sich noch mehr zusammen, als Gerald seine kurzen dicken Finger mit den ihren verschränkte.

»Hör mal, Gerald … so hatte ich es eigentlich nicht gemeint, ich …« Aber er hielt sie weiterhin fest, als wolle sie ihm davonlaufen. Und dann begann er zu ihrem Entsetzen, ihr sein Gesicht zuzuneigen …

»Noch etwas zu trinken, Madame?« Der Kellner. Gott sei Dank!

»O ja, ja, bitte, gern«, entgegnete sie. Doch Gerald fuhr trotz der Anwesenheit des Kellners fort, sie mit seiner klobigen, feuchten Hand zu betatschen.

»Bitte, Gerald«, ließ sie behutsam verlauten. Es war ihr nicht entgangen, dass sie bereits befremdete Blicke auf sich zogen.

»Weißt du, was ich jetzt tun werde, Jane?«, raunte er heiser und rückte auf dem Sofa Stück für Stück näher.

»Nein«, sagte sie treuherzig. O Gott.

»Ich werde dich küssen!«

»Nein, Gerald, bitte nicht«, flehte sie. »Nicht hier. Das ist wirklich nicht der richtige Ort, ich …«

»Ahaaa!« Jetzt grinste er breit. »Du bist verlegen«, verkündete er triumphierend. »Du bist verwirrt. Du bist sogar – wenn ich das so sagen darf – ganz aus dem Takt geraten! Aber das ist mir gleich, ich werde dich jetzt küss…«

»Sir!« Wieder der Kellner. Gott sei Dank. *Ihn* hätte Jane küssen mögen. »Ihr Tisch ist jetzt frei. Wenn Sie mir bitte folgen wollen.«

Jane war zutiefst erleichtert, als sie sich Gerald gegenübersetzte. Der Tisch stellte eine willkommene Pufferzone dar, und darüber hinaus würde Gerald sie schlecht befummeln können, während er mit Messer und Gabel beschäftigt war. Ein wenig zu hastig spülte sie den letzten Schluck Wein hinunter. Gerald begann, von T. S. Eliot zu reden.

»Ich möchte unbedingt tiefer in *Das wüste Land* eindringen«, verkündete er und schob sich die Brille hoch. »Kannst du mir vielleicht gute Sekundärliteratur empfehlen?«

»Äh, na ja, ich denke Helen Gardner ist der Klassiker«, sagte sie. »Das Buch heißt *The Art of T. S. Eliot*«, ich weiß noch, dass ich es in meiner Collegezeit gelesen habe, es ist ... oh, vielen Dank ...« Der Ober war dabei, ihr Glas nachzufüllen. Gerald blickte ihn an, schwang die rechte Hand, als wolle er zu einem Tusch auffordern, und fragte im dramatischen Flüsterton: »Ist sie nicht einfach bezaubernd?«

»Gerald, also wirklich ...!«

»Ja, Sir«, erwiderte der Ober höflich. Als er sich zurückzog, streckte Gerald den Arm über den Tisch und ergriff erneut ihre Hand. Ich bin selbst schuld, dachte sie bitter und spürte, wie sich zwischen Nase und Oberlippe kleine Schweißperlen sammelten.

»Du bist verlegen!«, frohlockte er. »Nicht wahr? Ha!« Seine Brille war leicht beschlagen. Seine feuchte Hand lag noch immer auf ihrer. Am liebsten hätte sie ausgerufen: »Nein, Gerald! Nein, Gerald! *Aus*!« Aber er war ohnehin gezwungen, sie freizugeben, denn die Teller mit dem Seebarsch trafen gerade ein. Jane fiel es schwer, zu essen, also hielt sie sich an den Wein. Bis die Rechung kam, hatte sie die Flasche so gut wie geleert.

»Taxi ...«, nuschelte sie, während sie ihre Mäntel holen gingen. »Brauche ein Taxi ...«

»Ja, das werden wir wohl brauchen«, grinste Gerald. »Zu dir oder zu mir?« fragte er viel sagend.

»Wie? Hör su, tut mir Leid ... war'n bisschen viel ... Wein. Ge'ld. War ... echt ... nett ... aber ... O Gott ... muss nach Haus.« Sie gingen nach draußen bis zur Upper Street, wo Jane ihren rechten Arm ausstreckte, als ein gelbes Licht in Sicht kam.

»Danke, Ge'ld«, murmelte sie. »war gans toll. Bs … bald.« Sie hielt ihm die Wange hin, doch er packte sie bei den Schultern und presste ihr seine weichen, gummiartigen Lippen auf den Mund.

»Hell'n Gad'ner!«, rief sie aus dem offenen Fenster hinaus, als das Taxi anfuhr, »*Art 'f Tiss Elljott.* Faber. Kanns dir leihn, wenn du wills.« Gerald blieb einen Moment auf dem Bürgersteig stehen; eine verlorene Gestalt. Dann winkte er einmal kurz und wandte sich um.

Am nächsten Tag rief er nicht an. Es machte Jane nichts aus, ihr brummte derart der Schädel, dass sie sowieso nicht hätte reden können. Am Samstag war der hämmernde Schmerz jedoch verflogen und hinterließ lediglich einen schwachen Nebel in ihrem Kopf. Sie rief bei Gerald zu Hause an, aber es schaltete sich nur der Anrufbeantworter ein. Er wird sich schon melden, sagte sie sich. Aber nichts geschah. Er ließ weder am Samstag noch am Sonntag von sich hören und erwiderte keinen ihrer Anrufe. Am Montag begann sie sich vernachlässigt zu fühlen und fragte sich, was sie tun sollte, als ihr plötzlich das verschriebene Medikament einfiel. Sie öffnete die Packung, die eine kleine Tube mit einer weißen Creme enthielt und etwas, das aussah wie ein Torpedo. Was um alles in der Welt sollte man damit anfangen? Sie hatte dieses Zeug noch nie vorher verwendet, und es lag auch keine Gebrauchsanweisung bei, was ungewöhnlich war. Also rief sie Dr. Herb an.

»Es tut mir Leid, Dr. Herb ist bis Mittwoch außer Haus«, informierte sie die Arzthelferin. »Wenn es sich um keine dringende Angelegenheit handelt, schlage ich vor, Sie schreiben ihr.« Kurz entschlossen kramte Jane ihren Briefblock hervor und schrieb: »Liebe Frau Dr. Herb, bei meinem Mittel gegen Soor fehlt seltsamerweise die Packungsbeilage, wahrscheinlich ein Versehen. Würden Sie mir bitte mitteilen, ob dieses weiße Torpedoding als Pessar oder als Zäpfchen gedacht ist? Wie hoch sollte es eingeführt werden? Und kann die beigefügte Creme direkt in die Scheide appliziert werden oder nicht?« So, das sollte ausreichen, dachte sie. Dann nahm sie den Hörer von der Gabel und wählte.

»Gerald, ich bin's, Jane. Wie geht's dir?« Am andern Ende der Leitung herrschte einen Augenblick Stille.

»Mir geht's gut«, sagte Gerald zögernd. »Aber ich bin ... sehr beschäftigt.«

»Oh«, entgegnete sie, selbst überrascht, wie enttäuscht sie plötzlich war. »Tja, vielleicht können wir uns ja sehen, wenn du weniger beschäftigt bist«, fuhr sie rasch fort. »Die Neuinszenierung vom *Rosenkavalier* hat Premiere. Soll ich uns Karten besorgen?«

»Nein«, sagte er brüsk. »Nein, danke.«

Ihr Gesicht begann zu glühen.

»Ich dachte, du magst Richard Strauss«, erwiderte sie.

»Das stimmt.«

»Willst du dann nicht hingehen?«

»Doch. Aber nicht mit dir.«

»Oh.« Ihre Knie begannen zu zittern. »Darf ich fragen, warum?«

»Hör zu ... lass uns einfach einen Schlussstrich ziehen, ja?«, sagte Gerald gereizt. »Es hat wirklich keinen Zweck.«

»Verstehe«, antwortete sie. Ihre Hände zitterten. »Oder vielmehr, ich verstehe überhaupt nichts. Um ehrlich zu sein, finde ich dein momentanes Verhalten ziemlich merkwürdig. Bist du mir böse?«, fügte sie dann etwas behutsamer hinzu, »weil ich die Sache etwas vorangetrieben habe?«

»Nein«, sagte er. »Ganz und gar nicht. Aber ich denke einfach …« Er seufzte. »Ich denke, ich weiß jetzt, dass ich für dich keine wirkliche … Leidenschaft empfinden könnte.«

»Oh. Findest du mich nicht attraktiv?«, fragte sie fatalerweise, und das Herz schlug ihr bis zum Hals.

»Hm. Nein«, sagte er schroff. »Eben nicht.«

»Oh. Tja, dann …«, entgegnete sie. »Schön. Obwohl es mich doch *etwas* überrascht, muss ich sagen. Nach deinem sonderbaren Auftritt im *Frederick's*. Aber danke für deine klaren Worte, Gerald. Wirklich *vielen* Dank. Leb wohl.« Sie legte den Hörer auf und rief: »WICH-SER!« Was für ein *Ekelpaket*! Was für ein verfluchter armer *Irrer*! Was für ein … Verdammt, sie konnte sich nie wieder im *Frederick's* blicken lassen! Sie ging in die Küche, um sich einen Kaffee zu machen. Wie konnte er es wagen?, fragte sie sich und schlug die Schranktür zu. Wie konnte er es *wagen*, so was zu ihr zu sagen, nachdem er drei Monate lang mit ihr ausgegangen war? Wie konnte er es nur WAGEN, nachdem er sie in aller Öffentlichkeit derart abgeschlabbert hatte? Sie ging zum Schreibtisch und öffnete den Briefblock. So. Jetzt würde sie's ihm geben. »*Völlig* unnötige Offenheit …«, kritzelte sie. »… *kein* bisschen gentlemanlike … *höchst peinlicher* Auftritt im *Frederick's* … *rundweg* widersprüchliches Verhalten … nicht gerade ein Adonis … will dich *nie mehr* wieder sehen … Leb wohl!« Mit tiefer Befriedigung las Jane den Brief noch einmal durch, versah ihn mit Geralds Büroadresse und eilte dann nach draußen, um ihn zusammen mit der Notiz für Dr. Herb einzuwerfen.

»Ich bin ja soo froh, dass ich das getan habe«, dachte sie am nächsten Tag, als sie die U-Bahn nahm, um zu Channel 4 zu fahren. »Verdammter Irrer. Geisteskranker Dreckskerl. Er wird fuchsteufelswild werden und trotzdem nicht zurückschreiben.«

Zwei Tage später hörte Jane den Briefschlitz klappern und ein paar Umschläge auf die Fußmatte gleiten. Drei Briefe hatte sie erhalten – zwei Rechnungen und ein Antwortschreiben von Dr. Herb. Jane öffnete den austernfarbenen Umschlag und runzelte verblüfft die Stirn. »Liebe Jane«, schrieb Dr. Herb. »Ich hoffe, Ihre Infektion ist durch das Mittel, das ich Ihnen verschrieben habe, inzwischen abgeklungen. Ich war recht erstaunt über die beiliegende Mitteilung – es war Janes Brief an Gerald –, die Sie scheinbar versehentlich an mich gesandt haben. Das passiert ja leicht, wenn man in Eile ist. Aber ich werde sie Ihnen mitschicken, für den Fall, dass es sich um etwas Wichtiges handelt. Viele Grüße. Janet Herb.«

CATHY KELLY

Cassandra

Cassandras Privatleben war immer ziemlich kompliziert, um nicht zu sagen, hoch kompliziert. Wir reden hier von einem Beziehungswirrwarr, gegen das jede Dallas-Episode harmlos wirkt. Ich sollte vielleicht hinzufügen, dass dies alles Lichtjahre von meinem eigenem Leben entfernt ist. Im Vergleich zur Femme fatale von Upper Posset bin ich wohl eher Miss Vernünftig.

Dort kommen wir übrigens beide her. Upper Posset. Eine kleine Stadt in Surrey, nein, vielmehr ein Dorf – so winzig, dass es auf keiner Karte zu finden ist. Sollte es jemals auf einer verzeichnet werden, dann mit Sicherheit wegen Cassandra.

Wir begegneten uns als fünfjährige Pummelchen in der Vorschule. Genauer gesagt war ich das Pummelchen, Cassandra dagegen hätte mit ihren blonden Engelslöckchen, den allerliebsten Grübchen und den strahlend blauen Kulleraugen jeden Kinder-Schönheitswettbewerb gewonnen. Natürlich hat sie inzwischen keine Engelslöckchen mehr. Im Augenblick fährt sie auf diese schnittigen Kurzhaarfrisuren mit ausrasierten Kanten ab, wie man sie überall in den trendigen Haarmode-Zeitschriften sieht. Sie lässt sich das Haar im besten Salon der Stadt schneiden, und selbstverständlich muss sie keine drei Monate auf einen Termin warten.

Cassandra redete ständig auf mich ein, ich solle mir eine andere Frisur zulegen, die noch immer die gleiche war, wie damals vor 23 Jahren, als wir uns kennen lernten. Aber ich war daran gewöhnt, das Haar lang und offen zu tragen; dieses schicke Getue liegt mir einfach nicht. Außerdem kann man mit einer langen Mähne so einige Unzulänglichkeiten kaschieren.

»Locken gehören einfach in die 90er, Molly«, sagte Cassandra im Bemühen, hilfreich zu sein. »Dieser Wuschel-Look wäre genau dein Ding. Denk daran, was er aus Drew Barrymore herausgeholt hat.«

Ich persönlich sah mich nicht im Wuschel-Look; diesem kurzen wirren Schnitt, der den Eindruck erweckte, man wäre gerade aus dem Bett gekrabbelt. Um so was tragen zu können, braucht man hervortretende Wangenknochen und Blow-Job-Lippen. Ich hätte damit nur ausgesehen, als hätte ich die Nacht in einem Pappkarton vor dem Eingang einer C & A-Filiale verbracht. Cassandra hätte er allerdings gut gestanden. Sie war einfach umwerfend. Hatte es nicht nötig, Make-up zu tragen, obwohl sie auf MAC-Kosmetika abfuhr und absolut unglaublich aussah, wenn sie mit kohlschwarzen Augen einen auf Barbarella machte, wie es zum Millenium hin oft auf dem *Vogue*-Cover zu sehen war.

Wo war ich stehen geblieben? Ach ja, ich wollte erklären, warum ich diese Geschichte erzähle. Tja, es war so, dass ich durch Cassandras Privatleben überhaupt erst in diesen Schlamassel geriet; durch Cassandra und einen Mann, genauer gesagt. Sie hatte immer einen ganzen Stall voller Liebhaber.

Während unserer College-Zeit scharten sich die Männer um sie. Die Typen waren völlig verrückt nach ihr. Ich weiß, es ist ungewöhnlich, dass wir aufs selbe College gingen, aber es war mein größter Wunsch, in Cardiff Journalismus zu studieren, und als Cassandra darüber nachdachte, beschloss sie, sich gar nicht erst für den Schauspielkurs einzuschreiben, sondern es auch mit Journalismus zu versuchen. Das erstaunte mich zwar ein bisschen, denn eigentlich war sie nie besonderes wild aufs Schreiben gewesen, aber man darf nicht vergessen, dass sie wunderbar mit Menschen umgehen konnte und so eine natürliche Begabung für diesen Beruf mitbrachte. Sie hat einfach das gewisse Etwas. Die Leute fühlen sich sofort von ihr angezogen und möchten sich mit ihr unterhalten. Ein bisschen Charme und ein sexy Outfit helfen immer, pflegte meine Mutter ein bisschen abfällig zu sagen. (Mum und meine beste Freundin waren sich nie so recht grün. Seit dem Tag, als Cassandra an meiner Stelle mit Ted zum Abschlussball ging, haben sie kein Wort mehr miteinander gewechselt. Eigentlich sollte ich Teds Partnerin sein, aber es hatte da ein kleines Missverständnis gegeben, und schließlich fand ich es ganz in Ordnung, von Cassandras jüngerem Bruder Mitch begleitet zu werden, mit dem man viel Spaß haben konnte, wenn er nicht gerade über seine Schwester meckerte.)

Cassandra und ich teilten uns eine Studentenbude und verbrachten viel Zeit damit, gemeinsam an Referaten und anderen Projekten zu arbeiten. Cassandra ist zwar ziemlich clever, aber sie wollte immer erst mal hören, was ich dazu zu sagen hatte. Sie ist ein ungeheuer kluger Kopf, wirklich.

Einmal mussten wir eine umfangreiche Abhandlung über die Vereinten Nationen schreiben, und sie hatte einen zu heftigen Kater, um in der Bibliothek zu recherchieren. Tja, ich musste nicht mehr tun, als die Grundidee zu skizzieren, und sie ging hin und kassierte eine 1+ dafür. Der Tutor war begeistert von »ihrem« Gedanken, humanitäre Hilfe sorge dafür, dass der reiche Westen sich um so besser fühle, meinte allerdings, es klinge irgendwie abgekupfert und nach anderer Leute Ideen. Männer waren in jener wundervollen Studienzeit ein Problem für uns. Na ja, für mich waren sie ein Problem, weil ich nie einen abbekam, während Cassandras Problem darin bestand, sie wieder loszuwerden, wenn sie langweilig wurden.

Sie fühlte sich als Freigeist: »Dauerhafte Beziehungen sind nichts für mich«, pflegte sie zu sagen, meist, nachdem sie wieder einen zunehmend lästigen Kerl hatte absägen müssen. Es war schon unglaublich, wie langweilig diese Typen wurden, sobald sie ein paar Wochen lang mit Cassandra ausgegangen waren. Sie schwirrte von Party zu Party, und die Jungs konnten oft nicht mehr mithalten, besonders, wenn die Prüfungen näher rückten.

»Gott, was sind das alles für trübe Tassen«, stöhnte sie eines Dezemberabends. Sie war im Begriff, zu einer Kunststudenten-Fete zu rauschen, während ich zu Hause blieb, um zu lernen. »Kann ich mir morgen deine Notizen ausleihen?«, fragte sie und blickte hinter dick getuschten Wimpern in den Spiegel, während sie den Träger ihres Wonderbras regulierte. »Es ist unsere Pflicht, all diesen hirntoten Typen zu zeigen, wie clever wir sind, und dass wir nicht den ganzen Monat zu Hause bleiben und über den Büchern brüten müssen.«

Einmal hatte es ein bisschen Ärger gegeben. Drei ihrer Ex-Freunde hatten sich zusammengetan und furchtbare Flugblätter auf dem Campus verteilt. Cassandra sei ein männermordendes Monstrum, das die Kerle zum Frühstück verspeise oder so ähnlich. Es war schrecklich. Dabei hatte ich wirklich geglaubt, es wären nette Jungs, besonders Steve, auf den ich selbst ein Auge geworfen hatte, bevor er Cassandra erblickte. Das war der einzige Haken an meiner Freundschaft mit Cassandra: Sobald ein Kerl sie zu Gesicht bekam, hatte ich keine Chance mehr. Nicht, dass es mir etwas ausgemacht hätte oder so. Cassandra war etwas ganz Besonderes, wie ihr Dad ihr stets versicherte. Es konnte nun mal nicht jeder so sein wie sie.

»Schönheit ist ein Fluch, Molly«, beteuerte sie. »Alle wollen ein Stück von dem Kuchen. Sie sehen dich nicht als Menschen, sondern als begehrenswertes Objekt. Du kannst froh sein, dass du das Problem nicht hast, du weißt gar nicht, wie ich dich beneide.«

Sie hatte Recht, armes Häschen. Jeder wollte ein Stück von dem Kuchen. Ich versuchte, ihr zu helfen, wo ich nur konnte. Einmal musste ich ihren derzeitigen Freund in der Küche ablenken, damit sie ihre alte Flamme aus dem Schlafzimmer schmuggeln konnte.

Ich war stellvertretende Feature-Redakteurin für *DuQ*, ein gemäßigtes Frauenmagazin. Wir kamen beide über die Praktikumsvermittlung des Colleges an den Job. Eigentlich hatte nur ich mich bei *DuQ* beworben, während Cassandra es beim *Independent* versucht hatte. Man nahm sie nicht, und ganz zufällig wurde eine zweite Studentenstelle bei *DuQ* frei. Wir blieben beide ein Jahr, und niemand war erstaunter als ich, als man mir plötzlich eine volle Stelle anbot. Ich meine, mir, nicht Cassandra. Verblüfft und hocherfreut wie ich war, fasste ich mir irgendwann ein Herz und fragte Madeleine, die Redakteurin, warum sie mich engagiert hätten. Ihre Antwort habe ich nie ganz verstanden: »Weil wir jemanden mit Originalität und Talent wollen, der es nicht nötig hat, anderen Leuten die Ideen zu klauen«, sagte sie.

Das passte doch genau auf Cassandra, und hinreißend war sie außerdem noch, was in unserer Branche immer nützlich ist. Nicht, dass ich unbedingt mit einer Tüte über dem Kopf hätte rumlaufen müssen, aber mit Cassandras katzenartiger Schönheit konnte ich keinesfalls mithalten.

»Mol, dich gibt's kein zweites Mal – du bist komisch, amüsant ... äh, und du hast wirklich Persönlichkeit«, sagte sie, wenn ich mal wieder an meinem Aussehen zweifelte. Genau das fand ich an Cassandra so nett. Sie war wirklich wunderschön, aber sie verunsicherte mich nie. Stattdessen festigte sie mein Selbstvertrauen und beriet mich beim Kleiderkauf. Ich bin ein hoffnungsloser Fall in Sachen Mode, und sie ist wie Rachel in *Friends*. Kleider sind ihr Hobby, und *Elle* ist ihre Bibel. Sie war nicht von ihrem Spleen abzubringen, ich müsse unbedingt Fleecepullis tragen. Keine Ahnung, warum, sie selbst trug nie welche. Sie bevorzugte Klamotten von Morgan. Aber Cassandra war der Ansicht, ich sei ein Fleecepulli-Jeans-Typ. Wir gaben eine seltsames Paar ab: Sie von Kopf bis Fuß in Guccischuhen und Klamotten, die wie eine zweite Haut saßen (ihr Vater versorgte sie gern und regelmäßig mit dem nötigen Kleingeld), ich in weiten Lumpen, die ich ebenso gut auf einem Bauernhof hätte tragen können. In unserer Wohnung – habe ich das noch nicht erwähnt? Wir wohnten noch immer zusammen, diesmal in Clapham, in einem 3-Zimmer-Schuhkarton – musste Cassandra das größere Zimmer haben, damit sie ihre zwei Kleiderstangen unterbringen konnte. Jeder Penny, den sie verdiente, ging für Klamotten drauf, und ich weiß nicht, wie wir manchen Monat die Miete aufbringen konnten, wenn wieder mal ihr Scheck geplatzt war. »Wegen der entzückenden Schuhe, Moll. Ich musste sie einfach haben!«

Wie oft marschierte sie in mein Büro – ich fühlte mich immer schuldig, ein winziges Büro mit Fenster zu haben, während sie sich im freiberuflichen Sibirien bewähren musste, was bedeutete, den Schreibtisch im Roll-System mit anderen teilen zu müssen –, also, wie oft marschierte sie herein und bettelte, ich solle für sie bei der Moderedakteurin die Karen-Millen-Discountkarte ausleihen. (Cassandra und die Moderedakteurin hassten sich wie die Pest, also konnte sie schlecht selbst fragen.) Obwohl ich kein gutes Gefühl dabei hatte, meine Vorgesetzte zu hintergehen, mochte ich nicht nein sagen. Cassandra sah in Karen Millen einfach vollkommen aus. Keiner anderen standen diese spinnennetzartigen, mit Perlen verzierten Kleider so gut wie ihr. In einem davon ging sie zur Jubiläumsfeier des Magazins, wo sie den Herausgeber, Tony Milano, kennen lernte. Und damit begann der ganze Ärger. Tony war in den Vierzigern und durchaus attraktiv, wenn man auf diesen italienischen Goldkettchen-Machocharme steht. Cassandras Typ war er allerdings nicht, da war ich mir sicher. Aber sie verknallte sich ganz schwer in ihn.

Ich persönlich kann das nicht nachvollziehen. Tony hat zwar drei Häuser, vier Sportwagen und zahlreiche Auslandskonten, dafür aber auch ein Doppelkinn und keinen Sinn für Stil. Ach ja – und eine Frau. Das war das eigentliche Problem, auch wenn Cassandra es nicht so sah. Ich tat es jedenfalls. Aber was half es, wenn sie auf Wolke Sieben schwebte, war nicht mit ihr zu reden. Um ehrlich zu sein, glaubte ich nicht ganz daran, aber nachdem Tony sie für eine Woche nach Santa Lucia entführt und ihr eine Rolex geschenkt hatte, hörte sie nicht mehr auf, von ihm zu reden. Das war erst einen Monat nach der Party. (Ich habe zwar oft gehört, dass Tony schnell zum Erfolg kam, aber das bezog sich für gewöhnlich auf seine Geschäftstüchtigkeit.)

»Er sagt, ich soll die Rolex nicht im Büro tragen«, erklärte sie verzückt, während sie im Durcheinander unseres Wohnzimmers einen Haufen verschiedenster Outfits anprobierte, um zu sehen, welche die kürzesten Ärmel hatten und daher das schlanke, sonnengebräunte, Rolex-umspannte Handgelenk am besten zur Geltung bringen würden. »Aber es wird schon keiner merken, oder, Moll?«

Das wagte ich schwer zu bezweifeln, aber Cassandra hatte ihren eigenen Kopf, und außerdem war ich damit beschäftigt, ein Interview mit Neil Morten zu organisieren, einem umwerfenden jungen Rockmusiker, der vor kurzem auf dem Titelbild des Q-Magazins zu sehen war. Also ließ ich sie allein. Ein großer Fehler.

Zwei Wochen, nachdem Cassandra ihre Rolex bekommen hatte, rief mich die Redakteurin mittags zu sich ins Büro und ließ eine große Rede vom Stapel; ich sei eine talentierte Journalistin, aber leider naiv bis zum Geht-nicht-mehr, und daher sei es besser, ich würde ganz pronto checken, was da abgehe, oder dank dieser »intrigierenden Schlange von Freundin« bald ernsthaft in Schwierigkeiten geraten. »Sie ist alles andere als eine gute Freundin, wenn Sie's genau wissen wollen«, schloss Madeleine.

Ich starrte sie mit großen Augen an. »Sie meinen Cassandra?«, fragte ich entsetzt.

»Himmel noch mal, Molly, wann wachen Sie endlich auf?«, rief Madeleine ungehalten. »Natürlich meine ich Cassandra. Sie schwimmt ständig in Ihrem Kielwasser, klaut Ihre Ideen, versucht alles, um Ihren Job zu ergattern, sobald Sie ihr den Rücken zudrehen, und ist gerade dabei, durch ihre Affäre mit dem Herausgeber Ihre Karriere zu ruinieren.«

Meine Augen wurden immer größer. Ich hätte mir gern alles erklären lassen, aber das konnte ich nicht zulassen, oder? Ich meine, Cassandra war meine beste Freundin, von Kindesbeinen an. Sie mochte mich, und wir hatten immer alles gemeinsam gemacht. Es war meine Pflicht, für sie einzutreten, wie ich es jahrelang getan hatte. Ich konnte jetzt nicht einfach damit aufhören.

»Ich finde das sehr unfair, Madeleine«, sagte ich nachdrücklich. »Sie ist meine beste Freundin, und ich kann unmöglich hier stehen und mir von Ihnen all die schrecklichen Dinge über sie anhören ...«

»Ganz wie Sie wollen«, unterbrach Madeleine seufzend und widmete sich wieder ihrem Hüttenkäse und Knäckebrot. Alle im Verlag waren ständig auf Diät, nur ich nicht. Ich war »so dünn, dass man vor Neid erblassen könnte«, wie Cassandra es formulierte, und konnte von allem, was mein Herz begehrte, riesige Portionen vertilgen, ohne dabei zuzunehmen.

Ich war unruhig geworden und ging früher als sonst nach Hause. Außerdem sollte am nächsten Tag das Interview mit Neil Morton stattfinden, und ich hatte vor, mit ihm im *Faust* zu Mittag zu essen. Und dafür wollte ich gut vorbereitet sein. Ja, ich weiß, wahrscheinlich ist es verlorene Liebesmüh, Selbstbräuner und eine Haarkur aufzutragen, wenn man einen Mann interviewen möchte, der so atemberaubend attraktiv ist, dass er wahrscheinlich mit jeder Miss-World-Kandidatin ausgehen könnte. Aber man darf doch wohl noch träumen, oder? Ich hatte einiges in ein seidenweiches, zinnoberrotes Kaschmirjäckchen investiert, das meinem Haar einen geheimnisvoll dunklen Glanz verlieh und ausnahmsweise so eng anlag, dass es sogar meine Figur betonte. Aber als ich am nächsten Morgen danach suchte, war es aus meiner Kommodenschublade verschwunden, ebenso wie meine neue Federkette und der mit Gel gefüllte BH – das einzige Stück Wäsche, in dem mein Busen größer wirkte als 70 A.

»Sorry, Moll, ich wusste, es macht dir nichts aus, wenn ich mir die Sachen mal ausleihe«, lautete die Notiz, die unverkennbar aus Cassandras goldener Feder stammte. Es machte mir sehr wohl etwas aus, aber es war sinnlos, Gedanken an verschüttete Milch zu verschwenden. Mein langweiliger alter Hosenanzug in Schwarz würde es sicher auch tun. Wie immer. Während der Taxifahrt zum *Faust* versuchte ich, nicht mehr an

Cassandra zu denken. Es war kaum zu glauben; im College waren alle unsterblich in sie verliebt, und bei der Arbeit konnte sie keiner leiden. Das heißt, nicht alle Studenten hatten sie gemocht, aber doch die meisten, oder? Also, warum war sie bei Madeleine und der Moderedakteurin und, wenn man es genau betrachtete, auch bei allen anderen auf der Arbeit so furchtbar unbeliebt? Warum knallten alle die Bürotür zu, wenn Cassandra den Korridor entlangschlenderte und Lust auf einen kleinen Schwatz hatte? Und wovor genau hatte Madeleine mich warnen wollen?

Neil Morton war genauso umwerfend, wie er auf dem Cover von *Q* und auf seinem neuesten Album wirkte. Groß, schlaksig, strohblondes Haar und blonde Bartstoppeln, grün-grau schimmernde Augen – wie Pernod mit einem Schuss Wasser; und dann dieses liebe, beinahe scheue Lächeln, das sein Gesicht erstrahlen ließ. In Fleisch und Blut sah er noch besser aus, als ich erwartet hatte, und wir … äh, das hört sich jetzt bestimmt dumm an, aber wir verstanden uns auf Anhieb einfach großartig. Wenn man berühmte Leute interviewt, sprechen sie meist mit dir, als wärst du ein Aufnahmegerät, als stecke gar keine Persönlichkeit dahinter. Sie mimen Gefühlsausbrüche, fördern all ihre reizenden Anekdoten zutage, erzählen dir, wie sehr ihnen die Arbeit an dem Album, dem Film oder der Seifenoper gefallen habe, und weg sind sie. Du bist nur Teil eines Prozesses, und sie nehmen dich nicht wirklich als Angehörigen ihrer eigenen Gattung wahr, geschweige denn als vollwertigen Menschen. Neil dagegen redete mit mir, als hätten wir ein Date und als sähe er mich als potenzielle Freundin. Er war witzig, charmant und benahm sich ganz normal. Als wir beim Nachtisch angelangt waren, beendeten wir schon die Sätze des anderen und redeten so schnell, dass wir ganz außer Atem gerieten. Dabei hatte das eigentliche Interview noch gar nicht begonnen. Wir waren einfach nur zwei Leute, die unaufhörlich aufeinander einredeten, lachten, sich anlächelten und dabei waren, sich ineinander zu verlieben. Ich zumindest verliebte mich.

Neil hatte stachliges Haar, das vom Kopf abstand, nur eine einzelne Strähne trotzte dem Gel und fiel ihm über das linke Auge. Ich musste mich schwer zusammenreißen, um mich nicht über den Tisch zu beugen und sie ihm sanft aus dem Gesicht zu streichen. Haben Sie je so für jemanden empfunden: dass Sie kaum an sich halten können, ihn zu berühren? Ihm schien es genauso zu gehen, dachte ich berauscht, als er über das frisch gestärkte Tischtuch hinweg mit den langen Gitarrenspieler-Fingern meine Hand liebkoste. Wir hatten schon eine Flasche Wein und vier Gläser Kognak intus und überlegten gerade, ob wir nicht in einen kleinen Pub gehen sollten, um tatsächlich mit dem Interview zu beginnen, als es passierte.

Eine blonde Frau marschierte ins Restaurant und steuerte nach einem kurzen Gespräch mit dem Maître zielstrebig auf unseren Tisch zu. Sie kam mir irgendwie bekannt vor, und da sie der Typ elegante Frau war, der bei Jaeger shoppen geht und murmelgroße Diamantringe trägt, nahm ich an, dass es sich um eine halbwegs bekannte Persönlichkeit handelte, über die ich schon einmal in unserer Klatschspalte berichtet hatte.

»Sind Sie Molly O'Rourke?«, stieß sie hinter zusammengebissenen, perfekt gepflegten Zähnen hervor.

Trotz der drei Gläser Wein und den zwei großen Kognaks wusste ich instinktiv, dass hier etwas Ungutes im Gange war. Und Neil ebenfalls. Er lehnte sich schützend zu mir herüber, aber Miss Jaeger war schneller.

»Du Schlampe!«, jaulte sie. »Du hast eine Affäre mit meinem Mann und noch nicht mal genug Anstand im Leib, dich als jemand anders auszugeben, wenn du bei uns anrufst. Ich werde dich rausschmeißen lassen, du Kuh! Der Verlag gehört mir, nicht Tony Milano. Und der sitzt auch schon auf der Straße!«

Und damit vepasste mir Mrs. Milano einen Fausthieb aufs Auge. Gott sei Dank nicht mit der Klunkerhand, sonst wäre ich ernsthaft in Schwierigkeiten geraten, das kann ich Ihnen versichern. Nicht, dass ein blaues Auge nicht schmerzhaft wäre, aber es ist immer noch angenehmer als eine unfreiwillige Augenbrauenamputation ohne jede Betäubung, selbst wenn sie mit einem lupenreinen Diamanten vorgenommen wird. Zum Glück geleitete der Maître sie mit sanfter Gewalt zur Tür hinaus, bevor sie sich das andere Auge vornehmen und Neil unsere unberührten Gläser Wasser über sie schütten konnte. Er war kreidebleich vor Wut.

»Sie muss Cassandra meinen«, konnte ich trotz meines Schockzustands hervorbringen. »Meine Zimmernachbarin Cassandra hat gerade eine Affäre, sehr wahrscheinlich mit dem Ehemann dieser Frau. Mrs. Milano.« Ich schüttelte verwirrt den Kopf. »Ich kann mir nicht vorstellen, warum sie ausgerechnet mich für seine Geliebte hält.«

Neil begleitete mich nach Hause, hielt mich den ganzen Weg im Arm und streichelte mein demoliertes Gesicht. In der Wohnung machte er mir einen Eisbeutel und verwöhnte mich den ganzen Nachmittag mit heißem Kakao. Ich erzählte ihm ein paar Dinge über Cassandra, und Neil geriet mehr und mehr in Rage. Es schien doch Sinn zu machen, was Madeleine mir beizubringen versucht hatte. Und als ich sie anrief, ging sie näher ins Detail.

»Tony Milano« – sie spuckte den Namen förmlich aus – »hat mit mir darüber gesprochen, Sie rauszuwerfen und Cassandra den Job zu geben. Sie benutzt ihn, um hinterrücks die Karriereleiter hochzuklettern, und es kümmert sie nicht, über wen sie treten muss, um an die Spitze zu gelangen, auch nicht, wenn

Sie es sind, Molly. Es tut mir Leid. Ich weiß, Sie halten sie für Ihre Freundin, aber da täuschen Sie sich. Und sie täuscht sich, was Tony betrifft. Die Zeitschriftenverlage gehören alle der Familie seiner Frau; ohne sie stünde er vor dem Nichts. Warum sie glaubt, Tony hätte mit Ihnen eine Affäre, ist mir allerdings auch ein Rätsel.«

Neil war gerade dabei, in der Küche die Nudeln abzusieben, als Cassandra hereinkam – mit meinem Kaschmirjäckchen bekleidet und einem selbstzufriedenen Ausdruck auf dem ebenmäßigen Gesicht. Als sie mein Auge sah, das immer stärker anschwoll, bekam sie einen Kicheranfall. »Du armes Ding«, sagte sie und hielt sich ein Taschentuch vor den Mund, um das Lachen zu ersticken.

Sie musste zweimal hingucken, als Neil mit dem Teller Nudeln aus der Küche kam. Er war wirklich unglaublich attraktiv, und berühmt noch dazu. Cassandras Miene wandelte sich entsprechend seinem Charme und Bekanntheitsgrad. Ausgeblendet war das Kichergesicht, eingeblendet Artemis die Jägerin, so wie immer, wenn Cassandra einen Mann sah, der ihr gefiel: Die Lippen verzogen sich zu einem verruchten Lächeln, und die Augen glitzerten mit schelmischem Blick, der so viel besagte wie: »Du glaubst nicht, wie sexy ich bin, viel erotischer als dieses lumpige Mädchen, mit dem du gerade zusammen bist.« Es funktionierte immer. Bis zu diesem Zeitpunkt. Denn Neil war kein bisschen beeindruckt.

Wütend war wohl eher das passende Wort.

»Molly hat ein blaues Auge, weil die Frau deines Liebhabers sie im *Faust* geschlagen hat.«

»Sieht eher so aus, als wär's ›mit der Faust‹ geschehen«, schoss Cassandra spöttisch zurück, offensichtlich verstimmt angesichts der Richtung, die das Gespräch nahm. Unter normalen Umständen hätte das Objekt ihrer Begierde sie wie hypnotisiert angestarrt und nicht scharf taxiert und provoziert, wie Neil es jetzt tat.

»Wie kommt diese Frau wohl darauf, zu glauben, ihr Mann hätte mit Molly eine Affäre?«, fragte Neil kühl.

Cassandra kicherte – ein Geräusch, das mich bis zu diesem Augenblick nie gestört hatte. »Es ist so lustig«, sagte sie und wandte sich zu mir um. »Sorry, altes Haus, aber als ich bei ihm zu Hause anrief und Tony nicht da war, habe ich einfach behauptet, ich wäre du.« Sie musste bemerkt haben, wie sich meine Augen weiteten, und fuhr eilig fort: »Die Haushälterin ist irgendeine dumme Puertoricanerin oder so, spricht kaum ein Wort Englisch, also dachte ich, es macht nichts weiter. Es war wie ein Geheimcode zwischen uns beiden. Das verstehst du doch, Molly, oder?«, schmeichelte sie.

»Könnte es sein, dass du diese kleine Verwechslungskomödie inszeniert hast, damit Molly an die Luft gesetzt wird und du ihren Job übernehmen kannst?«, fragte Neil.

So schnell hatte er sie durchschaut – kein Wunder, dass er es als Songschreiber schon zum Multimillionär gebracht hatte. Gutes Aussehen gepaart mit Intelligenz.

»Red keinen Quatsch. Damit hatte das nichts zu tun«, entgegnete Cassandra verärgert. »Tony würde mir jederzeit einen Job verschaffen, wenn ich wollte. Ich habe mich nur für Molly ausgegeben, weil seine Frau, wenn sie ihr jemals begegnet, nie im Leben glauben würde, dass Tony im entferntesten an eine Affäre mit ihr denken könnte. Sie ist viel zu unscheinbar für seinen Geschmack. Es war das perfekte Alibi.«

»Ich finde Molly zufällig sehr attraktiv«, sagte Neil mit sanfter Stimme, den Blick zu mir gewandt. »Ich mag es, wenn Frauen natürlich aussehen und nicht wie eine aufgetakelte Fregatte.« Mit seinen graugrünen Augen musterte er Cassandra auf eine Weise, die keinen Zweifel daran ließ, dass mit besagter Fregatte sie gemeint war.

Sie zitterte vor Empörung. »Das dürfte jetzt sowieso keine Rolle mehr spielen.«

»Nur noch eins, Cassandra.« Ich machte zum ersten Mal den Mund auf. »Ich fürchte, du bist im Irrtum, was Tony betrifft. Er kann dir keinen Job verschaffen. Ich könnte mir gut vorstellen, dass er seine Rolex zurückverlangt, sobald seine Frau ihn auf die Straße gesetzt hat. Weißt du …« Ich hielt inne, überrascht, dass ich an der Sache inzwischen Vergnügen fand, »er ist gar nicht der Boss, sondern seine Frau. Das gesamte Verlagsimperium gehört ihrer Familie, und Tony ist dort jederzeit ersetzbar. Ich habe Madeleine die ganze Geschichte geschildert, und sie hat es seiner Frau erzählt. Die zukünftige Mrs. Ex-Milano hat sich tausendfach für das blaue Auge entschuldigt. Aber ich schätze, du bist deinen Job los. Du kannst dich gemeinsam mit Tony zum Arbeitsamt aufmachen.«

Cassandras Unterkiefer klappte herunter und eröffnete uns den Blick auf ihr aufwendiges Dentalkunstwerk. »Das ist doch wohl ein Scherz«, keuchte sie. »Er hat versprochen …«

Wie unter Schock stehend fuhr sie fort, mit sich selbst zu reden. Ich beobachtete sie und fragte mich, wie um alles in der Welt ich dreiundzwanzig Jahre meines Lebens für eine Frau hatte einstehen können, die jederzeit bereit war, rücksichtslos mit ihren Pfennigabsätzen über mich hinwegzutrampeln. Sie hatte mir meine Männer genommen, sich meine Ideen angeeignet, mich um mein Selbstvertrauen gebracht und nun auch noch versucht, meinen Job zu ergattern. Nach so vielen Jahren der Blindheit offenbarte sich mir endlich Cassandras wahrer Charakter. Es fiel mir wie Schuppen von den Augen, wie Neil es formuliert. In Wirklichkeit war Cassandra eine falsche Schlange, und es kann nur an meiner eigenen Charakterschwäche gelegen haben, dass ich ihr so lange hörig gewesen war. Vielleicht brauchte ich sie als Kontrast in meinem Leben, als Kontrast zwischen den schwierigen Zeiten (den Cassandra-Jahren) und den wunderbaren Jahren (die ich jetzt mit Neil verlebe).

Ich habe Cassandra seit Monaten nicht mehr gesehen. Sie meldet sich immer mal wieder bei mir im Büro, aber ich rufe sie selten zurück. Wie zu erwarten war, ist sie bei *DuQ* gefeuert worden. Im Moment arbeitet sie freiberuflich für die Infozeitung des Grünflächenamts und versucht verzweifelt, bei diversen Frauenzeitschriften wieder einen Fuß in die Tür zu bekommen. Ich sollte vielleicht erwähnen, dass Tony Milanos Frau diverse Beziehungen hat spielen lassen und ihr, wo es ging, einen Riegel vorgeschoben hat. Es ist also fraglich, ob Cassandra je wieder einen Job in dieser eng vernetzten kleinen Branche bekommen wird. Ebenso verzweifelt versucht sie übrigens, an eine Einladung in unser Haus zu gelangen. Neil und ich wohnen in einem wunderschönen Altbau in Islington, und obwohl wir ständig die Handwerker im Haus haben, die im Keller das Aufnahmestudio bauen und oben das Kinderzimmer renovieren – ja, richtig geraten: Wir bekommen Nachwuchs, im März wird es so weit sein, und Neil ist völlig aus dem Häuschen –, sind wir für unsere wundervollen Partys bekannt. Die *Daily Mail* hat uns kürzlich als Londons neuestes Power-Paar bezeichnet, was auch damit zu tun hat, dass ich zur Redakteurin von *Uber-Babe*, der neuen Zeitschrift in unserem Verlagsimperium, ernannt worden bin. Dadurch, und weil es auf unseren Partys von Rockstars nur so wimmelt, liegen wir geradezu peinlichst im Trend. Cassandra ist ganz wild darauf, eines unserer Feste besuchen zu dürfen, aber Neil will sie auf keinen Fall im Haus haben. Sie tut mir echt Leid – na ja, ein bisschen.

WENDY HOLDEN

Cyberlove

Die E-Mail erschien mit einem Pling auf Georgies Monitor. »Es – ist – so – heiß. J. :-)«

Enttäuscht blickte Georgie auf die Nachricht. Vier Wörter. Kaum wert, dass man das verdammte Ding überhaupt öffnete. Das war das Problem an E-Mails. Sie waren die Cybervariante eines klappernden Briefkastens. Man rannte gespannt zur Tür und fand nichts als einen Werbezettel von Pizzeria Salmonella und vielleicht noch was vom Finanzamt. Enttäuschung pur. Viel Lärm um nichts.

Aber Jenny hatte Recht. Es herrschte eine Affenhitze im Büro. Die Klimaanlage bemühte sich redlich, auf das wechselhafte Wetter zu reagieren – nur dass sie immer ein paar Schritte hinterherhinkte. Die derzeitigen Treibhaustemperaturen in den Räumen, offenbar eine Antwort auf den plötzlichen Kälteeinbruch von letzter Woche, trafen nun unglücklich mit strahlend blauem Himmel und sengender Sonne zusammen. Schon seit drei Tagen waren die Parks zur Mittagszeit mit sonnenbadenden Büroangestellten bevölkert. Der Sommer hatte einen Rachefeldzug begonnen.

Genervt von der Hitze sah sich Georgie im stickigen Büroraum um. Die Telefone trillerten und zwitscherten wie Wellensittiche im Dschungel, was den tropischen Eindruck noch verstärkte. Von den Aushilfskräften bis zur Sekretärin des Herausgebers hatten alle deutlich sichtbare Schweißflecken unter den Armen. Was die Sekretärin betraf, war das allerdings nichts Ungewöhnliches. Offenbar waren die neuesten Errungenschaften der Forschung in Sachen Antitranspirant spurlos an ihr vorübergegangen, denn Moira müffelte immer ein bisschen nach Camembert, auch im tiefsten Winter.

Jenny, die Georgie gegenübersaß und gerade die Hand nach dem klingelnden Telefon ausstreckte, schien wirklich Qualen zu leiden. Ihr Gesicht glühte, und am Rand der Oberlippe waren Schweißperlen zu sehen, die den Blick umso mehr auf den zarten Damenbart lenkten. Warum zum Teufel, fragte sich Georgie, entfernte sie das Ding nicht mit Wachs? Kein Wunder, dass ihr die Männer nicht gerade zu Füßen lagen. Auch ihre Klamotten waren alles andere als verführerisch. Wobei ihr einfiel …

»Fucking F …« Georgie hackte wutentbrannt auf ihre Tastatur ein. »Mein F klemmt schon wieder. Mist, verdammter! Gerade jetzt, wo ich sechzig Zeilen über Ffion Jenkins' Modestil schreiben soll.«

Aber Jenny hörte nicht zu. Sie starrte vor sich hin, eigentlich, seit sie den Hörer aufgelegt hatte, wie Georgie im Nachhinein feststellte. Offensichtlich war gerade irgendwas Bedeutendes passiert, etwas, das Jenny vor den anderen, notorisch neugierigen Kolleginnen geheim halten wollte. Ein diskreter Austausch im Flüsterton kam leider nicht in Frage. Zwei sperrige Monitore standen zwischen ihnen, so dass Georgie ihre Kollegin nur dann sehen konnte, wenn sie sich von ihrem Platz aus so weit vorlehnte, dass sie praktisch vom Stuhl fiel.

Sie hatte längst entdeckt, dass E-Mails die einzige vernünftige Möglichkeit waren, mit ihrer Kollegin zu kommunizieren. Nicht dass Jennys Nachrichten auch nur annähernd so amüsant waren wie ihre. Natürlich nicht. Schließlich war nicht jeder mit einem Talent wie ihrem gesegnet. Deswegen war Jenny auch nur die Redakteurin, die für die Themenseiten verantwortlich war, Georgie dagegen die Starautorin. Was bedeutete, dass Jenny ihren Tag damit verbrachte, Bettelbriefe an diverse Prominente zu richten, in denen sie um ein persönliches Interview bat, wohingegen Georgie sie dann durchführte und sich auf klappernden High-Heels von Jimmy Choo zu sämtlichen Luxushotels – vom *Savoy* bis hin zum *Metropolitan* – begab. Sie allein hatte das Privileg, mit dem Lift nach oben zu schweben und die marmornen Bäder und kristallenen Kaviarschüsselchen der teuersten Apartments des Hauses zu Gesicht zu bekommen. Es war Georgies ganzer Stolz, dass sie mehr Präsidentensuites gesehen hatte als Bill Clinton. Leider hatten sie dieser Stolz und auch die Unmengen an Kosmetik, die man ihr zukommen ließ, im Büro nicht gerade beliebt gemacht. Und ihre zweite Tätigkeit als Modekritikerin der Zeitung, die mit Geschäftsreisen zu Pariser Modeschauen und kostenlosem Fummel einherging, tat ihr Übriges. Aus diesem Grund duldete sie Jenny. Sei es nur, um die neuesten Neuigkeiten, den neuesten Klatsch zu erfahren – man brauchte eine Bürofreundin, selbst wenn es sich um eine schicksalsgebeutelte Singlefrau Mitte Dreißig handelte, die in der Rubrik »Einsame Herzen« inserierte.

»Mein Blind Date! J. :-)«, mailte Jenny ein paar Minuten später als Antwort auf Georgies schriftliche Nachfrage. Blind Date. Georgie versuchte, sich das mitleidige Lächeln zu verkneifen, das ihr um die Lippen spielte. Nicht unbedingt, weil sie Jennys Gefühle schonen wollte. Nein. Aber die kläglichen Bemühungen ihrer Kollegin, einen Mann zu finden, waren einfach zu amüsant, als dass sie riskieren wollte, nichts mehr davon zu hören.

»Der, auf dessen Kontaktanzeige du geantwortet hast? G. :-)« Es war schwer, ein Kichern zu unterdrücken.

»Genau. Wir sind für heute Abend verabredet. J. :-)«

»Hast du irgend'ne Ahnung, wie er aussieht? Du bist ihm doch noch nie begegnet. Wie willst du ihn erkennen? G. :-)« Dieser ständige Smiley war entnervend. Aber Jenny fügte ihn an jede E-Mail an. Meine Güte, wie sie nach Zuneigung lechzte! Ohne Smiley zu antworten erschien Georgie aber doch zu unfreundlich. Und womöglich würde Jenny dann aufhören, von ihrem katastrophalen Liebesleben zu berichten.

»Das nicht, aber ich werde ihn an seiner Kleidung erkennen. J. :-)«

»Und zwar? Jackett und Krawatte? G. :-)« Georgie wusste, dass die Bemerkung unter der Gürtellinie war, denn der »einsame Soldat« von Jennys letzter Verabredung, unter dem sie sich einen durchtrainierten Offizier irgendeiner Elitetruppe vorgestellt hatte, entpuppte sich als pensionierter Oberst aus Andover mit Krawatte, Jackett und Walross-Schnauzbart. Wobei man meinen sollte, dass Letzteres ideal zu Jenny gepasst hätte. Leicht zur Seite geneigt, konnte Georgie sehen, wie ihre Kollegin errötete, als sie die Zeilen las.

»Nein. Socken mit Terrier-Motiv. J. :-)«

Manche Dinge konnte man in einer E-Mail einfach nicht rüberbringen, schon gar nicht, wenn die F-Taste nicht funktionierte. Georgie neigte sich zur Seite und blickte Jenny mit unverhohlenem Spott an. »Terrier-Socken? Das ist doch nicht dein Ernst?«, wiederholte sie lauthals.

Drei Schreibtische weiter hob die Redaktionsassistentin interessiert den Kopf. Georgie warf ihr einen finsteren Blick zu, bevor sie fortfuhr, Jenny zu piesacken. »Wie zum Teufel willst du sie überhaupt zu Gesicht bekommen?«, fragte sie. »Kommt er etwa in Shorts?«

Jennys erhitztes Gesicht lief noch dunkler an, während sie heftig auf die Tastatur einhackte.

»Er will sich so hinsetzen, dass die Socken deutlich sichtbar sind. Du hast gut lachen. Mit einem Freund an deiner Seite. J. :-)«

»Mehr oder weniger. G. :-)« Georgie klickte auf »Senden« und verzog den Mund. Stimmt, sie hatte Tim. Im Großen und Ganzen war das auch gut. Nur leider war er als freiberuflicher Schriftsteller ständig knapp bei Kasse (schlecht), und sein Ehrgeiz, wenn man es so nennen konnte, lag weit hinter ihrem (schlecht). Dafür war er attraktiv (gut) – und hatte sich von all den schmuddeligen Schreiberlingen auf der Betriebsweihnachtsfeier, wo sie sich kennen gelernt hatten, deutlich abgehoben (gut, wenn auch nicht unproblematisch). Sein Kleidungsstil ließ allerdings sehr zu wünschen übrig (schlecht). Hinzu kam, dass sie im Moment kaum noch Sex hatten (schlecht), andererseits aber auch selten Streit (gut). Man musste sich schon ab und zu sehen, um sich streiten zu können, und Tim hatte, zumindest in der letzten Woche, nicht einen Abend zu Hause verbracht.

»Wo triffst du dich mit ihm? G. :-)«

»Odeon-Kino am Leicester Square. Dann Pizza Express. J. :-)«

Georgie grinste, als sie die Antwort eintippte. Das Gelbe vom Ei war das nicht gerade. Und doch verspürte sie zu ihrem Ärger einen kleinen Stich, der sich verdächtig nach Neid anfühlte. Es wäre schon nett, mal wieder zu flirten, natürlich nicht mit einem Mann, der alberne Socken trug. Aber es war Sommer, und die Lebensgeister erwachten, wenn auch nicht bei Tim. Seine hatten noch friedlich unter der Bettdecke geschlummert, als sie sich zur Arbeit aufgemacht hatte. Angeblich war er die ganze

Nacht auf gewesen, um an einem neuen Projekt zu schreiben. Tja, Pech, dachte Georgie. Er sollte sich besser organisieren. Es würde ihm nur Recht geschehen, wenn sie jemand anderen kennen lernte.

»Und – hast du ein paar saubere Slips in der Tasche? G. :-)«

Prompt erschien die Antwort.

»Gratuliere. Dieser Artikel von dir, in dem du Männer als hoffnungslos schlechte Tänzer entlarvst, ist echt zum Totlachen! Du hast dabei nicht zufällig an unsere Schuldisco gedacht?«

Georgie starrte auf den Bildschirm. Wovon redete Jenny bloß? Der besagte Artikel war schon vor Wochen erschienen. Sicher, er war gut – der Herausgeber persönlich hatte ihn als einen ihrer besten bezeichnet –, aber Jenny war auf die Roedean High gegangen, deren Feten Georgie sich in etwa wie die Ballszene von *My Fair Lady* vorstellte. Was wusste Jenny schon von dem unkoordinierten Stampfen und Knutschen, das sich Elmhurst-Schuldisco nannte?

Georgie las den Rest der Nachricht. »Wahrscheinlich kannst du dich nicht mehr an mich erinnern – David (Dave) Anderton, Elmhurst.«

Die 2000 Volt, die plötzlich durch Georgies Körper jagten, hatten nichts mit dem gefährlichen Kabelgewirr unter ihrem Schreibtisch zu tun. Ob sie sich an David (Dave) Anderton erinnerte? Waren der Papst katholisch, Rosen rot, Veilchen blau und Teeny-Schwärmereien die leidenschaftlichsten überhaupt? Und wie sie sich an David (Dave) Anderton erinnerte, auch wenn seit der Abschlussfeier der Oberstufe, als sie den letzten lüsternen Blick auf ihn geworfen hatte, ganze zehn Jahre vergangen waren. Bis heute hatte sie weder ihn noch irgendjemand anderen aus der Schule wieder gesehen.

Pling! »Ich würde es vorziehen, meine Unterwäsche nicht zum Thema zu machen, danke. J. :-)«

Georgie grinste. Ihre Gedanken hatten sich längst von Jenny abgewendet, drifteten aber umso mehr in Richtung Unterwäsche. Dave Andertons Unterwäsche. Nicht, dass sie diese je zu Gesicht bekommen hätte. Die Beziehung, die Georgie sich während der zwei Jahre auf der Kollegschule in den schillerndsten Farben ausgemalt hatte, war nie zu Stande gekommen. Dave Anderton war blind für die Liebe gewesen, die in ihrem Herzen loderte. Die Liebe, die sie aus Furcht vor Ablehnung nie zu offenbaren gewagt hatte. Denn damals war Georgie noch Georgina – ein plumpes, streberhaftes, stummes Geschöpf undefinierbaren Geschlechts, ein Etwas mit Brille. Sie wurde rot, als sie daran dachte.

Zehn Jahre war es her. Jahre, in denen sie darum gekämpft hatte, die Konkurrenz aus dem Rennen zu werfen und sich bei einer erfolgreichen Zeitung zur Starautorin für Frauenthemen hochzuarbeiten. Jahre, in denen sie sich mit viel Disziplin in ein schlankes, sonnengebräuntes, kultiviertes Wesen verwandelt hatte. Aus der verklemmten Georgina war die kapriziöse Georgie geworden. Zwei Kleidergrößen schlanker als ihr früheres Ich, blonder (dank Stefano und seinen Alu-Zaubereien), größer (mit Hilfe von Gucci, Jimmy Choo und vielen anderen) und mit blaueren Augen (dank getönter Kontaktlinsen; die Brille hatte sie in einem zeremoniellen Akt mit dem Gucci-Absatz zertreten). Könnte Dave Anderson sie doch nur heute sehen!

Sie warf das Haar zurück, zog dem Bildschirm einen Schmollmund, klickte auf »Antworten« und schrieb: Natürlich habe sie ihn nicht vergessen; wie klein war doch die Welt, sie sei überrascht, dass er sich nach so langer Zeit noch an sie erinnere, sie sei doch so unscheinbar, so langweilig gewesen …

Als sie auf »Senden« drückte, bekam sie Herzklopfen. Es wäre toll, sich mit ihm zu treffen. Ihn wieder zu sehen. Genauer gesagt, zu verfolgen, wie er auf sie reagierte. Zu beobachten, wie sein Blick über ihre Figur, das tiefe Dekolleté, das glänzende Haar glitt; über alles, was sie zur Schulzeit nie hatte vorweisen können. Er würde das Bild, wie sie mit furchtbar unvorteilhaftem Plisseerock auf dem Basketballplatz herumstolperte, aus dem Gedächtnis streichen und durch ihren neuen Anblick ersetzen: Georgie in Netzstrumpfhosen und ultrakurzem Mini, der ihre um einiges schlankeren Beine voll zur Geltung brachte.

Pling! »Was grinst du so? J. :-)«

Georgie gestand sich ein, dass die Frage, was zwischen ihr und Dave Anderton hätte sein können, sie bis heute beschäftigte. Und die Erinnerung an das, was zwischen Dave Anderton und Susan Stringer, der attraktiven, schlanken und sonnengebräunten Mannschaftsführerin des Hockeyteams gewesen war, nagte noch immer an ihr.

»Hab' an was Unanständiges gedacht. G. :-)«

Jetzt war Dave Anderton am Zug, sie war gespannt, was er antworten würde.

»Viel Spaß mit Terry Socke!«, rief Georgie laut, während sich das Büro zu leeren begann. Sie grinste, als Jenny sich auf dem Weg zum Aufzug wütend zu ihr umwandte, und fuhr ihren Computer herunter – ausnahmsweise mit einem Gefühl des Bedauerns. Keine E-Mails mehr für heute. Aber bestimmt würde sich die Sache morgen weiterentwickeln.

»Na – Erdbeben? G. :-)« Die gute Laune, in der sie gestern das Büro verlassen hatte, war am nächsten Morgen verflogen. Dass Tim erst um halb eins heimgekommen war, hatte sie ziemlich irritiert. Und seine Behauptung, Recherchen für einen Artikel zu betreiben, über dessen Thema er ihr nichts sagen dürfe –

schließlich arbeite Georgie für die Konkurrenz –, hatte sie erst recht in Rage gebracht. »Wenn es nicht verdammt klar wäre, dass niemand dich auch nur mit der Kneifzange anfassen würde«, hatte sie gezischt, »könnte ich glatt auf den Gedanken kommen, du hättest eine Affäre.«

Aber Georgie hatte über wichtigere Dinge nachzudenken. Zum Beispiel über die vernichtende Tatsache, dass ihre Mailbox keine Nachricht von Dave Anderton enthielt. Wenigstens funktionierte ihre F-Taste wieder, was ihren momentanen Gefühlen sehr entgegenkam.

»War ganz okay. J. :-)«

Mit einem Blick über den Schreibtisch stellte Georgie befriedigt fest, dass Jennys Wangen die Farbe eines Paloma-Picasso-Lippenstifts angenommen hatten. Der Abend war offensichtlich ein Reinfall gewesen. Wahrscheinlich hatte es so wenig Gesprächsstoff gegeben, dass Jenny und Terry Socke sich am Ende die Speisekarte von Pizza Express vornahmen und sich über die Anzahl der Zweigstellen unterhielten.

Georgie schauderte. Die Klimaanlage hatte das Wetter schließlich doch noch eingeholt. Als sie ins Büro kam, hatte sie das Gefühl, einen Gefrierschrank zu betreten. Moiras Schweißflecken waren trotzdem unversehrt. Dieser Mistkerl von Dave, dachte Georgie, während sie verbissen den ersten Satz eines Artikels eintippte, um den die Moderedakteurin sie, kaum hatte sie sich an den Schreibtisch gesetzt, eilig gebeten hatte. Es sollte ein richtungsweisender Beitrag werden, der sich mit dem Für und Wider eines zeitgenössischen Kleidungsstücks befasste. Im Augenblick trug er noch den Arbeitstitel, den man Georgie vorgegeben hatte: »Lederjacken – ja oder nein? Spätestens um Fünf.«

Warum hatte er nicht geantwortet? Es war fast peinlich, wie enttäuscht sie war.

Pling! »Daran kann ich mich nicht mehr erinnern, aber es ist ja schon zehn Jahre her! D.«

Georgies Gedanken, eben noch damit beschäftigt, ob sie doppel- oder einreihig geknöpften Jacken den Vorzug geben sollte, begannen plötzlich zu rasen. Er hatte geantwortet. Sie stierte auf den Monitor und unterteilte die Nachricht hektisch in Plus- und Minuspunkte. Zehn Jahre her – schlecht. Klang, als wären sie beide uralt. Aber er schien verdrängt zu haben, dass sie fett und langweilig gewesen war, was definitiv zu den Pluspunkten zählte.

Pling! »Vergiss die Sitzung nicht. In fünf Minuten. J. :-)«

Mist. Fünf – nein, jetzt nur noch vier – Minuten, um sich auf das morgendliche Feature-Meeting vorzubereiten. Georgie blätterte hastig die Zeitungen durch und riss, wann immer ihr eine vage Eingebung durch den Kopf schoss, aufs Geratewohl ein ums andere Blatt heraus. Sie würde die Ideen im Meeting zu Ende spinnen, ihr blieb jede Menge Zeit, wenn sie sich nur weit genug vom Herausgeber wegsetzte, so dass sie mit ihren Vorschlägen als Letzte an der Reihe war und ihm ein bisschen Bein zeigen konnte, um ihn gnädig zu stimmen …

»Was war denn in der Sitzung mit dir los?«, fragte Jenny, während sie am Mittag mit Georgie in Richtung Einkaufsstraßen eilte. »Du hast kaum ein Wort gesagt. Sogar, als der Herausgeber deinen Artikel gerühmt hat – den über Bärte als neuesten Punkt auf der In-Liste –, hat dich das anscheinend kaum berührt.«

»Weil mich im Moment was anderes beschäftigt«, erklärte Georgie. »Ein alter Schulschwarm hat mit mir Kontakt aufgenommen.«

»Wirklich? Warum?«

Sie zuckte irritiert zusammen. Wenn es hart auf hart kam

(und sie hoffte inständig, dass das passierte), wüsste sie nicht mal, warum Dave eigentlich mit ihr Kontakt aufgenommen hatte. Vielleicht war es Schicksal, vielleicht sollte eine angefangene Geschichte beendet werden, vielleicht wollte er aber auch nur ein bisschen Spaß. Letzteres würde Jenny natürlich nicht verstehen. Als Antwort zuckte Georgie demonstrativ die Schultern.

Jenny sah sie fragend an. »Vielleicht hat er dich vor kurzem in der Zeitung gesehen? Immerhin waren in letzter Zeit ein paar hübsche Fotos von dir drin.«

Der Gedanke traf Georgie wie ein Donnerschlag. Natürlich! Das musste es sein. Vielleicht hatte er die modische, schnittige Jaguarversion von Georgie Lee neben ihrem regulären Beitrag zum Thema Promi-Look prangen sehen. Ihr letztes Meisterstück hatte sich auf die Wiederholungen einiger klassischer »Mit Schirm, Charme und Melone«-Episoden bezogen. Und Georgie hatte, ganz bescheiden gesagt, in ihrem schwarzen Latexanzug und den mörderischen Absätzen à la Emma Peel phänomenal ausgesehen. Auch wenn sie danach tagelang keinen Fuß mehr vor den anderen setzen konnte und ihr die gequetschten Eingeweide jetzt noch wehtaten.

Während Jenny zur Sandwich-Theke von *Marks & Spencer* stiefelte, ging Georgie weiter die High Street hinunter. Ihr schwirrte der Kopf, so viele Möglichkeiten taten sich plötzlich auf. Wenn Jenny mit ihrer Vermutung Recht hatte – und wie könnte es anders sein? –, dann standen die Chancen besser, als sie zu hoffen gewagt hatte. Dave und sie konnten sich in eine hemmungslose Cyberaffäre stürzen und sich nach Herzenslust austoben. Sie hatte schon viel von solchen E-Mail-Romanzen gehört. Sich gegenseitig übers Netz heiß zu machen, wäre die ideale Sommerbeschäftigung. Nicht umsonst nannte sich ihr Provider excite.co.uk.

Georgie strich sich das leichte, magentarote Stretchjäckchen über die knochigen Hüften und lächelte in sich hinein. Sie hatte jegliches fotografische Beweismaterial aus ihrer Teenyzeit, das sie in Größe 40 abbildete, vernichtet, aber – das wurde ihr mit zunehmender Erregung bewusst – es gab nur einen Weg, die Geister der Erinnerung zu verscheuchen, die noch irgendwo in Dave Andertons Gedanken spukten. Es mit Dave zu treiben.

»Wohnst du in London? G. :-)« So. Sie war hin- und hergerissen gewesen, hatte aber schließlich einen Smiley hinzugefügt.

Pling! »Freezywater. D.«

Georgie schluckte. Freezywater. Wo zum Teufel war denn das? Trotzdem, immerhin zeigte er Interesse, nur klang er ein bisschen kühl (ohne Smiley). Na ja, war wohl in Freezywater nicht zu vermeiden. Dafür antwortete er umgehend. Wenn es weiter in diesem Tempo voranging, dachte Georgie fiebernd, würden sie sich morgen schon bei einem sündhaften Mittagessen gegenübersitzen. Oder noch sündhaftere Drinks bestellen. Sie hatte ihn schon vor Augen: Dave Anderton – größer, dünner, etwas distinguierter als früher, aber dasselbe freche Grinsen, das die blitzend weißen Zähne enthüllte, dieselbe blonde Haarsträhne, die ihm ständig ins Gesicht fiel.

»Wie ist es denn so in Freezywater? Bin mir nicht sicher, wo es liegt – sorry. G. :-)«

Wie Georgie jetzt bemerkte, war Jenny aus der Mittagspause mit einer Reihe schicker Einkaufstüten zurückgekehrt. Terry Socke musste noch immer aktuell sein. Klar, sie unternahm einen letzten Versuch, dachte Georgie verächtlich. Armselige Kreaturen wie Jenny durften eben nicht wählerisch sein.

»Na, Kreditkarten-Jogging gemacht? Triffst du dich heute Abend mit T. S.? G. :-)« Georgie war etwas irritiert, als Jenny schon wieder dunkelrot anlief. Was zum Teufel war nur los mit ihr? In letzter Zeit schoss ihr das Blut schneller ins Gesicht, als Lucky Luke auf seinen eigenen Schatten zielen konnte.

Pling! »In Hertfordshire. Echt toll hier. Ganz in der Nähe gibt es einen großen Golfplatz, und nettere Gesellschaft kann man sich nicht wünschen – die Jungs vom Rotary-Klub sind echt gut drauf! Wir fühlen uns sehr wohl hier. D.«

Georgie war sich nicht sicher, was sie davon halten sollte. Damals in der Schule war Dave Anderton eine Art Gott gewesen. Er war Fußball-, Kricket- und Rugby-Mannschaftsführer, rauchte hinter den Fahrradständern und hatte Sex im Instrumentenschrank, zumindest ging überall das Gerücht rum. Er war der erste Schüler mit eigenem Auto und begeisterte die Oberstufe mit seinen quietschenden Schleuderbremsungen, die er mittags auf dem Parkplatz vorführte. Und als Krönung demolierte er eines Tages den Außenspiegel des Direktors. Doch seit damals hatte sich offensichtlich einiges geändert. Und wen zum Teufel meinte er mit *wir*? Seine Freundin?

»Hab' ja noch gar nicht gefragt: Hast du geheiratet? Kinder? G. :-).« Es war der fünfte Entwurf ihrer Frage und klang, wie sie fand, so spritzig, wie eine E-Mail nur klingen konnte. Sie klickte auf Senden und lehnte sich zurück, erschöpft von der Anstrengung. Das alles war viel komplizierter, als sie gedacht hatte. So jedenfalls hatte sie sich die virtuelle Flirterei nicht vorgestellt: als eine Art Schach der Großmeister, bei dem jede Silbe einzeln ausgebrütet und jedes Komma auf seine Interpretierbarkeit hin überprüft werden musste. Weit entfernt vom Cyberhighway in Richtung ungehemmter Wollust, war ihre Konversation bislang so tugendhaft, dass Jane Austen daneben wie Jackie Collins wirkte. Den ganzen Nachmittag kam keine Antwort. Ich hab' ihn in die Enge getrieben, dachte Georgie panisch und wünschte, sie hätte die Frage nicht gestellt.

»Wie war's? G. :-)«

Offensichtlich gut, wie Georgie irritiert feststellte. Jenny hatte diesen Morgen etwas unübersehbar Strahlendes an sich. Sie trug einen neuen Rock, der ihr ausnahmsweise ganz gut stand, und ein weißes T-Shirt, das ihre Haut weniger grau erscheinen ließ. Einer von Georgies alten Tricks natürlich, ohne Zweifel kopiert, genauso wie diese hohen Absätze, mit denen Jennys Stummelbeine länger wirkten. Aber, tröstete sich Georgie, Nachahmung war in jedem Fall ein Kompliment. Und der Anblick von Jenny, die flache Schuhe gewöhnt war und wie auf Stelzen ins Büro eierte, ließ Georgie hoffen, dass sie mit dem Kompliment zu Fall kam.

Schade, sie war nicht gestürzt, aber allein die Vorstellung hatte die ausgebliebene Nachricht von Dave Anderton fast wettgemacht.

Pling! »Gut, danke. J. :-)«

O nein, damit würde sie nicht davonkommen, dachte Georgie. Nicht mit diesem Funkeln in den Augen, das auf eine heiße Liebesnacht deutete. Wenigstens eine Sache schien Terry Socke zu beherrschen.

»Wo wart ihr denn? G. :-)«

Pling! »*R. K. Stanley*. Bratwurst mit Kartoffelbrei essen. J. :-)«

»Noch nie da gewesen. Aber Tim, soweit ich weiß. Ist nicht mein Ding. G. :-)«

Jenny wurde schon wieder knallrot. Herrgott noch mal, dachte Georgie. Als würde man mit einer Nonne im Sexshop arbeiten.

Pling! »Ja, bin seit drei Jahren mit Morag verheiratet, einer Polizistin. Kinder haben wir allerdings nicht – Morag kann leider keine bekommen. Aber wir sind mit unseren Katzen glücklich. D.«

In der Mittagspause schlenderte Georgie wie betäubt durch die Einkaufsstraßen. Dave Anderton war mit einer Polizistin namens Morag verheiratet. Und er hatte Katzen. Kein Wunder, dass ihm nach Abenteuern zu Mute war – aus diesem »bin seit drei Jahren verheiratet« sprach unverkennbar Langeweile. Und dann, mit verblüffendem Timing, der Todesschuss: »einer Polizistin«. »Wenn du weißt, was ich meine«, schien unausgesprochen mitzuschwingen. Georgie grinste in sich hinein, während ihre Finger mit dem Schritt eines spitzenbesetzten Slips spielten. Ruhig Blut jetzt, sagte sie sich, als sie zehn Minuten vor der Zeit aus der Mittagspause zurückkehrte. Immer langsam mit den jungen Pferden. Ganz cool bleiben, aber Flirtbereitschaft signalisieren. Subtil und trotzdem sexy. Sie holte tief Luft, ließ die Hände einen Moment lang über der Tastatur schweben und wagte den Sprung ins Ungewisse. »Ab und zu in Elmhurst? So einmal im Jahr fahr' ich meine alten Herrschaften besuchen – in meinem MX5 bin ich in einer Stunde am Ziel. G. :-)«

Es hatte sie eine halbe Stunde gekostet, aber jetzt war Georgie mit dem Ergebnis zufrieden. Es klang schön subtil und spielte darauf an, dass sie jederzeit bereit war, ihn auf eine Fahrt nach Elmhurst mitzunehmen.

Pling! »Ich fahre immer mit dem Zug und alle zwei Wochen nach Elmhurst, meine Leute besuchen. Morag bestellt unsere Karten Wochen im Voraus, so können wir vergünstigt 1. Klasse fahren. Tolles System. Solltest du auch mal versuchen. D.«

Georgie spürte Panik aufkommen. Sie antwortete umgehend, ihre Finger flogen in Windeseile über die Tasten.

»Also fährst du nicht mal zur Arbeit mit dem Auto? G. :-)«

Pling! »Nein, ich nehme den Zug. Aber die gute alte Eisenbahn hat so ihre Tücken. Erst heute Morgen ist ein Eilzug so schnell vorbeigerast, dass es mir fast die Haare vom Kopf gerissen hätte – wenn noch welche da wären! Zum Glück ist meine

Brille ziemlich dick, sonst hätte es sie mir glatt von der Nase gefegt. Aber ich kann dir versichern, ich bin alles andere als dünn, was das betrifft, war ich wohl auf der sicheren Seite! D.«

Ihr wurde schlecht. Zum ersten Mal kam ihr der Gedanke, dass sie vielleicht nicht die Einzige war, die sich seit der Schulzeit bis zur Unkenntlichkeit verändert hatte. Während sie selbst sich von 12 Kilo und einer Brille mit Glasbausteinen getrennt hatte, hatte der lässige Lockenkopf ihrer Erinnerung offenbar nichts Besseres zu tun gehabt, als sich beides zuzulegen. Mehr noch, anscheinend hatte er sich in einen spießigen Provinzler verwandelt, der Autofahrer für Umweltsünder hielt und der seine Freizeit am liebsten mit Golf spielen, Katzen, dem Rotary-Klub und verbilligten Zugfahrten an der Seite einer Polizistin namens Morag verbrachte.

Der Traumprinz ihrer Teenagertage hatte sich in einen hässlichen und noch dazu uninteressanten Frosch verwandelt. Fehlte nur noch, dass er als Nächstes ein Klassentreffen vorschlug. Und zu allem Überfluss, wie ihr schlagartig bewusst wurde, saß sie hier und flirtete, was das Zeug hielt. Wie zur Hölle sollte sie aus der Nummer je wieder rauskommen? Höchste Zeit, den Rückwärtsgang einzulegen.

Pling! O Gott, schon wieder eine Message von ihm. Georgie öffnete die Mail, und das Herz wurde ihr schwer. »Wie auch immer, jetzt sind wir so ins Quatschen gekommen, dass ich dir noch gar nicht erzählt habe, warum ich mit dir in Kontakt getreten bin. Ich versuche zurzeit, den 89er-Jahrgang für ein Klassentreffen zusammenzutrommeln. Hast du Lust zu kommen? D.«

Sogar auf den Elefantenmenschen hätte ich mehr Lust, dachte Georgie, während sie halb verzweifelt, halb erleichtert eine höfliche Absage formulierte. Jennys Kichern am Telefon, das von der anderen Schreibtischseite aus zu hören war, trug auch nicht gerade zu ihrer Aufmunterung bei.

Und doch, für ein paar Dinge konnte sie durchaus dankbar sein. Herauszufinden, dass der Herzensdieb ihrer Jungendjahre auch nur ein Mensch war, und ein ziemlich feister obendrein, bedeutete immerhin, dass sie sich nicht den Rest ihrer Tage fragen musste, was zwischen Dave Anderton und ihr hätte sein können. Und im Gegensatz zu Jenny – ewig Single, die Arme, selbst wenn sie mehr Schwung hatte als sonst – hatte Georgie wenigstens Tim, auf den sie zurückgreifen konnte. So unbrauchbar er auch schien, besser als nichts war er allemal.

»Ich habe gekündigt«, teilte Jenny ihr mit, als sie das Büro am Abend verließen. »Ich fange bei der *Vogue* an. Als verantwortliche Redakteurin.«

»Gratuliere. Hab' mich schon gefragt, was hinter den neuen Klamotten steckt, wenn ich ehrlich bin«, erwiderte Georgie im Bemühen, ihren Neid nicht allzu stark herausklingen zu lassen. »Hattest wohl genug davon, mit mir zu arbeiten, hm?«, konnte sie sich jedoch nicht verkneifen, hinzuzufügen – wobei Jenny mal wieder puterrot wurde.

Zu Georgies Erstaunen war Tim schon da, als sie nach Hause kam. Noch viel erstaunlicher war, dass er anscheinend seine Sachen aussortierte.

»Du räumst doch nicht tatsächlich deinen Kleiderschrank auf?«, bemerkte Georgie sarkastisch. In letzter Zeit hatte sie so wenig von ihm zu Gesicht bekommen, dass sie fast vergessen hatte, wie geschmacklos er sich anzog.

»Nein, ich verlasse dich.« Tim wühlte in einem Haufen Socken und blickte nicht auf.

Sie fühlte sich, als hätte ihr jemand einen Schlag in die Magengrube verpasst. Das konnte nicht wahr sein. *Sie* hatte doch die Beziehung im Griff.

»Wie – ich meine, wer …«, stotterte sie.

Sie war diejenige mit der Karriere, oder nicht? *Sie* zahlte alles – dann hatte doch auch sie das Recht, zu entscheiden, wann Schluss war. Auf keinen Fall verließ man *sie*.

»Tja, offensichtlich bist du nicht mehr in mich verliebt. Ich habe jemanden gefunden, bei dem sich das anders verhält. Um ehrlich zu sein, treffe ich mich schon eine ganze Weile mit ihr.«

»Wie – wer?« Georgie riss die Augen auf.

»Genau gesagt, habe ich eine Anzeige aufgegeben.« Wenigstens hatte er so viel Anstand, rot zu werden.

»Du hast *was* getan?« Eine Kontaktanzeige. Ihr Freund. Etwa eine von den tragischen, auf die Jenny antwortete? Georgie spürte, wie sich ihr vor Entsetzen die Zehennägel aufrollten.

»Eigentlich wegen des Artikels über den männlichen Single von heute – dieses Feature, von dem ich dir nicht erzählen konnte. Ich musste eine Anzeige in der Rubrik ›Einsame Herzen‹ schalten und abwarten, was passieren würde, wenn jemand antwortet. Und dann – äh – wurde plötzlich mehr daraus als ein Artikel.«

»Wer ist es?« Aber der Aufschrei blieb ihr im Hals stecken. Aus dem Haufen Socken, den Tim hastig in seinen Koffer stopfte, war ein Paar vor ihr auf den Schlafzimmerfußboden gekullert. Es waren Terrier darauf.

CLARE NAYLOR

Ein anderes Gefühl

»Vielleicht würde es helfen, wenn du einen Autounfall hättest«, verkündete Tim. Anna sah ihn ungläubig an und fragte sich, ob sie richtig gehört hatte. »Wenn du im Koma lägst oder so, dann würde mir klar werden, wie sehr ich dich liebe. Und dass wir dazu bestimmt sind, für immer zusammenzubleiben. Und ich würde mir nichts sehnlicher wünschen, als dich zu heiraten.«

»Heißt das, du würdest mich zurückhaben wollen, wenn ich im Sterben läge?«, fragte Anna, unfähig, zu verarbeiten, was er ihr soeben offenbart hatte.

»Ja, ich glaube, das würde ich tatsächlich«, erwiderte Tim, als handele es sich um die romantischste Liebeserklärung aller Zeiten.

»Aber so, wie es jetzt aussieht, verlässt du mich? Und meinst, du könntest was Besseres kriegen?« Sie knibbelte weiter und weiter an dem Schorf ihrer fünfjährigen Beziehung. Obwohl sie nicht mit einer leuchtend weißen Narbe zurückgelassen werden wollte, konnte sie es nicht lassen, an den Rändern zu kratzen, bis ein kleiner Tropfen Blut hervorquoll.

»Das ist es nicht. Aber wenn man fünf Jahre lang jeden Abend grüne Bohnen vorgesetzt bekommt, wird es irgendwann langweilig. Und man kriegt Appetit auf Abwechslung.« Tim saß auf ihrem Bett und blickte weiterhin so Verständnis heischend drein, wie er es immer tat, obwohl er gerade eben offenbart hatte, dass sein wahres Ich, seine Seele, eine Art stinkender, vor sich hinrottender Freddy Krüger war. Auf keinen Fall war er Julian Sands in *Zimmer mit Aussicht,* wie sie einst gedacht dachte. Auch wenn er blondes Haar hatte.

Zu viele grüne Bohnen. Wahrscheinlich konnte sie dankbar sein, dass er bei dem Vergleich nicht dicke Bohnen gewählt hatte. Davon hätte sie sich nie wieder erholt. Grüne Bohnen konnten vielleicht noch mit einer Kleinigkeit von Agent Provocateur, ihrem Lieblings-Lingeriegeschäft, behoben werden. Aber dicke Bohnen hätten zwei Monate Fitnessstudio, eine Lobotomie und einen Besuch bei einem diskreten Mann in der Harley Street bedeutet, der ihr die Nasenspitze korrigieren würde oder was sonst zu tun war, wenn man heutzutage seinen Freund zurückerobern wollte.

Doch unter den gegebenen Umständen hatte sie es nicht mehr geschafft, bei Agent Provocateur vorbeizuschauen. Sie hatte sich in den letzten Tagen in keiner Mittagspause vom Schreibtisch wegbewegen können, und so war sie leider noch vor dem Wochenende zum Single geworden. Abgesägt. Einfach so. Ein Abend bei Pizza Express, eine Unmenge zerknüllter Taschentücher, und »Anna und Tim« gab es nicht mehr. Aus Anna war eines der zahllosen Opfer in jener beängstigten Statistik geworden, nach der auf jeden Mann etwa siebzehn ungebundene Frauen kamen, weswegen sich jede Frau mit Freund glücklich schätzen sollte. Die Statistik besagte, dass jeder alte Banker, sei sein Gerede auch noch so einschläfernd und sein Deodorant noch so billig, sich Abend für Abend mit Frauen verabreden konnte und dass jede Frau, egal, wie viele Einser sie im Abi hatte und wie tadellos aufgehellt ihr Haar war, am Freitagabend zu Hause allein auf ihrer Reizwäsche sitzen blieb, oder sich in Hotpants von Gap Sitcoms auf BBC2 ansehen musste. Anna war Single. Aus der Bridget-Jones-Generation. Sie würde anfangen müssen, sich mit schwulen Männern anzufreunden, um mit 33 einen Samenspender für das Kind zu haben, das sie ansonsten nie bekommen würde, denn es war ja offensichtlich, dass sie unfähig war, eine intakte Beziehung zu führen. Anna war allein.

»Du Arme.« Laura schenkte Anna ein weiteres Glas Wein ein und spielte mit ihrem Ehering. »Aber es wird alles wieder gut, glaub mir. Du bist noch jung, und dieser Internet-Typ zum Beispiel, auf Andrews und meiner Dinnerparty letzten Monat, hat sich echt in dich verguckt. Tim wird schon merken, dass die Kirschen in Nachbars Garten nicht immer die süßeren sind. Er wird zu dir zurückkommen«, beteuerte Laura. Obwohl sie sich insgeheim auch nicht so sicher war. Erst neulich hatte sie diesen schaurigen Artikel in der *Daily Mail* gelesen, über Karrierefrauen, die alles hatten, was man sich wünschen konnte, deren Titten keine Anzeichen von Schlaffheit zeigten und die sich trotzdem gezwungen sahen, Vermittlungsagenturen aufzusuchen. Solch ein Mangel herrschte heutzutage auf dem Männermarkt.

Tränen tropften in Annas Weinglas. »Meinst du ehrlich, das wird er tun? Ich meine, die Kirschen sind woanders wirklich nicht süßer, oder? Wir waren glücklich, weißt du.«

Sie erinnerte sich an den idyllischen Sonntag vor sechs Monaten, als sie nach Kent gefahren und am Ufer entlangspaziert waren und an einer Autobahnraststätte auf der Heimfahrt Cornettos gegessen hatten. Sie vergaß, dass sie seitdem jeden

Sonntag damit verbracht hatte, für Tim Rezepte aus dem River-Café-Kochbuch zu kochen, wenn er hungrig vom Golfspielen heimkehrte. Und sie vergaß, dass sie während der letzten sechs Monate ein Auge auf den Mann geworfen hatte, der im selben Bus wie sie zur Arbeit fuhr. Das hatte sie einem Hormonschub zugeschrieben, nicht etwa der Tatsache, dass aus Tim eine trübe Tasse geworden war. Sogar Samstagsabends schlummerte er grundsätzlich um halb elf ein. Selektive Erinnerung. Das Opfer spielen. Sie wusste, was man darüber sagte. Sie wusste auch, dass ihre Beziehung längst mausetot war, aber die Tatsache, dass auf einen Mann siebenundzwanzig Frauen kamen, zermürbte sie fürchterlich. (So hatte es die Woche zuvor im *Guardian* gestanden. Möglich, dass es ein Tippfehler war, aber sie entschied sich für die pessimistischere Variante.) Und so ignorierte sie jeden Wink, der sie vom falschen Weg und falschen Partner hätte abbringen können. Stattdessen suchte sie Zuflucht in ihrem Bett – und in ihrem Tagebuch, das bald vor Klischees, traurigen Worten und Zitaten aus allzu soften Schmusesongs überquoll. Und in der Küche ihrer Freundin, wo sie ihre Mitleidchips einlöste, die sie während der relativ sorglosen fünf Jahre mit Tim gesammelt hatte.

»Du bist ja so dünn.« Lucy folgte Anna die Treppe zum Kosmetiksalon hinauf.

»Liebeskummer. Ich habe die letzten zwei Monate nur geheult. Da bleibt nicht viel Zeit zum Essen. Manchmal denke ich, es wird schon alles gut, und wenn ich dann gerade mal ein halbes Krabbenbällchen angeknabbert habe, fällt mir wieder ein, dass Tim und ich Schluss gemacht haben, dass er mich nicht mehr liebt, und im selben Moment könnte ich das Zeug wieder ausspucken.«

»Ich sollte mich öfter mal trennen. Selbst in meinen extraweiten Jeans sehe ich im Moment aus wie eine fette Kuh.« Lucy legte Anna den Arm um die Schultern, um zu zeigen, dass sie es nicht so meinte, und drängte sie in den warmen, nach Gesichtscreme duftenden Empfangsraum des heißesten, coolsten Salons der Stadt. An der Wand hing ein Foto von Gwyneth Paltrow mit einer handschriftlichen Signatur am Bildrand: »Danke. Ihre Bikinizonen-Enthaarung hat mein Leben verändert.« Anna wünschte sich an Gwyneth Paltrows Stelle, wünschte, sie würde auch aus jeder Beziehung aussteigen, bevor der Glanz zu verblassen begann und die Männer herausfanden, was sich zwischen den Bikinizonen-Sessions abspielte, an den Tagen, da man nicht in Topform war und sich den Oscar im rosa Kleidchen abholte. Gwyneth blieb nie lange genug, um als Teller grüne Bohnen zu enden. Sie war eine Spargelstange; nur eine Saison, und sie machte sich wieder vom Acker – bevor der Typ sie satt haben konnte. Wenn Anna etwas gelernt hatte, dann das: immer am Ball bleiben; nie glauben, dass sprühender Charme ausreicht. Und immer schön die Bikinizone in Schuss halten.

Anna betrachtete die Schaubilder und deutete hastig auf dasjenige mit dem meisten Haar. Das herzförmige wäre eine hübsche Idee gewesen, wenn sie nicht am folgenden Montag einen Arzttermin gehabt hätte, und die anderen sollte man doch besser japanischen Pornostars überlassen. Anna warf der enttäuschten Kosmetikerin einen entschuldigenden Blick zu.

»Für mich nur das gute alte Dreieck, bitte«, murmelte sie, als sie sich auf der Liege ausstreckte.

»Stell dir vor, ich wollte das Dreieck, und sie hat mir den Mohikaner verpasst! Es ist wirklich obszön. Als würde man sich mit einem Fremden aufs Klo verziehen. Nur gut, dass ich keinen Freund mehr habe, er würde mich für völlig pervers halten.« Anna kam aus der Damentoilette zurück und blies mit einem

Prusten, das irgendwo zwischen Heiterkeit und Horror angesiedelt war, den Schaum vom Cappuccino.

»Du hast die Stripperversion bekommen«, grinste Lucy stolz. »Ehe du dichs versiehst, bist du süchtig danach, glaub mir. Es ist tierisch erotisch.« Anna kam sich in Lucys Kielwasser wie eine Landpomeranze vor. »Hauptsache, du vergeudest es nicht.«

Aber was sollte sie schon damit anfangen?, fragte sich Anna, als sie am Abend in die Schlafanzughose schlüpfte. Sie hatte seit fünf Jahren keinen anderen Mann mehr geküsst. Zwar hatte sie den Kerl im Bus in ihre Fantasien eingebaut, aber nicht in einer Billion Jahre wäre sie darauf eingegangen, wenn er ihr tatsächlich einen unsittlichen Antrag gemacht hätte; sie wäre augenblicklich ausgestiegen und den ganzen Weg zur Arbeit gerannt. Nein, sie war Tim völlig ergeben gewesen. Und nun war sie der Erinnerung an Tim ergeben. Und den Träumen von dem, was hätte sein können – und was noch immer sein könnte, wenn all ihre Bekannten Recht hatten. Denn alle stimmten darin überein, dass die Kirschen in Nachbars Garten keineswegs süßer waren, sondern zweifellos voller Würmer. Denn mal ehrlich: Auch wenn sein Blick in einem überfüllten Lokal auf eine Frau traf und es funkte, würde er höchstwahrscheinlich am nächsten Morgen nüchtern in ihrer Wohnung über einem Laden in Fulham aufwachen und feststellen, dass sie nicht annähernd so gut aussah wie am Abend zuvor. Tim würde mit eingezogenem Schwanz und einem Diamantring in der Tasche zu ihr zurückkehren. Für diesen Tag lebte Anna. Sie schwankte noch zwischen einer Hochzeit auf dem Lande und einer Spontanaktion auf dem Standesamt von Chelsea, wobei sie auf dem Weg dorthin Manolo-Blahnik-Schuhe besorgen und ihre Eltern vom Handy aus einladen würde, an der Zeremonie teilzunehmen. So oder so, es würde zweifellos auf ein »Sie lebten glücklich bis an ihr Lebensende usw.« hinauslaufen. Die Tatsache, dass sie nie von einer Hochzeit geträumt hatte, bis Tim den Autounfall und die grünen Bohnen aufgetischt hatte, war in diesem Fall völlig irrelevant. Sie war lediglich blind für ihren wahren Herzenswunsch gewesen, nämlich, den Rest ihres Lebens mit einem Mann zu verbringen, der ihr einst zu Weihnachten ein Stück Seife geschenkt hatte. Wer würde etwas aufgeben wollen, das grundsätzlich (von der Seife mal abgesehen) eine wunderbare Freundschaft, Beziehung und rundherum gute Sache gewesen war – nur weil er bislang nicht jedes süße Ding, das ihm vor Augen kam, vernascht hatte, und weil er, in einer guten Nacht, mit ein paar Bierchen intus, seine Sache durchaus besser machen konnte? Und trotzdem hatte Anna Sehnsucht, verzehrte sich geradezu nach ihm.

»Bitte, lieber Gott, lass ihn zurückkommen, bevor der Mohikaner wieder zum Struwelpeter wird«, murmelte sie, als sie ins Bett krabbelte, um ihr Tagebuch mit noch mehr Klischees über Liebe und Heirat zu füllen – und mit Vorstellungen davon, welch bezaubernde Kinder sie bekommen würden, wenn Tim erst wieder zur Besinnung kam.

Ihre Hoffnung war mit einem Schlag zerstört, als sie Tim ein paar Wochen später wegen eines Buches anrief, das er ihr noch nicht zurückgegeben hatte. Sie hatte sich ein herzliches, tröstliches Gespräch voller gemeinsamer Erinnerungen erträumt und erwartet, dass Tim vor Reue triefen würde. Weit gefehlt. Es gehe ihm gut. Ja, sogar wunderbar. Es sei ohne Zweifel das Richtige für sie beide gewesen und so weiter. Im Moment habe er grade wenig Zeit, aber vielleicht könnten sie sich ja in ein paar Wochen mal auf ein Bierchen treffen oder so. Anna legte den Hörer auf und war starr vor Schmerz. Wäre eine Wand in der Nähe gewesen, dann hätte sie den Kopf so lange dagegengeschlagen, bis er platzte, um den Schmerz zu betäuben. Das war der Tiefpunkt, der absolute Tiefpunkt. Aber bei all den Klischees, mit denen sie ihr Tagebuch füllte, kam es ihr nie in den Sinn, dass es nach Erreichen des Abgrunds nur noch aufwärts gehen konnte.

An jedem anderen Mann gab es etwas auszusetzen; jeder andere erzählte entweder megapeinliche Witze oder war schlicht und einfach nicht Tim. Dabei sah sie sich wirklich um. Sie lernte, die neue schlankere Anna in aufreizende Minis und kesse Stiefel zu stecken, und entdeckte eine vorteilhaftere Art, ihr Haar zu stylen. Sie sah Männer mit einem Blick an, der sexuelles Interesse suggerierte, auch wenn es vielleicht gar nicht stimmte. Und die Liste mit den Handynummern ihrer Verehrer, die sie auf der Rückseite der »gelben Seiten« neben dem Telefon notierte, ließ vermuten, dass die Statistiker vielleicht falsch lagen. Dass in Wirklichkeit siebzehn Männer auf eine Frau kamen, statt umgekehrt. Und eines Nachts, nach einer Cocktailparty mit befreundeten Kollegen, fragte sie sich, ob womöglich gar siebenundzwanzig Männer auf eine Frau kamen. Anna konnte über ihre Erfolgsquote nicht klagen, was wiederum ihrem Teint ein gewisses Strahlen verlieh, wie es kein Glanzpuder zu Stande bringen konnte. Und das führte zu noch mehr Handynummern und einer Reihe von Ausreden ihrerseits. Denn obwohl die Statistiker sich irrten, hielt sie selbst eisern an den Klischees fest. Tim war der einzig Wahre für sie. Er war die Milch auf ihren Cornflakes, der Einzige, der sie wirklich glücklich machen konnte.

Bis zur letzten Sekunde hatte sie nicht geglaubt, dass es je passieren könnte. Sie wusste nicht einmal, was sie hier im Büro um halb zwölf Uhr nachts verloren hatte. Der Umtrunk war seit Stunden zu Ende, und das letzte Treibgut an Konversation war die Gänge entlang nach draußen auf die Straße, in nahe gelegene Restaurants und hinunter in die U-Bahn gedriftet. Nur Anna und ein Kollege aus dem Marketing namens Simon waren dageblieben. Sie fummelte an den weißen Plastikbechern herum, hob den Rand mit ihren Zähnen an, bis sich neben ihr auf dem Schreibtisch ein kleiner Becherfriedhof gebildet hatte. Simon saß auf dem Schreibtisch und faltete eine Notiz über das Rundballspiel der Belegschaft zu einem immer kleiner werdenden Stück zusammen.

Und selbst, als er sich zu ihr hinüberlehnte, als er seine Geschichte, wie er zwei Jahre lang in New Orleans gelebt hatte, unterbrach und sich zu ihrem Drehstuhl hinunterbeugte, um sie zu küssen – selbst dann wusste sie nicht, ob sie auf ihn stand oder nicht, oder wie es eigentlich so weit hatte kommen können. Sie war nicht einmal betrunken. Den letzten Becher Wein hatte sie vor mindestens einer Stunde geleert, und doch berührte sie mit den Händen seinen Hinterkopf, erwiderte seinen Kuss, noch immer nicht sicher, warum. Und es war ein anderes Gefühl. Als sie mit der Hand über seine Wange strich, war sie nicht scharfkantig wie Tims, sondern weich, und sein Haar war kürzer. Auch die Ohrläppchen waren nicht die vertrauten, mit denen sie, so lange sie zurückdenken konnte, jeden Morgen, den sie gemütlich im Bett verbringen konnten, gespielt hatte. Doch obwohl es sich nicht um Tim handelte, war es nicht übel. Die Bewegungen waren ihr vertraut. Sie nahm seine Finger in den Mund, während er mit der Hand unter ihr T-Shirt glitt, atmete den Geruch seiner Haut ein, ohne dass es sie aus dem Zimmer trieb. Ganz im Gegenteil, sie wollte bleiben. Anna küsste Simon. Sie hatte noch niemals einen Simon geküsst, hatte keinen schwarzhaarigen Mann mehr geküsst, seit sie siebzehn war. Aber es war in Ordnung.

Als sie am nächsten Morgen im Bett saß und an ihrem Kugelschreiber kaute, türmten sich die Klischees in ihrem Kopf. Das Telefon klingelte, und sie ging ran.

»Anna, hier ist Lucy. Was ist gestern Nacht passiert? Du bist ganz schön lange geblieben.«

»Ja, stimmt.« Anna lehnte sich ins Kissen zurück, bereit für einen langen Plausch. »Er ist nett. Ich meine, ich weiß nicht. Es ist irgendwie anders.« Sie dachte darüber nach und lächelte. »Aber es ist nichts Ernstes. Ich meine, für so was bin ich noch nicht bereit. Ich habe noch immer Liebeskummer und so.«

»Nur eins: Roch er gut?«, fragte Lucy. Anna dachte an die Szene in dem grellen Neonlicht des Büros zurück. Die Art, wie er sie um Mitternacht im Aufzug geküsst hatte, auf dem Weg nach unten zur Rezeption. Wie er geschmeckt hatte.

»Ja, er roch gut.« Sie lächelte in sich hinein.

Und nachdem sie das Gespräch mit Lucy beendet und Lucy sie gefragt hatte, ob sie ihren rasanten Bikinizonenschnitt gebührend zum Einsatz gebracht habe, und Anna meinte, das nicht, aber sie sei mit ihrem BH in der Handtasche heimgekehrt, nachdem sie jede Menge gekreischt und gelacht hatten, nahm Anna ihren Kugelschreiber zur Hand und suchte nach einem Klischee.

»Die Trennung von Tim war das Beste, was mir je passiert ist«, kritzelte sie in ihr Tagebuch.

MCKENZIE

ALECIA

Morro

Seine Lippen schmeckten nach Zuckerrohrsaft. Auch als seine Hände ihr Gesicht berührten, lag ein süßer Geruch in der Luft. Etwas benommen fragte sie sich, ob er vielleicht am Strand Saft verkaufte, aber sein gestählter Körper sah nicht danach aus. Im Übrigen hatte sie in Morro de São Paolo noch keine Saftbuden zu Gesicht bekommen. Drüben in Salvador gab es jede Menge, in denen es von Bakterien nur so wimmelte.

Als ihr plötzlich klar wurde, dass sie sich noch immer in der Öffentlichkeit befanden und dass die wenigen Leute, die sich schon vor dem Frühstück am Strand eingefunden hatten, ihr amüsierte Blicke zuwarfen, löste sie sich widerstrebend aus seinen Armen.

Sobald es hell genug war, hatte sie sich auf einem der Liegestühle vor der Pousada niedergelassen, und kaum waren fünf Minuten vergangen, da stand er schon vor ihr und schaute auf sie nieder. »Woher kommen Sie?«, hatte er auf Portugiesisch gefragt. Sie sah zu ihm auf und unterdrückte augenblicklich die Abfuhr, die sie schon auf der Zunge hatte. Himmel, wie schafften es diese brasilianischen Männer nur, so auszusehen? Er hatte bernsteinfarbene Haut, lockiges, rot schimmerndes Haar und braun-grüne Augen. Aber das alles war gar nichts im Vergleich zu den wohlgeformten Muskeln, die oberhalb und unterhalb des knapp sitzenden Badehöschens hervortraten. Sie musterte ihn von Kopf bis Fuß und bemerkte, dass er um den rechten großen Zeh einen grob gewickelten Verband trug.

»Ich bin aus Jamaika«, erwiderte sie.

Er legte die Hand aufs Herz. »Es war schon immer mein Traum, dorthin zu reisen«, sagte er. »Bob Marley.«

O verdammt, überall in Bahia bekam sie dieselbe Antwort. Sie hatte Bobs holdes Konterfei auf Hunderten von T-Shirts prangen sehen, die auf den Straßen von Pelourinho zum Verkauf angeboten wurden, und war ausgelacht worden, als sie gefragt hatte, ob es keine mit Jorge Ben Jor zu kaufen gäbe.

Sie schenkte ihrem muskulösen Freund ein strahlendes Lächeln. »Jimmy Jallah«, sagte sie.

Seine entblößten Zähne blitzten weiß in der Morgensonne. »Ja, Jimmy Jallah, er lebt hier in Brasilien.«

Sie nickte. Das war ihr bekannt. Die vier Male, die sie Bahia besucht hatte, war sie Jimmys Einladung gefolgt, dort aufzutreten. Aber das verschwieg sie dem jungen Mann. »Peter Tosh«, sagte sie stattdessen, woraufhin er begeistert den Daumen hob.

»Shabba Ranks, *Mr. Lover Man*«, entgegnete er. Jetzt setzte er sich neben sie.

»Ras Michael and the Sons of Negus mag ich besonders«, erzählte sie ihm in Gedanken an ihre Jugend.

Sein Gesicht nahm einen leeren Ausdruck an.

»Und Jacob Miller. Mein Gott, was für ein toller Sänger, ist leider schon tot«, fuhr sie fort.

Ihr neuer Freund runzelte leicht die Stirn.

»Oder Don Drummond, das war der beste Musiker, den wir je hatten. Er spielte Posaune, aber dann brachte er seine Freundin um und starb in Bellevue. Im Irrenhaus.«

Er begann, das Interesse zu verlieren, so dass sie sich erbarmte und ihn fragte: »Magst du Ziggy Marley?«

Sein Lächeln kehrte zurück. *Look Who's Dancing*, antwortete er.

»Ja, das gefällt mir auch am besten«, stimmte sie zu.

Das eine Auge leicht zusammengekniffen, sah er sie lange an, mimte den bösen Kinohelden. »Ich habe schon immer mal ein jamaikanisches Mädchen küssen wollen«, verkündete er.

Beim letzten Part schmolz jeglicher Widerstand. Wenn er nett – oder aber kurzsichtig – genug war, um eine Fünfundvierzigjährige mit Rückenproblemen als »Mädchen« zu bezeichnen, hatte er einen Kuss verdient. Also setzte sie sich langsam auf und beugte sich zu ihm herüber. Doch ehe sie wusste, wie ihr geschah, waren Zähne und Zungen im Spiel, und warme Wellen rauschten ihr durch den Kopf. Er küsste gut. Hätte sie aufrecht gestanden, dann müsste sie sich jetzt setzen.

Unmittelbar nach dem Kuss kam ihr der Gedanke, dass er mit dem »jamaikanischen Mädchen« wahrscheinlich alles andere als sie im Sinn gehabt hatte. Hatte sie sich gerade zur Idiotin gemacht? Aber nein, er lächelte sie an, als wollte er es gleich noch einmal tun. Sie lehnte sich wieder in den Liegestuhl zurück und setzte die Sonnenbrille auf.

»Wie heißen Sie?«, fragte sie mit formellem Unterton.

»Paolo«, erwiderte er, und sie fragte sich, ob das nicht einfach nur ein Pseudonym war, womöglich von dem Namen dieses Inselteils abgeleitet.

»Und Sie?«

Sie nannte ihm den zweiten Teil ihres Namens. »Marie.«

»Wo haben Sie Portugiesisch gelernt?«

»Ein Freund hat es mir beigebracht.« Ihre Miene verdunkelte sich auf der Stelle, als sie an Antonio dachte. Aber es gelang ihr, das Bild schnell verblassen zu lassen. »Und im Übrigen bin ich schon zum vierten Mal in Brasilien.«

»Gefällt es Ihnen?«

»Natürlich, sonst wäre ich ja nicht wiedergekommen.«

»Sie sind die erste Jamaikanerin, die ich kennen lerne.«

»Ja«, sagte sie trocken. »Uns treibt es eher nach Nordamerika als in den Süden.« Aber er verstand die Bemerkung nicht.

»Wohnen Sie in dieser Pousada?«

Sie sah zur pastellfarbenen, gelborange gestrichenen Pension *Casa de Pedras* hinüber und nickte.

»In der Bar nebenan ist heute Nacht Party. Haben Sie Lust, zu kommen?«

»Heißt das etwa, heute Nacht wird schon wieder gefeiert? Ich habe schon gestern keinen Schlaf bekommen, dabei soll doch jetzt angeblich Nebensaison sein.«

»Da wird jede Nacht Party gemacht«, sagte Paolo. Er klang ungeduldig. »Haben Sie Lust, zu kommen? Ich kann sie hier um zehn Uhr abholen.«

»Hm, da ich sowieso kein Auge zutun werde, kann ich genauso gut hingehen.«

»Okay«, sagte er. »Ich muss jetzt zur Arbeit. *Até logo*.« Er zwinkerte, lächelte und ging leicht humpelnd den Strand entlang davon. Sie beobachtete ihn durch ihre Sonnenbrille und hoffte – lieber Gott –, dass er wenigstens fünfundzwanzig war. Lass ihn bitte älter sein als meinen Sohn.

Sie wartete, bis er die Stufen erklommen hatte, die vom Strand zur »Stadt« hinaufführten, bevor sie sich aus dem Stuhl erhob. Dann schlang sie das Canga, das sie vor zwei Tagen in Salvador erworben hatte, eng um die Hüften, und war zufrieden, dass ihre inzwischen nicht mehr ganz so festen Schenkel vor fremden Blicken verborgen waren. Zeit fürs Frühstück. Sie ging in die *Casa das Pedras* hinüber. Das Büffet beeindruckte mit Unmengen an gebratenen oder in heißem Wasser gegarten Kochbananen, Ananas, Papaya- und Melonenscheiben, Marmeladentöpfchen und zwei Platten mit Kuchen aus Reis und Maismehl. Eine willkommene Abwechslung im Vergleich zu den fettigen Fleischgerichten, die man ihr in Salvador vorgesetzt hatte. Zum ersten Mal seit Tagen aß sie sich satt.

Paolo war pünktlich. Um Viertel nach zehn schlenderte sie gemütlich von der Pousada hinüber, wo er bereits auf sie wartete. Er war mit einem hellgrünen kurzärmligen Hemd, ausgewaschenen Jeans und braunen Ledersandalen bekleidet und trug noch immer den Verband am Zeh. Nachdem er bemerkte, er habe schon zehn Minuten gewartet, entschuldigte sie sich, und bummelte mit ihm zur Open-Air-Bar hinüber, wo ihnen bereits Bob Marleys *Exodus* entgegenplärrte. Sie hoffte, der DJ würde ein bisschen brasilianische Musik auflegen. Wenn sie darauf aus gewesen wäre, am Strand Reggae zu hören, hätte sie gleich nach Negril fahren können. Allerdings musste sie zugeben, dass es hier viel schöner war. Während der ganzen zwei Tage in Morro hatte noch niemand versucht, ihr Holzschnitzereien oder Ganja aufzudrängen.

»Rauchen Sie?«, fragte Paolo, nachdem der Barkeeper ihnen die Drinks gebracht hatte. Einen Caipirinha für sie und eine Cola für ihn.

»Nnn…ein«, erwiderte sie zögernd. »Rauche ich *was*?«

»Das, was Jamaikaner rauchen. Ich habe etwas dabei; wenn Sie möchten.«

Himmel, das musste ja passieren. »Nein, das habe ich schon lange aufgegeben«, behauptete sie. In Wirklichkeit hatte sie nie gekifft, obwohl Joints und Rumflaschen von jamaikanischen Musikern nicht wegzudenken waren. Aber sie hatte immer nein gesagt. Immer? Gut, einmal, damals, als Antonio sie sitzen gelassen hatte, hatte sie einen Joint probiert, einen höllisch großen sogar. Aber es hatte ihr nichts gebracht. Ließ sie nur noch mehr über ihre Probleme nachdenken.

»Heute Morgen haben sie gesagt, Sie müssten arbeiten gehen. Was machen Sie denn?«

»Ich baue ein Haus«, verkündete Paolo strahlend. »Wenn es fertig ist, werde ich ein paar Zimmer an Touristen vermieten.«

Ein Haus. War er verheiratet? »Wie alt sind Sie?«, wollte sie wissen.

»Zwanzig. Ich bin der Älteste von neun Geschwistern. Meine Mutter und meine Geschwister leben in Porto Seguro. Das ist die schönste Stadt in Bahia. Sind Sie schon dort gewesen?«

»Nein, südlich bin ich nicht weiter als bis Ilhéus gekommen. Da gefällt es mir auch sehr gut.«

»Es ist nicht so schön wie in Porto Seguro. Wenn Sie nächstes Wochenende noch hier sind, kann ich es Ihnen zeigen. Von Valença aus fährt ein Bus hin.«

Also hatte er kein Auto. Das war weiter kein Problem. Sie war mit Bus und Boot von Salvador bis Morro gefahren und hatte es genossen, besonders die Fähre von der Unterstadt Salvadors, Cidade Baixa, nach Bom Despacho. Auf der Fahrt hatte ein scheinbar Wahnsinniger in zerrissenem T-Shirt plötzlich zu kreischen begonnen und die anderen Passagiere in Angst und Schrecken versetzt. Als er sich der Aufmerksamkeit aller sicher war, öffnete er einen Koffer, der bestimmt schon bessere Zeiten gesehen hatte, errichtete eine Behelfsbühne und führte ein Puppentheater auf, in dem zwei Eheleute sich permanent beschimpften. Obwohl sie nicht alle Witze verstanden hatte, hatte sie mit den anderen Zuschauern gelacht.

Ob sie nächstes Wochenende noch in Morro de São Paolo wäre? Sie könnte es so einrichten. Ihr nächstes Konzert fand in drei Wochen in Miami statt, vielleicht würde sie ihren Flug verschieben können, so dass sie auf direktem Wege von Salvador in die Staaten reiste, statt erst nach Kingston zurückzukehren. Ein bisschen Sightseeing in Porto Seguro würde sicher nichts schaden.

Während sie ihre Drinks schlürften und sich unterhielten, füllte sich die Bar. Anne-Marie sah sich um; mal abgesehen von dem Barkeeper mit den langen grauen Haaren und den Hängebacken war sie bestimmt die älteste Person im Lokal. Die perfekten schwarzen und sonnengebräunten jungen Körper ließen sie die vollen viereinhalb Jahrzehnte spüren, die sie auf dem Buckel trug.

Inzwischen war der DJ von Marley zu Olodum übergewechselt, und die jungen Leute zog es auf die betonierte Tanzfläche. Anne-Marie lächelte. Bevor sie nach Morro gereist war, hatte sie Olodum in Salvador besucht, wo sie mit ihrer Trommel-Performance selbst die abgestumpftesten Touristen dazu bewegt hatten, stundenlang auf dem Largo do Pelourinho zu tanzen. Es war Jimmy gewesen, der sie mit auf das Outdoor-Konzert genommen hatte, wo er auf die »Bühne« – die Vortreppe eines Museums – gesprungen war und in den Gesang von Olodums Sänger eingestimmt hatte. Typisch Jimmy. Wieder musste sie lächeln und ließ die Fingerspitzen im Takt der Trommeln auf der Theke tanzen. Paolo sah zu und bemerkte: »Sie haben sehr schöne Hände.«

»*Obrigada*«, erwiderte sie und dachte: Musst du gerade sagen. An dir ist alles schön. Und mein Sohn ist drei Jahre älter als du.

Wieder zwinkerte er ihr zu, und sie entschied sich rasch, es für diesmal gut sein zu lassen. »Höchste Zeit fürs Bett«, erklärte sie ihm. »Ich muss jetzt gehen.« Sie glitt vom Barhocker und machte sich auf den Weg, aber er eilte ihr nach und hielt sie am Arm fest. »Lassen Sie uns nur ein Mal tanzen«, bat er.

Früher hatte sie sehr gut getanzt, und zu Beginn ihrer Karriere hatte es zu jedem Auftritt selbstverständlich dazugehört. Doch seit sechs Jahren litt sie unter ständigen Rückenschmerzen, die sie zwangen, jegliche rhythmischen Bewegungen ihren Backgroundsängerinnen zu überlassen. Sie wollte auf keinen Fall mit Paolo tanzen, schon gar nicht neben diesen jungen Dingern, deren Hüften schneller kreisten, als die Augen folgen konnten.

»Nein, mir ist nicht nach tanzen. Ich bin müde.«

Er zuckte die Schultern. »Okay, ich bring' Sie zurück.«

Im Patio der Pousada war niemand zu sehen. Er brachte sie bis vor die Tür. Ihr Zimmer lag am Ende des gepflasterten Weges, der vom Strand bis zur Rückseite der Pension führte. Sie hatte extra danach gefragt, um von den nächtlichen Geräuschen am Strand verschont zu bleiben, aber die Verwalterinnen der Pousada, zwei Schwestern mit strahlenden blauen Augen, hatten beim Einchecken nichts von der Bar erwähnt.

Ein paar Schritte vor der Tür stieß Paolo mit dem Zeh gegen einen Pflasterstein und schrie vor Schmerz auf. Sie taxierte ihn scharf, um herauszufinden, ob er ihr etwas vormachte, aber seine verzerrte Miene wirkte echt.

»Kommen Sie rein«, sagte sie. »Lassen Sie mich mal sehen.« Im Licht der Lampe bemerkte sie, dass der Verband um seinen Zeh mit Blut getränkt war. »Was ist eigentlich mit Ihrem Zeh?«, fragte sie, während sie ihn zum Badezimmer führte.

»Eine Schlange hat mich gebissen.«

»Soll das ein Scherz sein? Hier in Morro?«

»Ja. Ich bin mittendrauf getreten. Oben auf dem Hügel, nicht weit vom Wasserfall.«

Sie entschloss sich, keine Fragen mehr zu stellen, und forderte ihn auf, den Fuß in die Dusche zu halten, damit sie den Verband abnehmen konnte. Danach holte sie ihre Reiseapotheke und verarztete seine Wunde mit Jod und einer neuen Bandage.

»*Obrigado*«, bedankte er sich mit tiefem Aufatmen. »Sie sind so ein nettes Mädchen.«

»Ich bin fünfundvierzig«, fuhr sie ihn ohne ersichtlichen Grund an. »Ich könnte Ihre Mutter sein.«

»Meine Mutter ist sechsunddreißig«, entgegnete er. »Aber Sie sehen viel jünger aus, glauben Sie mir.«

Sie seufzte, unfähig, eine schlagfertige Antwort zu formulieren. Sie hoffte nur, dass ihr Sohn nie so über sie redete.

»Schönes Zimmer«, bemerkte Paolo beim Anblick des großen Bettes mit Moskitonetz, der Granitfliesen auf dem Boden, der Mahagonikommode mit passendem Stuhl und der weißen Hängematte, die schemenhaft durch die zweiflügelige Balkontür zu erkennen war.

»Haben Sie die Pousada noch nie von innen gesehen?«

»Dieses Zimmer nicht, nein«, antwortete er augenzwinkernd und lächelte.

Nachdem sie sich Arme und Gesicht mit Mückenschutz eingerieben hatte, öffnete sie die Flügeltür. Sie reichte ihm das gelbe Fläschchen, aber er schüttelte den Kopf. »Mich stechen sie nicht.« Er ging raus und machte es sich in der Hängematte bequem. »Komm«, sagte er.

Sie zog ihre Schuhe aus und legte sich neben ihn, und er küsste sie lange und innig zum Seufzen der Brise, zum Donnern der Wellen, dem dumpfen Hämmern der Musik, das aus der Bar herüberklang, und dem Sirren der Mücken, die auf ihren Beinen ein Festmahl hielten. Sie hatte vergessen, sich dort einzureiben.

Sie setzte sich auf, um Luft zu holen. »Lass uns wieder reingehen«, bat sie ihn. Hand in Hand kehrten sie ins Zimmer zurück. Sie schloss die Balkontür, setzte sich aufs Bett und hob das Moskitonetz an, so dass er auch darunter schlüpfen konnte. Später konnte sie sich nicht erinnern, wer wem die Kleider ausgezogen hatte. Sie wusste nur, dass sie von einer Minute auf die andere nackt war, ebenso wie er. Er legte sich auf sie, und sie versuchte, ihn näher an sich zu ziehen. Seine Hand in ihrem Haar, seine Zunge in ihrem Mund, seine Schenkel zwischen den ihren. Sie wollte mehr, aber er zögerte, hielt sich zurück. Er flüsterte Worte, mit denen sie nicht behelligt werden wollte. Warum wollten manche Männer dabei immer reden? Auch bei Antonio war es so gewesen.

Doch je mehr sie darauf drängte, seinen Körper mit ihrem zu vereinen, desto nachdrücklicher fuhr er mit dem Flüstern fort, bis sie gezwungen war, seinen Worten Aufmerksamkeit zu schenken. *Camisinha?* Er wollte sein Hemd zurück? War ihm kalt? *Camisinha*. Kondom! Ja, das musste es sein. Er wollte ein Kondom überziehen. Wie rücksichtsvoll.

»*Que queres você*?«, fragte sie, nur um sicherzugehen.

Er wollte wissen, ob sie ein Kondom dahatte. Er habe nicht daran gedacht, eines mitzubringen.

»Das macht nichts«, sagte sie. »Ich kann nicht schwanger werden.« Das portugiesische Wort für Hysterektomie wollte ihr nicht einfallen.

Sie lächelte ihm zu und versuchte, seinen Kopf zu sich herunterzuziehen, aber er blieb hartnäckig. »Besser, wir nehmen eine *Camisinha*«, sagte er. »Aids.«

Sie sprang aus dem Bett und riss dabei fast die Halterung des Moskitonetzes aus der Decke. »Herr im Himmel! Willst du etwa sagen, du hast Aids?«

»Nein, nein, da mach dir mal keine Sorgen«, beschwichtigte er. »Aber ich möchte mich nicht anstecken. Ich meine, wir haben uns gerade erst kennen gelernt. Ich weiß überhaupt nichts über dich.«

Sie starrte ihn entgeistert an, dann ging ihr Kingstoner Temperament mit ihr durch. »Zieh deine Klamotten an und mach, dass du hier rauskommst!«, rief sie. Und noch einiges mehr, vielleicht sogar den ein oder anderen jamaikanischen Kraftausdruck, den er eh nicht verstanden hätte. Doch angesichts ihrer Wut streifte er sich die Kleider über und humpelte schnell zur Tür hinaus.

Sie begann sofort zu packen, murmelte dabei vor sich hin und schwor sich, die erste Morgenfähre von Morro nach Valença zu nehmen. Eine ähnliche Szene kam ihr in den Sinn. Auch damals hatte sich ein Mann aus dem Staub gemacht, wenn auch aus anderen Gründen.

Antonio da Cunha Olivera. Schon den Klang seines Namens hatte sie geliebt. Sie hatte ihn zu Beginn ihres zweimonatigen Engagements in Montego Bay kennen gelernt, wo der *Siebte Himmel* sie als Special Guest für die Wochenenden gebucht hatte. Eigentlich hasste sie es, an der Nordküste vor sonnenverbranntem Strandpublikum aufzutreten. Vor all diesen Touristen mit ihren Bierbäuchen und Shorts, von denen manche – die Europäer – sogar mit Sandalen und Socken rumliefen. Sie hatte bald bemerkt, dass keiner von ihnen wirklich Sinn für ihre Musik hatte, erst recht nicht, nachdem man sie mit Geplärre wie Lord Kitcheners *My Pussin* abgefüttert hatte, ein Lied, in dem er eine Muschi oder eine Katze besang, die ihm abhanden gekommen war.

Aber der *Siebte Himmel*, ein Golf-, Tennis- und Beachklub, der einige Strandvillen und ein großes Gelände mit vielerlei Pflanzen umfasste, war anders. Dort ging die High Society aus und ein, und neben den Calypso- und Mentosongs konnte sie Reggae-Hits von Toots, Desmond Dekker und den Melodians einbringen. Die meisten Hotelbesitzer an der Nordküste würden lieber ihr Hab und Gut von einem Hurrikan verwüstet sehen, als zuzulassen, dass man bei ihnen Reggae spielte oder –

schlimmer noch – dass ein Rastamann zur Tür hereinkäme. Und doch ließ sie jeden Abend mit einem Song ausklingen, den sie von ihrer Großmutter gelernt hatte, und es gelang ihr, den Worten eine Ausdruckskraft zu verleihen, die die Leute zum Zuhören bewegte:

Hätt' ich Flügel wie eine Taube
Hätt' ich Flügel wie eine Taube
Flög ich weit weit fort
Weiheit, weiheit fohohort
Und fände Frie-hie-den
Aber Flügel hab ich keine
Aber Flügel hab ich keine
Aber Flügel hab ich keine
Und so sing ich, sing ich und weine,
Hätt' ich Flügel wie eine Taube …

Die alten Männer in der Band liebten dieses Lied, besonders wenn sie ordentlich Rum getankt hatten. Sie legten ihr ganzes Herz in den Chorgesang, weit über die klischeehaften Strohhüte und Hawaiihemden hinaus. Sie selbst bevorzugte ein einfaches schwarzes oder rotes, eng anliegendes Kleid, etwas, das gut mit ihrem pechschwarzen Haar und der zedernfarbenen Haut harmonierte.

Eines Nachts, als sie nach der Show an der Bar eine Limonade trank, kam er zu ihr herüber.

»Sie haben eine schöne Stimme.«

»Danke.« Sie schenkte ihm ein herzliches Lächeln und hoffte, er würde sie damit in Ruhe lassen. Es fiel ihr schwer, nach einem Auftritt eine normale Unterhaltung zu führen. Die Musik schwirrte ihr noch immer im Kopf herum, und im Geiste war sie irgendwo anders, in ihre Kindheit zurückversetzt, und lauschte der Großmutter, wie sie während der neun Nächte Totenwache beim Vater *If I Had Wings* sang.

»Darf ich Ihnen einen Drink spendieren?«

»Nein, danke. Ich muss bald gehen.«

»Keine Zugabe?«

Sie lächelte nochmals. Das Brausen in ihrem Kopf ließ allmählich nach. »Vielleicht morgen.«

»Wo kann ich ihre Platten kaufen?«

Erst jetzt nahm sie ihn vollständig in Augenschein. Er hatte etwa ihre Größe, eins fünfundsiebzig, dunkles, lockiges Haar und ein Gesicht mit klaren, kantigen Konturen. In der Masse der Touristen wäre er ihr kaum aufgefallen, aber aus der Nähe betrachtet hatte er eine sehr nette Ausstrahlung.

»Bis jetzt habe ich noch keine rausgebracht«, erklärte sie ihm. »Aber wahrscheinlich nächstes Jahr.«

»Okay, ich werde danach Ausschau halten. Würden Sie bitte ihren Namen für mich aufschreiben?« Er hielt ihr die Rückseite einer Visitenkarte hin, sie schrieb »Anne-Marie Myrie« und gab ihm die Karte zurück, woraufhin er ihr eine zweite reichte, die sie behalten sollte. Mehr aus Höflichkeit, denn aus Interesse las sie den Namen: Antonio da Cunha Olivera, Direktor. Die Firma war portugiesisch, hatte jedoch eine Londoner Postfachadresse.

»Lassen Sie mich doch bitte einen Drink für Sie bestellen, nur als kleinen Dank für Ihren wunderbaren Gesang.«

Wenn sie jetzt wieder ablehnte, sähe es aus, als hätte ihre Mutter ihr keine Manieren beigebracht.

»Okay«, willigte sie ein. »Einen Fruchtpunsch.« Sie würde ihn rasch austrinken und sich dann verdrücken, denn die hochhackigen Pumps bereiteten ihr höllische Schmerzen.

»Wann kann ich Sie wieder sehen?«, fragte er.

»Morgen trete ich noch einmal hier auf, und am Montagmorgen geht's zurück nach Kingston, damit ich meinen Nachmittagskurs nicht versäume.«

»Sie gehen noch zur Schule?« Er schien bestürzt.

»Zur Uni. Ich bin einundzwanzig.« Sie lachte.

»Ah. Was studieren Sie?«

»Theologie. Nein, nur ein kleiner Scherz. Spanische Sprache und Literatur.«

»Und an den Wochenenden singen Sie?«

»Ja. Und was machen Sie?«

»Ich betreibe eine Import-Export-Firma. Wir vertreiben hier ein bisschen Ware und kaufen im Gegenzug andere Güter von euch auf.«

Sie hatte noch nirgendwo auf Jamaika portugiesische Produkte gesehen, sagte aber nichts dergleichen. Im Grunde wusste sie kaum etwas über sein Land, außer dass die Portugiesen eine Menge Länder kolonialisiert und die Einheimischen wie Dreck behandelt hatten. Auch dazu äußerte sie sich nicht.

»Tut mir Leid, ich muss jetzt gehen«, verkündete sie. »Kommen Sie morgen zu meinem Auftritt?«

»Das würde ich liebend gerne tun, aber ich reise morgen Nachmittag ab, weil ich schon Montag wieder in London sein muss.«

»Tja, es war nett, Sie kennen gelernt zu haben. Gute Heimreise«, verabschiedete sie sich. Sie wusste, dass er ihr den ganzen Weg bis zum Hotelfoyer nachschauen würde, und versuchte, in den verteufelten Schuhen so elegant wie möglich zu laufen. Als sie am Eingang ankam, sprang sie schnell in einen der Gokarts und streifte sich die Schuhe ab. Der junge Chauffeur Trevor fuhr sie durch die kühle Nachtluft bis zu ihrem Zimmer mit Meerblick, dass das Hotel ihr fürs Wochenende zur Verfügung gestellt hatte.

Am nächsten Abend saß Antonio da Cunha Olivera im Publikum. Hatte er seinen Flug verpasst oder was? Verschoben, erklärte er, das Geschäft könne warten. Er hatte noch fünf Tage auf Jamaika eingeplant, und sich außerdem einen Leihwagen besorgt. »Ich bringe Sie nach Kingston zurück, wenn Sie mir versprechen, eine Bildungsreise daraus zu machen. Zeigen Sie mir, wo die Musik ihren Ursprung genommen hat.«

Als die fünf Tage um waren, flog er nach Lissabon oder vielleicht auch nach London, sie war sich nicht ganz sicher. Sie selbst reiste für einen weiteren Wochenend-Gig in den *Siebten Himmel* zurück. Er hatte versichert, er würde Ende des kommenden Monats vorbeischauen, und sie bemühte sich, nicht weiter daran zu denken. Aber er hielt Wort. Am Abend seiner Rückkehr schliefen sie miteinander, und er brachte ihr Dinge bei, die sie vergessen ließen, dass es ihr erstes Mal war. Am nächsten Tag stellte sie ihn ihrer Mutter und Großmutter vor. Beide lehnten ihn auf Anhieb ab. »Was siehst du bloß in diesem weißen Kerl?«, fragte ihre Großmutter in Antonios Beisein, so dass Anne-Marie ihn eilig aus dem Haus führte, um seine Gefühle zu schonen. Doch Antonio zeigte sich amüsiert. »Sie erinnert mich an meine eigene Großmutter«, sagte er.

»Lebt sie in Portugal?«

»Sie ist vor drei Jahren gestorben.«

»Oh.«

»Großmütter haben das eben so an sich.«

Er verbrachte das Wochenende mit ihr im *Siebten Himmel*, applaudierte ihrem Gesang lauter als alle anderen und flog wieder nach London. Im Laufe des nächsten Jahres kam er jeden Monat für fünf bis sieben Tage nach Jamaika. Und wie eine arme Arbeiterin, die ihren Gehaltsscheck herbeisehnt, wartete sie auf seine Besuche, lebte von einem Monatsende zum nächsten. Er brachte ihr Schmuck, Kleider und Lehrbücher für Portugiesisch mit, und sie zeigte ihm, wie man tanzte, und brachte ihm bei, Patois zu sprechen. Es gab nichts, was sie an ihm nicht mochte, außer ... außer die Art, wie er über Afrika sprach und wie er ständig darauf verwies, »geschäftlich in den Entwicklungsländern tätig zu sein«. In Jamaika gab's nichts zu entwickeln. Wie kam er überhaupt auf solche Bezeichnungen? Aber ihre gemeinsame Zeit war so knapp bemessen, dass Anne-Marie sie nicht mit Streitigkeiten vergeuden wollte.

Als ihr Engagement im *Siebten Himmel* auslief, sorgte sie dafür, dass sie während seiner Besuche nicht in Hotels, auf Hochzeiten, Partys oder Konzerten auftreten musste. Jedes Mal, wenn er kam, quartierten sie sich in einem anderen Ort ein: In der einen Woche wohnten sie im alten Fischerdorf von Negril, fünf Tage blieben sie in der Frenchman's-Cove-Bucht und ein Wochenende in der Nähe von Paw-Paw-Grove in den Blue Mountains.

Nach seinem Besuch im darauf folgenden Dezember blieb ihre Periode aus. Sie war verängstigt und zugleich in Hochstimmung und schrieb ihm an die Londoner Postfachadresse, sie habe eine Überraschung und könne es gar nicht abwarten, ihn zu sehen. Aber es war ihm nicht möglich, vor Ende Februar nach Jamaika zurückzukehren, und bis dahin hatte sie längst Gewissheit. Als er kam, buchte sie zwei Nächte im *Cortleigh Manor* in Kingston, so dass er sich ausruhen konnte, bevor sie sich nach Mandeville aufmachen würden.

Dann, in der Badewanne des *Courtleigh*, als sie sich gegenseitig einseiften, fragte sie ihn: »Fällt dir irgendwas auf?«

Er lächelte nachsichtig. »Lässt du dir die Haare lang wachsen?«

»Nein, nein, sieh mal hier.« Sie tätschelte ihren Bauch.

»Du hast zu viel von der Schokolade gegessen, die ich dir mitgebracht habe.«

Sie lachte. »Ich bin schwanger.« Seine Miene erstarrte, und ihr blieb das Lachen im Hals stecken.

»Was meinst du?«

»Ich bin schwanger«, wiederholte sie und starrte ihn an, während sie in seinem Gesicht nach Freude suchte.

»Von mir?«

»Von wem sonst?« Ihre Stimme war nur noch ein Flüstern. Sie fröstelte.

Er lächelte schief. »Es muss hier doch Ärzte geben, die Abtreibungen vornehmen, oder? Wie viel verlangen sie? Sch, sch, was weinst du denn?«

Sie stieg aus der Badewanne und rubbelte sich hastig ab. Er tat es ihr nach. »Anne-Marie, hör zu. Ein Baby würde nur alles verderben. Keine Sorge, wir werden einen Arzt finden, solange ich noch hier bin. Ich bezahle alles. Du bist zu jung, um schon Kinder zu haben.«

»Meine Mutter hat mich mit zwanzig auf die Welt gebracht.«

»Ja, aber das war eine andere Zeit. Und was ist mit dem Singen, deinem Studium und alldem?«

Als sie mit dem Weinen gar nicht mehr aufhören wollte, beichtete er schließlich alles: verheiratet und zwei Kinder … wolle seine Frau nicht verlassen … könne an einem solchen Ort niemals leben … habe keine Ahnung gehabt, dass ihr die Beziehung ernst war …

Beim letzten Part brach ihr hitziges Temperament durch. Sie öffnete die Zimmertür und fing an, seine Sachen nach draußen zu werfen – vor den Augen der Hotelgäste, die am Pool saßen. Und als er hinausrannte, um seinen Koffer und seine Nikon-Kamera aufzuheben, knallte sie die Tür hinter ihm zu und sperrte ihn aus, überließ ihn dem Rampenlicht der neugierigen, amüsierten Blicke. Am nächsten Morgen fand sie einen Umschlag mit mehreren hundert amerikanischen Dollars unter der Tür. Er hatte nicht einmal eine Notiz beigelegt.

Das Baby, Michael, wurde im September geboren. Trotz der Beschuldigungen und Beschimpfungen (»Dein Vater würde sich im Grab umdrehen, wenn er dich so sehen könnte«), nahmen ihre Mutter und ihre Großmutter den Kleinen ohne zu zögern unter ihre Fittiche, und Anne-Marie stürzte sich, sobald es ging, wieder in ihre Gesangskarriere. Auf der Universität hatte sie sowieso nur Zeit verschwendet, sie war nie mit dem Herzen dabei gewesen. Als Michael sechs Monate alt war, erschien bei *Dynamic Sounds* ihr erstes Album, und die Radiosender *RJR* und *JBC* traten in einen Wettstreit, wer es schaffen würde, den Titel *Run Man Run* öfter zu spielen. Der Song hatte einen schnellen Tanzrhythmus, und aus dem Text sprach die blanke Wut:

Renn, Mann, renn
Renn bis du im Staub erstickst …
Lass diese Frau zurück
Renn zu dem andern Glück
Lass deinen Bastard hier
Ist ja nicht mehr dein Bier
Renn Mann, renn …

Vermutlich waren es hauptsächlich Frauen, die ihre Platte kauften, obwohl sie auch Männern gefiel; es amüsierte sie offensichtlich, dass jemand ihre Heldentaten besang. Anne-Marie fragte sich, ob Antonio den Song wohl gehört hatte, ob er wusste, woher das Lied stammte. Sie konnte ihm nicht vergeben, aber das Selbstmitleid hielt nicht lange an, denn nach kurzer Zeit machte ihr *Isle Records* seine Aufwartung, und sie zählte bald zu den wenigen Frauen unter diesem Label.

Damals war die jamaikanische Musik nur von männlichen Sängern oder Rappern vertreten. Die einzige glorreiche Ausnahme war Millie Small mit ihrem *My Boy Lollipop*. Das war vor ein paar Jahren gewesen – aber was war aus Millie geworden?

Nach zwei arbeitsreichen Jahren setzte sich Anne-Maries Musik allmählich durch, sogar in Ländern, die der Lage und Mentalität nach so weit voneinander entfernt waren wie Deutschland und Brasilien, wie Sonnenfinsternis und helllichter Tag. Michael war mit zwei denkbar liebevollen Müttern aufgewachsen – besser gesagt drei, wenn sie zu Hause war.

Alles in allem hatte sie kein schlechtes Leben gehabt, erst in der letzten Zeit hatte sie angefangen, sich unzufrieden und irgendwie ausgeschlossen zu fühlen. Vielleicht lag es daran, dass Michael sich gerade eine eigene Wohnung suchte, vielleicht auch an der Hysterektomie oder dem Rückenproblem. Oder etwa, weil sie Patra auf MTV gesehen hatte? Inzwischen war eine Generation von Sängern nachgewachsen, die sich nicht scheute, mit blankem Hintern und bloßem Bauchnabel aufzutreten, und Anne-Marie fand, dass es an der Zeit war, die Zelte abzubrechen, etwas Neues zu beginnen. Nur war die Bühne der einzige Ort, an dem sie sich erfüllt und mit sich selbst im Einklang fühlte.

Sie hatte mit Jimmy Jallah darüber gesprochen, als sie zum Musikfestival nach Bahia gereist war. Jimmy wohnte jetzt seit Jahren in Brasilien, wo er als großer Star galt, wogegen zu Hause kaum noch jemand von ihm sprach. Die Leute waren der Ansicht, er habe seine Wurzeln verleugnet. Sie konnten nicht verstehen, dass jemand, der so gesellig war wie Jimmy, ganz schnell neue Wurzeln schlagen musste, wenn er nicht vertrocknen und verkümmern wollte. Jimmy hatte den brasilianischen Boden lieben gelernt und ihr vorgeschlagen, sie solle besser das

Land statt den Beruf wechseln. Er hatte sie nach Morro geschickt, damit sie ein wenig »relaxen« und alles überdenken konnte. Sie hatte nicht damit gerechnet, Paolo kennen zu lernen.

Gegen acht Uhr morgens war Morro von der Sonne erwärmt, und selbst denen, die sich gern versteckt hätten, fiel es schwer, im Haus zu bleiben. Anne-Marie war schon etwas entspannter. Nach Barschluss hatte sie ein paar Stunden geschlafen. Vielleicht würde sie sich heute gar nicht groß vom Haus entfernen. Sie nahm einen schmalen Gedichtband, *Crown Point*, aus ihrem Koffer und legte sich auf die Strandliege. Er sollte ruhig sehen, wie unberührt sie das ganze ließ.

Er war schon dort, übte mit drei weiteren Jungs am Wasserrand Capoeira. Er konnte es viel besser als die anderen, trotz seines »Schlangenbisses«. Sie war sich bewusst, dass er jetzt ihretwegen eine Schau abzog und manchmal minutenlang auf Händen lief, wobei ihr säuberlich angelegter Verband von letzter Nacht im Wind flatterte. Die anderen versuchten es auch, hatten aber keine so gute Kondition.

Auf Händen lief er rüber zu ihrem Liegestuhl. »*Bom dia*«, grüßte er von unten herauf. »*Tudo bem*?« Sie setzte die Sonnenbrille auf und konzentrierte sich auf ihr Buch.

»Tut mir Leid wegen gestern Nacht. Aber ich verstehe nicht, warum du dich so aufgeregt hast.«

Sie ignorierte ihn, und schließlich vollführte er einen halben Salto und stand wieder aufrecht.

»Es ist immer besser, sich zu schützen«, verkündete er.

Angesichts solcher Vernunft musste sie ein bittersüßes Lächeln unterdrücken. Diese Lektion hätte sie vor langer Zeit lernen sollen. Doch dann gäbe es Michael nicht.

Jetzt sah sie Paolo in die Augen. »Du hast Recht. In meinem

Alter sollte man es besser wissen, und in deinem Alter kann man es sich schon gar nicht leisten, ein Risiko einzugehen.«

Eine Weile herrschte Schweigen, bis plötzlich die Schreie eines Kindes, das offenbar geschlagen wurde, die Stille am Strand unterbrachen. Paolo verkrampfte sich, und Anne-Marie blickte in Richtung der kleinen Imbissbude neben der Pension *Casa das Pedras*. In den letzten beiden Tagen hatte sie ein paar Worte mit der Frau gewechselt, die das Geschäft betrieb – eine Mutter von vier Mädchen und einem Jungen, die immer ein Lächeln auf den Lippen trug. Das harte Klatschen des Lederriemens ließ Anne-Marie zusammenzucken.

»Ich hasse es, wenn sie das tut«, sagte Paolo. »Es ist ihr Sohn, sie schlägt ihn ständig. Ich werd' mal mit ihr reden.«

Er lief hinüber zur Bude, und nach einer kurzen Diskussion kehrte am Strand wieder Ruhe ein.

»Hast du den Quarta Praia schon gesehen?«, fragte er, als er zurück war.

»Nein, bisher bin ich nur zur Stadt hinauf und runter bis zum Terceira Praia gegangen.«

Ihre Pousada lag am »zweiten Strand«. Morro hatte vier Buchten, von denen die erste touristisch am stärksten erschlossen war. Die vierte hingegen sollte einen großen einsamen Sandstrand mit Palmen haben.

»Lass uns hingehen«, forderte er sie auf.

»Kannst du mit deinem Zeh denn so weit laufen?«

»Ja. Es ist schon viel besser geworden. *Obrigado*. Komm.«

Sie wickelte sich das Canga um, hob ihr Handtuch auf und ließ den Gedichtband für später auf dem Stuhl liegen. Der Quarta Praia war eine gute Stunde entfernt und führte an Pensionen in allen Farben, an Restaurants, die ebenso Feijoada und Moqueca wie Hamburger und Pizza anboten, und an einer kleinen Startbahn vorbei. Von dort aus konnten Touristen, die genug von Sand und See hatten, einen Fünfsitzer zurück nach Salvador nehmen.

Der vierte Strand war eine weite Sandfläche, einsam bis auf ein strohbedecktes Restaurant aus Holz, das zum Schutz vor der Flut auf Pfählen gebaut war. Es war geschlossen, und sie wanderten weiter bis ans äußere Ende des Strandes, wo ihnen nur noch die Palmen Gesellschaft leisteten. Anne-Marie war froh, dass niemand sie bei einer Sache beobachtete, die sie wahrscheinlich später bereuen würde. Gemeinsam mit Paolo breitete sie ihr Canga und ein Handtuch auf dem Sand aus, so dass sie sich beide hinlegen konnten. Diesmal kein Geflüster. Er hatte die Camisinha nicht vergessen, und Anne-Marie kam in Wellen.

Er wollte, dass sie bis zum nächsten Wochenende blieb und mit ihm nach Porto Seguro fuhr, aber als die sieben Tage um waren, war ihr danach, Morro zu verlassen. Sie versprach ihm, in einem Monat wiederzukommen, nach dem Konzert in Miami und einem Abstecher nach Hause. Er trug ihr die Koffer zur Anlegestelle, wo sie lange standen und sich küssten. Sie bat ihn, zu gehen, bevor sie ins Boot steigen würde, und als er davonschlenderte, rief sie ihm nach: »Paolo, trinkst du eigentlich Zuckerrohrsaft zum Frühstück?«

»Manchmal«, bestätigte er und winkte. Etwas blitzte in der Sonne auf; die Armbanduhr, die sie ihm am Tag zuvor gekauft hatte.

Das Boot war recht klein, nur halb so groß wie dasjenige, das sie hergebracht hatte. Es war bis zum Absinken voll, aber der »Kapitän« ließ noch immer Leute einsteigen: einen dunkelhäutigen Mann mit Aktentasche, drei blonde Deutsche mit Souvenirbändchen am Handgelenk und eine hagere Frau samt ihrer bezaubernden kleinen Tochter, die eine Violine ohne Saiten mit sich trug. Anne-Marie rutschte ein Stück, um der Frau Platz zu machen, die – wie ihr jetzt auffiel – keine Fingernägel hatte. Das Boot lag nun gefährlich tief, so dass sie schon die Schlagzeile in Jamaikas *Gleaner* vor Augen sah: »Überfülltes Boot in Brasilien gesunken – jamaikanische Folksängerin tot aufgefunden«.

Kurz bevor sie ablegten, stieg noch eine offensichtlich vermögende Frau mit langem schwarzem Haar, hohen Wangenknochen und festen Schenkeln in Begleitung ihres … Sohnes? hinzu. Seine Haut hatte einen samtig honigfarbenen Ton, und das schmale Gesicht mit den vollen Lippen hätte ohne weiteres das Cover eines *GQ*-Magazins zieren können. Er trug ein weißes T-Shirt, schwarze Shorts, weiße Socken und teure weiße Nike-Turnschuhe. Die Frau war mit einer Jeansjacke und passenden Shorts bekleidet, die ihre schönen Beine zur Geltung brachten. Sie hatten sich auf den Bug gesetzt, weil sonst nirgendwo mehr Platz war.

Die Art, wie die Frau den jungen Mann ansah, ließ keinen Zweifel, dass er nicht ihr Sohn war. Jetzt steckte er sich ein Minzbonbon in den Mund und fragte sie offenbar, ob sie auch eines wolle. Als sie nickte, ließ er es spielerisch auf ihre Zunge gleiten, während sie ihn mit den Augen verschlang. Seine eigenen waren hinter einer dunklen Designerbrille verborgen.

Anne-Marie war bemüht, nicht zu den beiden hinüberzustarren, konnte aber doch nicht widerstehen. Ob sie verheiratet waren? Was sah er nur in einer Frau, die mindestens fünfzehn Jahre älter war? Was die Frau in ihm sah, war ihr bewusst. Paolo gegenüber hatte sie das Gleiche gefühlt. Letzte Nacht, nachdem sie miteinander geschlafen hatten, war es ihr mit einem Mal klar gewesen, und inzwischen konnte sie es sogar in Worte fassen. Sie hatte keineswegs die Absicht, Paolo zu heiraten oder mit ihm zu leben, bis sie an Altersschwäche starb. Das nicht, aber sie würde nach Morro zurückkehren, ihm alle möglichen Geschenke mitbringen … und mit ihm Liebe machen, ihren Körper so lange mit der Kraft seiner Jugend auftanken, wie er es zuließ. Sie schaute noch einmal zu dem Pärchen am Bug, und die Frau fing ihren Blick auf. Anne-Marie hob kaum sichtbar den Daumen, worauf die Frau lachend ihr Haar zurückwarf und plötzlich wie ein junges Mädchen aussah.

YASMIN BOLAND

Mr. Charisma

Es war Dienstagabend, und ich kam fast um vor Hunger. Seit fünf Stunden kauerte ich jetzt schon auf dem feuchten Bürgersteig (sprich: in der Gosse) vor einem Tanzstudio irgendwo im tiefsten Hackney und wartete auf das Erscheinen von Ricky Martin.

Angeblich hielt er sich hier auf, um Tänzer für seine kommende Tour durch Großbritannien zu casten. Wenn das tatsächlich stimmte, musste er sich zur Hintertür rausgeschlichen haben, denn ich hatte ihn nicht zu Gesicht bekommen. Nachdem ich meinen proviantlosen Wachdienst absolviert hatte, machte ich mich ohne Foto auf den Heimweg. Unterwegs hielt ich am Costcutters Minimarkt an – frei nach dem Motto: Friss oder stirb.

Als ich den Laden betrat, geschah es. Belle Clark haute mich total um – im übertragenen Sinne natürlich. Bei dem Kampf, der sich danach abspielte, war eindeutig sie das Opfer. Sie stand an der Theke und wartete darauf, bedient zu werden. Ihre ganze Haltung erweckte den Eindruck, als hätte ihr jemand ein Schild mit der Aufschrift »Bitte nicht stören« umgehängt; sie hatte die Schultern derart hochgezogen, dass die ganze Brustpartie darunter verschwand. Doch jeder Versuch, das Inkognito zu wahren, war zwecklos. Wenn man zwölf Jahre lang die Rolle der feurigen Fran Adamson in *The Crescent* gespielt hatte, war man nun mal berühmt. Und der Rausschmiss aus der Fernsehserie, der mit einem medialen Blitzkrieg von Anschuldigungen und Dementi einherging, hatte Belle zu einer lebenden Legende gemacht.

Der Skandal, der zu ihrem unfreiwilligen Abgang geführt hatte, hatte sich auf einer Wohltätigkeitsveranstaltung im Freien abgespielt, die live übertragen wurde. Sie hatte einige Drinks zu viel gekippt und am Ende einem Sicherheitsposten, der sie davon abhalten wollte, sich volltrunken ans Steuer zu setzen, die Nase blutig geschlagen. Nachdem sie in einer jener postmodernen Freitagabendsendungen à la »Hier-geht's-um-deinen-verdammten-Arsch« interviewt – besser gesagt systematisch gedemütigt – worden war, hatte sie wutentbrannt die Tür ihrer Villa in Clapham Common zugeknallt und jedes weitere Interview strikt verweigert. Sie war zwar arbeitslos, aber keinesfalls dumm oder pleite.

Doch je mehr sie sich dem Medienrummel und den Fotografen entzog, desto mehr wurde sie von ihnen, besser gesagt uns, verfolgt.

Bislang war es ihr gelungen, den Kameras zu entkommen.

Und hier stand sie, direkt vor meiner Nase, in einem kleinen Südlondoner Tante-Emma-Laden. Blondiertes, hochgestecktes Haar, das nach einer Spange schrie, ein blassgelbes Kleid, an dem der Gürtel fehlte, und Schenkel, die dringend ein bisschen stützendes Lycra nötig hatten. Soeben war sie im Begriff, einen Zehnpfundschein über die Theke zu reichen, um ihre schlecht verborgene Flasche Jack Daniels zu bezahlen.

Ich kann nicht erklären, was in dem Moment über mich kam und was ich dann tat. Ich weiß nur, dass ich die letzten zwölf

Monate meiner so genannten Karriere versucht hatte, einem Mann namens Rod Wilson zu erklären, dass ich es kategorisch ablehne, als Paparazza zu arbeiten. Aber jetzt, mit Belle und ihrer Flasche Jack Daniels vor Augen …

Ehe der Mann hinter der Theke ihr den Fusel einpacken konnte und ehe Belle eine Chance hatte, mich zu bemerken, hatte ich die Kamera aus der Fototasche gezogen und auf den Auslöser gedrückt.

Jetzt war ich ihrer Aufmerksamkeit sicher.

Mein Blitz flammte auf und fing ihre erstarrte Miene mit den übertrieben gezupften Augenbrauen, dem blutroten Lippenstift und den Hängebacken ein. Eine Sekunde war nichts als das Klicken und Surren der Mechanik zu hören, dann Belles gutturale Stimme:

»He!«

Ich nahm die Beine in die Hand, und weg war ich.

Das schlimmste dieser Fotos prangte am nächsten Tag auf der Titelseite der Londoner *Evening News*, oberhalb eines dreispaltigen Berichtes. Mein Boss Rod war überglücklich und rief mich aus der Bildredaktion, wo ich im Neonlicht an meinem unordentlichen Schreibtisch saß, in seine Büronische.

»Ru, Kleines, Ruby, Eeeengelchen, gut gemacht.« Das war seine Art von ritueller Lobeshymne, die er speziell Knüllern und Seelenräubern vorbehielt. »Sieh sie dir nur an. Kein Wunder, dass sie sich nicht mehr in die Öffentlichkeit wagt.« Er hielt die Zeitung für mich in die Höhe und tippte darauf. Ich hatte eine, wie wir es nennen, »saubere« Aufnahme hingekriegt: Nichts war verwackelt, die Augen des Objekts waren geöffnet und direkt in die Kamera gerichtet. Als ich Belles zerfurchtes Gesicht betrachtete, musste ich ihm Recht geben. Es war kein Wunder, dass sie jetzt »in Ruhe gelassen werden wollte«. In den zwölf

Monaten abseits vom Rampenlicht schien sie ihre Schönheitspflege sträflich vernachlässigt zu haben.

»Das hast du gut gemacht, Kleines«, fuhr Rod fort.

»Danke.« Hatte ich diese Fotos wirklich geschossen?

Er beugte sich verschwörerisch über den Schreibtisch. »Ru, Liebling, es gibt da etwas, das du wissen solltest …«

»Was denn?«

»Belle hatte gestern einen Unfall.«

»Was?«

»Nachdem du den Laden verlassen hast. Sie ist nach Hause gegangen, hat sich voll laufen lassen …«

»Als ich sie überrascht habe, kaufte sie gerade eine Flasche Jack Daniels.«

»Sie ist eine Treppe runtergefallen. Ihr Mann hat sie bewusstlos aufgefunden. Vorhin hat uns ihr Anwalt angerufen.«

»Ihr ist doch nichts passiert?«

»Nur ein verstauchter Knöchel. Harmlose Prellungen. Nichts gebrochen.«

»O Gott.«

»Kein Problem. Die Jungs von der Rechtsabteilung meinen, dass sie keine Chance hat, es irgendwem anzuhängen. Sie ist andauernd betrunken.«

»Gott sei Dank«, seufzte ich und meinte es nicht so, wie es sich anhörte.

Seit den zwei Jahren, die ich für die *News* arbeitete, war mein Stern rasch aufgegangen, leider aufgrund meines angeblichen Paparazzi-Talents. Da ich eine Frau bin und klein dazu, wirkte ich nicht gerade wie der durchschnittliche Schnappschussjäger. Meine zierliche Figur – ein Nachteil, wenn man sich im Gedränge befindet – war zugleich mein großes Plus. Ungeschminkt, das stachlige blonde Haar unter einem Kopftuch und meine Kameraausrüstung im Rucksack, ging ich auf Londons geschäftigen Straßen glatt als skandinavische Touristin durch.

Dass ich unverhofft auf Belle traf, war eine Abweichung von der Regel. Normalerweise bekam Rod Wilson Geheimtipps von seinen zwielichten Kumpanen, und ich wurde vor Ort geschickt, um die Aufnahmen zu machen. Bislang hatte ich es zu einigen Exklusivstorys gebracht: »Pop-Ikone verlässt Lokal unter Tränen«, »Alternder Schwerenöter (Rockstar) mit (neuester) Mätresse beim Dessouskauf gesehen« und »Junger verheirateter Filmstar in verdächtiger Umarmung mit verheirateter *Sky*-Moderatorin/Model/Was auch immer erwischt«.

Ganz zu schweigen (bitte) von »Belle Clarke kurz vor Jack-Daniels-Delirium«.

Wenn ich nicht auf Schleichpfaden unterwegs war, wurde ich zu Filmpremieren, Erstaufführungen, Eröffnungen wichtiger Lokale und Starhochzeiten geschickt, wo ich auf meinem umgedrehten Milchkasten am Rand des roten Teppichs saß und wartete. Ich hatte Rod gebeten, mich an ein Feature zu lassen, und das Beste, was er mir anzubieten hatte, war eine Story mit der Überschrift »Raus hier, verdammtes Pack!«. Die *News* hatte eine Kampagne gegen Hausbesetzer laufen, und zwar zu Gunsten einer schüchternen 22-Jährigen namens Amy, die ein paar besonders hartgesottene Kerle aus ihrem Apartment in Golders Green vertreiben wollte. Nachdem unsere ersten Fotos abgedruckt waren, wurden die Bullen gerufen, und wenige Tage später zog Amy dankbar in ihr rechtmäßiges, wenn auch demoliertes Heim zurück. Vielleicht bin ich ja pingelig, aber Hausbesetzer zu fotografieren, die zierliche Frauen mit großen Möbelteilen bedrohen, konnte mich nicht mehr vom Hocker reißen als ein dicker Promi-Fisch an der Angel.

»Wie auch immer, Ru. Du hast also vor, Urlaub zu machen, stimmt's?« Er lächelte. Je mehr er beim Sprechen die Zähne entblößte, desto weniger traute ich ihm über den Weg. »Morgen, nicht wahr?«

»Übermorgen, um genau …«

»Jedenfalls verdienst du einen Urlaub, bei dem du jede Spesenquittung einreichen darfst. Wohin wolltest du noch gleich fahren?«

»In die Toskana.« Ich hatte meine Ferien in einem Gutshaus mit Swimmingpool und Veranda inklusive Teleskop und rasantem Fiat Uno verbringen wollen. Das alles gehörte meiner Tante Liz, die mir die Reise vorgeschlagen hatte, nachdem ihre Feriengäste in letzter Minute storniert hatten. Ihr war klar, dass ich nach der Misere mit Patrick dringend einen Tapetenwechsel brauchte, aber wie immer unter dramatischer Geldnot litt.

»Tosss-kana?«, zischte er wie eine Schlange. »Gute Neuigkeiten, Ru. Ich habe dir einen Vorschlag zu machen, einen sehr annehmbaren, möchte ich meinen.«

Ich kniff die Augen zusammen und hoffte, die Botschaft sei klar: »Komm meinen Plänen ja nicht in die Quere, Freundchen.«

»Ich schlage dir folgenden Urlaubsort vor, Ruby.« Er zeigte mir eine Postkarte mit einer unglaublich blauen Bucht darauf, an die sich eine mediterrane Stadt oder vielleicht eher ein Dorf schmiegte und deren Aufschrift in geschwungenen goldenen Lettern »Grüße aus Malta« verkündete. Die idyllischen Farben wirkten wunderbar irreal. Das Foto sah aus wie eine Aufnahme von 1955.

»Dreh die Karte mal um. Ist von meiner Schwägerin Fiona. Ich habe eben einen Anruf von ihr bekommen. Sie hat dort Urlaub gemacht und sich ein Apartment gemietet – in einem Ort namens Bencini Bay. Und letzte Nacht hat sie beobachtet, wie Johnny Rigg sich im Apartment nebenan ein Cisk genehmigt hat.«

»Ein was?«

»Ein Cisk«, erwiderte er und sprach es aus wie Tschisk. »Das maltesische Bier.«

»Johnny Rigg?«

»Genau. Der seit langem verschollene Johnny Rigg. Auf Malta.«

»Mein Gott. Glaubst du, es stimmt?«

»Fionas Tochter meint auch, dass er es war. Und sie muss es wissen. Ihre Zimmerwände sind mit Johnny-Rigg-Postern zugepflastert. Sie haben ihn auf der Veranda gesehen, bevor er reinging.«

»Verstehe.«

»Also, da du sowieso in Urlaub fährst, Ru, und deine Sache mit Belle so gut gemacht hast, denke ich, du solltest deine Kamera einpacken und dich nach Malta aufmachen.« Er klatschte in die Hände, als wäre es eine abgemachte Sache. »Das Apartment ist wirklich schön, Ru, praktisch Fünf-Sterne-Qualität. Rustikal. Du wirst begeistert sein.«

»...«

»Fiona kommt heute nach England zurück, und du kannst ihr Apartment nehmen ...«

»Aber ...«

»Es ist direkt nebenan.«

»Du machst Witze, Rod, oder?« Das konnte doch unmöglich sein Ernst sein.

Neuer Versuch.

»Aber Rod, weißt du, diese ganze Promi-Geschichte ...«

»Natürlich werden wir dir finanziell unter die Arme greifen.«

Es ging mir nicht nur um die Toskanareise. Die Vorstellung, den ganzen Urlaub lang einem Filmstar hinterherzujagen war, gelinde gesagt, zum Kotzen. Ganz besonders, wenn er sich – wie anzunehmen war – nach Anonymität sehnte.

»Rod ... das ist doch kein Urlaub. Filmstars nachzujagen ...«

»Ich werde für alle Kosten aufkommen, Ruby …« Revolverblatt-Schweiß drang ihm aus allen Poren – wie einem Junkie auf Entzug. »Ich lege sogar noch eine Verpflegungspauschale drauf und ziehe dir nur fünf Tage von deinem Jahresurlaub ab, egal ob du Rigg nun findest oder nicht.«

»Ich wollte doch sowieso nur sieben Tage und das Wochenende, Rod!«

»Tut mir Leid. Ich brauche dich da unten. Dein Flug ist für morgen Mittag gebucht. Gatwick Airport.«

Ich hatte erwartet, eine ausgedörrte Insel voll englischer und deutscher Rucksacktouristen vorzufinden, mit Liam-Gallagher-Hüten auf den Köpfen und aufblasbaren Gummienten um die Hüften.

Doch als ich aus der Ankunftshalle trat und die heiße Luft auf der Haut spürte, gefiel mir die Atmosphäre auf Anhieb. Ich wurde von einem verrosteten gelben Mercedes abgeholt, dessen Fahrer, wie ich dem Namensschild entnehmen konnte, Joe Caruana hieß, und wir fuhren unter strahlend blauem Himmel in die weite Ebene hinaus. Die Straßen, auf denen es von Schlaglöchern nur so wimmelte, führte uns durch schattige Alleen, an kalksteinernen Kirchen mit mächtigen Kuppeldächern und an Läden mit sonnengebleichten Markisen vorbei. Überall auf den Bürgersteigen waren alte Frauen versammelt, die miteinander schwatzten und sich Luft zufächelten, während sich die Männer rauchend im Abseits hielten. Als wäre seit 1975 die Zeit stehen geblieben.

Als wir um einen Felsen bogen, eröffnete sich uns der Blick auf den Horizont und die schimmernde Küstenlinie. Ein Stück weiter folgten wir einem schmaleren Weg, der sich hinunter in eine Bucht mit bunten Booten schlängelte, die auf dem ruhigen Wasser schaukelten.

»Die Nächste rechts geht's zur Bencini-Bay-Road!«, rief Joe mit seinem Singsang-Akzent, während wir mit quietschenden Reifen um eine weitere Ecke kurvten, eine noch engere Straße hinabsausten und hie und da einem halb nackten Kind oder einer streunenden Katze auswichen. Als ich durch die Mauerspalten erkennen konnte, wie die Sonne auf dem Wasser tanzte, ließ mein Zorn allmählich nach.

Ich bezahlte, gab dem Fahrer Trinkgeld und folgte Rods Beschreibungen, laut denen ich »den Kiesweg an der einen Seite des Gebäudes« entlangzugehen hatte.

Und da war sie.

Die Unterkunft, in der ich die nächste Woche verbringen sollte.

Ich stellte meine Koffer ab, um mich ein bisschen genauer umzusehen. Rustikal stimmte, aber auf keinen Fall Fünf-Sterne-Luxusklasse, wie Rod es mir versprochen hatte. Ganz und gar nicht. Schon eher Drei-Sterne-Qualität oder schlichte Privatunterkunft. Was mir im Übrigen sehr viel besser gefiel. Die Fassade war weiß gestrichen und die Veranda mit Bougainvillea überwuchert. Von der Haustür aus war es nur eine halbe Minute bis zum glitzernden Meer.

Drinnen war es absolut cool – was nicht nur an der Temperatur lag. Im Wohnzimmer hing ein kleiner Kronleuchter an der Decke, und auf den beige, ocker und grün gemusterten Mosaikfliesen stand eine dreiteilige Sitzgruppe mit Wollbezug. Der vergilbte PVC in der Küche zeugte von authentischem 70er-Jahre-Stil. Als ich den Fernseher einschaltete, zischte er so laut, dass ich einen Satz rückwärts machte. Sogar der Wählton des Telefons vermittelte eine gewisse Exotik.

Ein Hoch auf die *Evening News*.

Ich schaltete mein Handy aus und streifte die Schuhe ab, um meine Füße an den Fliesen zu kühlen. Die Haustür hatte ich offen gelassen, so dass die milde Abendluft hereindringen konnte. Die sanfte Brise, die vom Meer herüberwehte, schien den Londoner Schmutz aus meinem Kopf zu blasen.

Was für ein herrliches Fleckchen Erde.

Wie gemacht für Modeaufnahmen.

Oder für eine Studie des maltesischen Lebens, das in einer Zeitschleife feststeckte, die sich sichtlich aufzulösen begann.

Für ein Mädchen.

Um allein zu sein.

Ich gestattete mir einen letzten Gedanken an Patrick McColl.

Er wäre begeistert gewesen.

Durch die geplante Attacke auf Johnny Rigg war ich fürs Erste ans Haus gebunden. Ich ging unter die Dusche, zog mich um und begab mich auf die Veranda, um den Ausblick zu genießen und mir zu überlegen, was ich als Nächstes tun sollte. Am Ende beschloss ich, meine Mahlzeit, die aus einem Kanten Brot und klebrigem Käse vom Laden gegenüber bestand, im Freien einzunehmen. So aß ich, während ich die Ruhe und die Abendsonne genoss.

Da mir nichts Besseres einfiel, verbrachte ich zwei Stunden damit, Patrick McColl einen läuternden Brief zu schreiben, von dem ich wusste, dass ich ihn nie abschicken würde. Ich erklärte ihm, ich könne beim Schreiben noch immer nicht meine Wut unterdrücken, ich könne nicht an »die guten Zeiten« denken und würde sinnlose Gedanken daran verschwenden, wie er hinter meinem Rücken leidenschaftliche Stunden mit Pippa verbracht hatte, oder mich mit der Vorstellung quälen, wie sie wohl aussehen mochte, ob sie mir ähnlich oder das genaue Gegenteil von mir war. Und weiter, dass ich mich fragte, ob er meinen Schnappschuss von Belle in der Zeitung gesehen hatte und ob er die Bildunterschriften der *News* noch immer nach meinem Namen durchforstete.

Es war noch keine vier Monate her, als Patrick eines Tages heimkam und mir von ihm und Pippa erzählte. Unsere leicht gereizte und erwachsene Diskussion artete in schrilles Geschrei aus, als klar wurde, dass diese Schlampe Pippa mehr als »nur« ein flüchtiges Abenteuer gewesen war.

»Was empfindest du für sie? Willst du etwa mit ihr zusammenbleiben?«, rief ich wutentbrannt.

»Ich weiß nicht, Ruby«, hatte er geantwortet. Seine Worte hallten wie Totenglocken durchs Wohnzimmer.

Vor einer Woche fand ich heraus, dass Pippa bei ihm eingezogen war.

Das mit uns hätte sowieso nicht funktioniert. Als er unbedingt einen Salsa-Kurs belegen wollte, sah ich uns schon wie seine Eltern enden. Gesellschaftstanz als Freizeitbeschäftigung.

Fast hätte ich ihn ein verfluchtes A…loch genannt, doch ich hielt mich zurück, seufzte, las den Brief noch mal durch und zerriss ihn dann in tausend Stücke.

Während ich über meinem Dutyfree-Weißwein grübelte, schimmerte die Bucht von Bencini im blassen Licht des Abendhimmels. Die gelben Straßenlampen flammten auf und spiegelten sich im Wasser, und am Horizont zeichnete sich ein transparenter Halbmond ab. Die typischen Abendgerüche stiegen mir in die Nase. Irgendwo in der Nähe brutzelte jemand Knoblauch in der Pfanne, so dass mir trotz des kleinen Imbisses von vorhin das Wasser im Munde zusammenlief. Meine Ferienwohnung lag nicht in den Hügeln der Toskana. Doch das würde sich ändern, sobald ich Johnny Rigg gefunden und diese unselige Angelegenheit erledigt hatte.

Ich nahm meine Kamera, schlenderte über den Sand zu einer

großen Klippe und lauschte dem Wasser, das an meinen Zehen leckte. Ich wollte diesen Anblick festhalten, ob Johnny Rigg nun im Bild war oder nicht. Es blieben noch etwa zehn Minuten bis zum Sonnenuntergang.

Ich hob die Kamera und erstarrte.

Zwei Männer näherten sich, und einer davon war Mr. Moviestar persönlich. Johnny Rigg, Multimillionär und männliche Miramax-Muse, kam über den Kiesweg heran, der zu den Apartments führte, und bog um die Ecke.

Er trug eine Sonnenbrille, wie sie bei Snowboardern gerade in war, und das sonst lose flatternde Haar war raspelkurz geschoren; trotzdem war er sofort zu erkennen.

Mr. Charisma in Person.

Er hatte mich noch nicht gesichtet. Ich zoomte ihn so nahe heran, wie es nur ging, und sah durch die Linse. Eine Millisekunde lang erlaubte ich mir einen Blick auf Johnnys Begleiter, auf sein sonnengebleichtes lockiges Haar und das herzliche Lächeln. Anscheinend wollte er den Schauspieler zu irgendetwas ermuntern.

»Besser, du sputest dich, Kumpel«, war alles, was ich verstehen konnte.

Mit angehaltenem Atem begann ich zu fotografieren, hielt auf Johnny, so dass ich ihn von der Hüfte aufwärts im Bild hatte und machte zwei »saubere« Aufnahmen. Dann knipste ich weiter und schwenkte, ganz die harmlose Touristin, die Kamera von links nach rechts, als wollte ich das ganze Panorama in Einzelbildern festhalten, um sie später zusammenzufügen. Während ich auf dem Felsen stand, schwirrten mir eine Menge Gedanken durch den Kopf, aber eines war mir völlig klar: So hatte ich mir meinen Job ganz bestimmt nicht vorgestellt. Johnny Rigg ging weiter in Richtung der Apartments. Als ich die Kamera senkte, kam der blonde Typ über das Gras auf mich zu.

»He. Was machen Sie da?«

Fast wäre ich auf dem Moos ausgerutscht, als ich mich für Flucht oder Kampf wappnete und gleichzeitig versuchte, ungezwungen zu wirken. »Bitte?«

»Tut mir Leid.« Er stand jetzt dicht vor mir und lächelte – amüsiert? –, vielleicht, weil ich so unbeholfen über die Felsen in Richtung Sand schwankte. »Entschuldigung.« Er streckte mir seine große, sonnengebräunte Hand entgegen, an der ich mich dankbar festhielt. »Hallo.«

»Hallo.«

»Was fotografieren Sie?« Er war ein gutes Stück größer als ich und hatte einen Londoner Akzent.

»Diese ... Apartments. Sie sind wunderschön. Ich habe das da drüben gemietet.« Ich deutete mit dem Finger darauf.

»Ja. Sie sind wirklich schön.« Seine Haut hatte die Farbe geschmolzener Schokolade, und die Augen blickten hinter schweren Lidern hervor.

»Wann sind Sie angekommen?«, fragte er und taxierte mich. Wie gut mochten seine Antennen sein?

»Ich bin erst heute eingetroffen.« Wenn ich wirklich auf Draht gewesen wäre, hätte ich einen norwegischen Akzent simuliert, um mich vollends als harmlose Touristin zu tarnen.

»Urlaub?«

»Ja.« Ich nickte ernsthaft.

»Aha. Hi.« Die Sonne tauchte sein Gesicht in goldbraunes Licht. »Tut mir Leid, dass .... Ich dachte nur ...« Er brachte den Satz nicht zu Ende. Stattdessen beobachteten wir, wie Johnny Rigg im Haus verschwand.

»Ich heiße Stu.«

»Hi, Stu.«

Ich lauschte den Geräuschen des Abends.

»Sie wohnen also nebenan, ja?«

Wieder nickte ich. »Genau. Ich bin erst vor ein paar Stunden angekommen. Von Gatwick.« Wir schlenderten auf die Apartments zu und blieben verlegen zwischen seiner und meiner Veranda stehen.

»Ausgezeichnet.« Seine Züge wurden weicher, und ich hätte ihn auf der Stelle umarmen können. Seine Augen waren stechend blau. Johnny Rigg tauchte mit einem großen schwarzen Rucksack auf der Schulter vor dem Apartment auf.

»Ich bin spät dran.« Er sah auf die Armbanduhr.

»Du wirst es schon noch rechtzeitig schaffen«, erwiderte Stu. Ich blickte mit offenem Mund vom Filmstar zu seinem Freund, und mir fiel nichts ein, was ich hätte sagen können. Die Stille wurde von einer Autohupe unterbrochen.

»Das wird das Taxi sein, Kumpel«, sagte Stu.

»Ja.«

»Ich helfe dir mit dem Gepäck.«

»Danke.«

In meinem Kopf meldete sich eine Stimme und erinnerte mich daran, warum ich hier war. Um Johnny Rigg dranzukriegen. Ich hatte meine Fotos im Kasten, aber ich fühlte mich nicht so siegreich, wie man hätte erwarten können. Von nahem betrachtet wirkte Johnny Rigg so viel »menschlicher«. Nicht wie die künstliche Filmstar-Ikone aus den Medien. Und sein Blick war so düster und trostlos, als hätte ihn ein Schauspiellehrer darauf gedrillt.

Johnny drehte sich um und schritt davon. Wie auf dem Weg zur Guillotine. Umso besser, dass die Fotos im Kasten waren. Die Versuchung, die beiden zu fragen, wohin sie gingen, war fast unwiderstehlich. Stu sah mich an. »Bis gleich.« Er verschwand mit Johnny um die Ecke, und ich ließ mich am Verandatisch nieder, um zu sehen, was der Abend noch zu bieten hatte. Ich wartete – wie eine Katze auf der Lauer, aber ich wollte nicht einfach in meinem Apartment verschwinden. Verstohlen ließ ich den Film zurückspulen.

Als Stu ein paar Minuten später zurückkam, lehnte er sich an meine Veranda, so dass mir einen Augenblick Zeit blieb, seine lässige Haltung, die klaren Augen, die weichen blonden Härchen auf seinen Unterarmen und die großen nackten, mit Sand bedeckten Füße zu bewundern.

»Genießen Sie den Sonnenuntergang?«, fragte er.

»Mmm …« Eigentlich den ganzen Ausblick.

»Ich möchte mich noch mal wegen vorhin entschuldigen. Ich dachte nur …«

»Machen Sie sich keine Gedanken …«

»Sind Sie gerade beschäftigt?«, erkundigte er sich.

»Nicht wirklich.« Ein Lächeln.

»… ich habe nämlich ein paar *Pastizzi* und einige Cisks. Wenn Sie mögen …«

»Was sind *Pastizzi*?« War Johnny Rigg endgültig weg?

»Ein maltesisches Gebäck. Falls Sie Hunger haben.«

Hatte ich. Und ich freute mich darauf, diese *Pastizzi* zu probieren. Ganz zu schweigen von dem Cisk-Debüt. Trotzdem hatte ich Skrupel, mit meiner Beute zu Abend zu essen. Oder dem Freund meiner Beute. Auch wenn er attraktiv war. Und das nicht zu knapp.

Stu kam mit zwei Dosen Cisk und einer Papiertüte zurück, die vom heißen Dampf ganz fettig war. Zischend öffnete er eine der Dosen und reichte sie mir mit einem Grinsen, das mir einen wohligen Schauer über den Rücken jagte.

»Danke«, sagte ich und nahm sie mit einem albernen Lächeln entgegen. Womit bewiesen wäre, dass auch Frauen Opfer ihrer Hormone sind.

Johnny Rigg war aus heiterem Himmel abgetaucht und blieb länger verschwunden als allgemein erwartet. Der Sohn eines prominenten Schuhdesigners und eines schmollmündigen 60er-Jahre-Models war ein gefeierter Star. Mit Mitte dreißig hatte er bereits in so vielen Filmen die Hauptrolle gespielt, dass es für ein eigenes Festival reichte. Dann sah er sich von einer auf die andere Minute mit der Tatsache konfrontiert, dass ihn seine Frau, eine Maskenbildnerin namens Sally, mit ihrem persönlichen Fitnesstrainer betrogen hatte. Einem ehemaligen Gladiator, früher Vlad, jetzt Brad genannt. Die ganze Geschichte war ein klassischer Fall von »Promi poppen und abzocken«. Nach ihrem Stelldichein war Vlad/Brad, kaum, dass er sich aus Sallys Armen gelöst hatte, zum nächstbesten Zeitungsfritzen gerannt, um ihm eine brühwarme Boulevardstory zu liefern – für eine entsprechend hohe Summe, versteht sich.

Knapp zwei Wochen nach Vlad/Brads Veröffentlichung mit dem fantasievollen Titel »Zwei leidenschaftliche Nächte mit Johnny Riggs Frau« zog Johnny sich aus einer Reihe von Promotion-Aktionen für seinen neuesten Film zurück.

Dann paukte ihn sein Agent aus einem Engagement heraus, das so gut wie unterzeichnet gewesen war.

Johnny Rigg hatte sich, wenn man so wollte, unerlaubt von der Truppe entfernt.

Stu schob einen Stuhl für mich zurück und reichte mir ein diamantförmiges Stück Gebäck. »Willkommen in Bencini Bay«, sagte er lächelnd und hob sein Glas.

»Danke.«

Sein Misstrauen schien sich gelegt zu haben. »Und wie heißen Sie?«

»Ruby.« Im Licht der flackernden Kerze bemerkte ich seine breiten, nein, stattlichen Schultern.

»Nur zu, nehmen Sie einen Bissen.« Er wies auffordernd auf meine *Pastizzi*.

Ich grinste und nahm einen tiefen Schluck von meinem Cisk, brach die obere Hälfte des Blätterteigs ab und beobachtete, wie der Dampf nach oben stieg. Dann machte ich »mmmmm« und bemühte mich, mich nicht vor lauter Verwirrung an meinem Bier zu verschlucken. »Das ist alles kaum zu glauben.«

»Ich liebe dieses Fleckchen Erde«, stimmte er zu.

»Es ist unglaublich schön«. Ich hörte auf zu kauen, und wir lächelten uns an. »Also Ruby, was machen Sie so, leben Sie in London?« Jetzt hatte er mich überrumpelt.

Einen Moment lang war ich nicht auf der Hut gewesen. Und das ohne ein Alibi in der Hinterhand. »Ja. Ich bin … eine Grußkarten-Verfasserin.« »Eine was?« »Ja, wissen Sie, ich schreibe diese kleinen Sprüche und Reime, die man auf Grußkarten findet. ›Rot ist die Rose, blau das Vergissmeinnicht, ich bin hier auf Malta und denk an dich. So was in der Art.« Das würde er nie und nimmer schlucken.

»Klasse!«, lachte er. »Tja, irgendjemand muss es ja machen, nehme ich an …«

»Sie finden den Beruf merkwürdig?«

»Nein, ganz und gar nicht. Ich habe nur noch niemanden getroffen …«

»Sie sind noch niemandem begegnet, der Grußkartensprüche dichtet?

»Nein, komischerweise nicht.«

»Tja, jetzt ist es so weit.«

Während er weitersprach, stellte ich mir die Schlagzeile in den *Evening News* vor, die dank meiner Aufnahmen in ein zwei Tagen auf Londons Straßen für Aufruhr sorgen würde: »An Liebeskummer leidender Superstar auf paradiesischer Insel entdeckt.« Aber wohin war Johnny Rigg verschwunden?

Während wir plauderten, spürte ich meinen Fotoapparat am Ellbogen. Vielleicht war es zu spät. Vielleicht war ich längst der blutrünstige Pressehai, der ich nie hatte werden wollen.

Es war mir klar, dass ich mit den Aufnahmen von Rigg bei den *News* eine Gehaltserhöhung erwirken konnte. Und wenn ich bei dem Blatt aufhören und die Fotos auf dem freien Markt anbieten würde? Was würde mir das einbringen? Ein neues Auto? Vielleicht sogar eines mit Stereoanlage und neuen Reifen? Ein kleineres neues Auto und neue Klamotten? Und einen Großteil der Kameraausrüstung, die ich noch brauchte, um als Freiberuflerin einsteigen zu können?

»Also, Ruby, lassen Sie mal Ihren besten Grußkartenspruch hören.«

»Wie?«

»Sie haben doch bestimmt einen Lieblingsspruch?«

»Oh. Okay. Lassen Sie mich überlegen …« Der laue Sommerabend machte es mir schwer, einen klaren Gedanken zu fassen. »Na gut. Der netteste Spruch von allen, allerdings nicht aus meiner Feder …«

»Lassen Sie schon hören …«

»Okay.« Gott. Ich räusperte mich. »Ich lieb' dich, ich lieb' dich, ich lieb' dich wie toll, ich wünsch mir deinen Pyjama neben mein Baby-Doll. Nun werd' nicht gleich rot, ich bin nicht kokett. Ich meine auf der Leine und nicht im Bett …«

Erdboden, verschling mich.

Was ich da eben rezitiert hatte, war ein Gedicht, das meine Schwester Melanie und ich oft als Kinder aufgesagt hatten. Als ich es auf einer Grußkarte wiederfand, hatte ich es zu Hause an die Küchenpinnwand geheftet. In Patricks Wohnung, die jetzt Patricks und Pippas Zuhause war.

Stu grinste liebenswürdig angesichts meiner verzweifelten Bemühungen, nicht allzu rot anzulaufen. »Damit verdienen

Sie Ihren Lebensunterhalt?«, fragte er ungläubig. »Okay. Noch einen …«

»O nein, Stu, bitte nicht. Ich will nicht ans Arbeiten denken.« Und so wechselten wir das Thema und bewegten uns von nun an auf sicherem Touri-Terrain. Wir erzählten uns von Sonnenuntergängen, die wir erlebt, und von Orten, die wir besucht hatten, genehmigten uns einen Dutyfree-Cointreau und tauschten uns darüber aus, wie der perfekte Urlaub aussehen müsste.

Während wir redeten, pendelten meine Gedanken zwischen seinen Reisegeschichten und meinem – unkeuschen – Verlangen, seine Locken zu berühren, herauszufinden, ob sie sich wirklich so weich anfühlten, wie sie aussahen. Eigentlich hätte ich schon vor Stunden bei Rod anrufen müssen, um in Erfahrung zu bringen, wie meine Aufnahmen bis zum nächsten Tag vor Redaktionsschluss bei den *News* landen sollten. Stattdessen saß ich hier gemütlich schwatzend auf der Veranda, lachte über Stus zahlreiche lausige Witze, sprach von zu Hause und geriet leicht in Panik, als sich herausstellte, dass wir uns in dieser ach so kleinen Welt quasi nur um Haaresbreite verfehlt hatten; die Ex-Freundin seines Mitbewohners hatte in derselben Werbeagentur gearbeitet wie meine Schwester.

»Und wie lange hast du vor, zu bleiben, Stu?« Inzwischen waren wir zum Du übergegangen.

»Das Apartment ist bis Ende des Monats gemietet. Und du?«

»Zehn Tage.«

»Warst du schon mal hier?«

»Noch nie. Du?«

»Ein paar Mal. Meine Eltern wohnen drüben auf der anderen Inselseite in einem Timeshare-Ferienhaus.«

»Aha.«

»Sie kommen morgen früh her. Ich hole sie ab.«

»Und was ist mit deinem Kumpel?«

»Was soll mit ihm sein?«

Ich konnte nicht länger widerstehen. Meine Aufnahmen waren ja im Kasten. »Dein Kumpel Johnny Rigg …«

Schweigen. Dann eine hochgezogene Braue und blödes Grinsen.

»Seid ihr alte Freunde?«

»Wir kennen uns von klein auf, seit dem fünften Lebensjahr. Unsere Mütter haben früher zusammen gemodelt.«

Wie süß. »Wo ist er hin, wenn ich fragen darf?«

»Zurück nach London …«

Sobald er in London eintraf, wären meine Fotos ein alter Hut.

»Jetzt, wo du ihm vermutlich sowieso begegnen wirst, kann ich es dir ja sagen.« Er hielt inne. »Wahrscheinlich kommt er in ein paar Tagen zurück. Mit seiner Frau.«

»Ich dachte … Ich habe gelesen … Wollen die beiden sich versöhnen?«

»Vielleicht.«

»Nach alldem …« Vlad/Brad-Fiasko.

»Vielleicht. Die Presse hat keine Ahnung, dass er sich auf Malta aufhält. Mit ein bisschen Glück kann er hier ein wenig Privatsphäre genießen. Er hält sich das Apartment nebenan frei. Wenn alles gut verläuft, wird er sich eine Villa auf einer der Inseln suchen …«

Dann wechselte Stu das Thema und brachte mich mindestens eine weitere Stunde lang mit seinen Geschichten zum Lachen; Geschichten über seinen Job als Werbetexter, dass Johnny schon immer einmal mit ihm Fallschirmspringen gehen wollte (der Schauspieler hatte hundert Pfund darauf verwettet, dass er sich nicht trauen würde), über die verrücktesten Aktionen, die Johnnys weibliche Fans im Laufe der Jahre gebracht hatten, und davon, was er und Johnny so alles angestellt hatten, als ihre Mütter sie zu den Modeljobs mitgeschleppt hatten. Ich konnte mir gut vorstellen, wie Stu als fünfjähriger Blondschopf mit den Visagistinnen geflirtet und den Fotografen in die Waden gebissen hatte. »Möchtest du noch ein Bier oder ein Glas Wasser?«, fragte er schließlich, als ich vor lauter Lachen fast erstickt wäre. So viel Spaß wie in dieser einen Nacht hatte ich seit Monaten nicht gehabt. Durch das Fenster seines Apartments konnte ich sehen, wie er uns zwei Gläser Wasser einschenkte und den CD-Player aufdrehte. Bestimmt war es nicht leicht gewesen, den berühmten Freund während seiner Ehekrise zu stützen, ihn immer wieder aufzumuntern. Er stellte die Gläser neben die Kamera auf den Tisch. Der Klang von *Volare* schwoll in die Nacht hinaus. Er lächelte schelmisch. »Wie wär's mit einem Tanz?«

Der Gedanke versetzte meinen ganzen Körper in gefährliche Schwingungen, aber ehe Bedenken aufkommen konnten, hatte er schon meine Hand genommen, mich vom Stuhl und zu sich heran gezogen. Sein Körper war warm und kraftvoll und roch nach Seeluft. Vielleicht war die Hitze Schuld – oder das Cisk oder sogar die *Pastizzi* –, jedenfalls fuhr ich ihm mit den Fingern durch die feuchten Locken in seinem Nacken, nur um zu prüfen, wie sie sich anfühlten. Meine Hand verhedderte sich, und als ich ihm teils belustigt, teils verlegen in die Augen sah, ergriff er die Gelegenheit und küsste mich.

Die Zikaden zirpten, und fast hätte ich vergessen, dass ich gerade den besten Freund meines neuesten Opfers küsste. Als wir innehielten, um Luft zu holen, schob er mich, meinen Körper fest an sich gedrückt, zum Tisch hinüber. Wir knutschten weiter. Nach einer Weile wurde es zunehmend heißer und hektischer, und als wir leicht ins Schwanken gerieten, stießen wir den Tisch um, so dass meine Kamera und die Wassergläser zu

Boden krachten. Die Gläser zerschellten, meine Kamera sprang auf und offenbarte die zurückgespulte Filmrolle. Stu hob die Kamera auf, gab sie mir und blickte mich benommen an.

»Ist sie in Ordnung?«

Ich wischte ein paar Wassertropfen fort und ließ den Deckel wieder einschnappen. Die Nikon war offensichtlich widerstandsfähiger als ihre Besitzerin. »Nichts passiert.« Ich räusperte mich. »Weißt du, Stu, es ist wirklich spät geworden.«

»Stimmt.« Er gab mir einen Kuss auf den Nacken.

»Wann musst du morgen aufstehen, um deine Eltern abzuholen?«

»O Gott. Hatte ich ganz vergessen. Früh.«

»Ich bin total erschöpft«, fügte ich hinzu.

Eine Freundin von mir pflegte zu sagen: »Wenn du ihn magst, schlaf mit ihm. Aber wenn dir wirklich etwas an ihm liegt, warte.«

Und ich sagte mir: »Geh lieber nicht zu weit, wenn du drauf und dran bist, die Privatsphäre seines besten Kumpels der Öffentlichkeit preiszugeben.«

Ich musste jetzt wirklich ins Bett.

Neun Stunden später erwachte ich aus seligem Schlummer. In ein baumwollenes Laken gehüllt, ließ ich mich von der Sonne streicheln, die über den Rand des Vorhangs ins Zimmer lugte.

Mein erster Gedanke galt dem aufregenden Vorabend.

Mein erster Blick fiel jedoch auf den leidigen, verdammten, verfluchten Kodakfilm, der auf meinem Nachttisch lag. Ich blieb wach im Bett liegen und ließ die letzte Nacht noch einmal Revue passieren. Vor allem machte mir eines Sorgen: Wenn ich die Bilder verkaufte, würde ich damit Johnnys Plan durchkreuzen, mit seiner Frau nach Bencini Bay zurückzukehren. Und nicht nur das, ein weiterer Paparazzi-Knüller, und

Rod Wilson würde mich in Zukunft noch öfter auf Promijagd schicken.

Ich machte mir einen Kaffee und behielt die gelb-schwarze Filmrolle im Blick. Ich konnte das Gefühl nicht abschütteln, dass sie Augen hatte, die mir überallhin durchs Zimmer folgten.

Dass ich Stu kennen gelernt und sogar einen kleinen Einblick in das Leben eines Opfers bekommen hatte, war alles andere als angenehm und hatte mich ziemlich aufgewühlt. Vielleicht sollte ich Rod im Büro anrufen, ihm klarmachen, Johnny Rigg sei weit und breit nicht zu sehen, und von ihm verlangen, dass er mich in Zukunft aus dem Paparazzi-Milieu heraushielt. Ich wollte nicht zu dieser Arbeit verdammt sein, nur weil ich irgendein abartiges Talent dafür mitbrachte. Selbst freiberuflich tätig zu sein und – zumindest am Anfang – auf Bar-Mizwas und Hochzeiten zu fotografieren oder Babys zu porträtieren wäre ein Schritt nach vorn. An ein Auto mit Stereoanlage und neuen Reifen durfte ich gar nicht erst denken.

Ich duschte und frühstückte dann auf der Veranda, die Filmrolle immer vor der Nase. Schließlich packte ich sie und spazierte damit zum Ufer hinunter.

Meine letzte Paparazzi-Aktion brachte alles auf den Punkt; Zuerst war ich ganz aus dem Häuschen, Belle begegnet zu sein, und dann entsetzt über die Auswirkungen meines Knüllers. Ich ließ den Film in meiner Hand auf und ab hüpfen und wünschte, er würde in die glitzernden Fluten fallen. Vielleicht hätte Johnny Rigg ein kleines Paparazzi-Foto von seinem Urlaub als bloßes Ärgernis abtun können. Aber wenn er hierher zurückkehren wollte, um sich mit seiner Frau auszusöhnen … Welches Recht hatte ich, ihm dabei in die Quere zu kommen?

Ich schloss die Hand um den Film, holte so weit hinter dem Kopf aus, wie ich konnte, und ließ den Arm wieder sinken.

Dann atmete ich tief durch, holte nochmals aus und schnellte mit der Hand nach vorn – mit geschlossener Faust, nur um zu sehen, wie es sich anfühlte.

Am Ende legte ich den Film auf dem Felsen ab, griff den erstbesten Stein, der mir schwer genug schien, und hieb und hämmerte auf die Rolle ein, bis der Verschluss entzweibrach.

Ich richtete mich auf und hielt kurz inne. Dann warf ich die Filmrolle so hoch und weit von mir, wie es nur ging. Sie schwang sich empor, erreichte den höchsten Punkt, fiel hinunter, blinkte beim Fliegen noch ein paar Mal auf und gluckste leise, als sie auf die Wasseroberfläche traf.

Eine Möwe kreischte lauthals. Es klang wie Beifall, der von Herzen kam.

Während die Wasserringe allmählich ausliefen, hörte ich, wie hinter mir auf dem Pfad der Kies knirschte. Ich wandte mich um und sah, wie Stu in Begleitung eines großen älteren Mannes um die Ecke bog und einen Rollstuhl vor sich herschob, in dem eine kleine alte Frau saß. Seine Eltern also. Stu entdeckte mich und winkte. Die Frau lächelte mich an und hob die Hand, um die Augen vor der Sonne abzuschirmen.

Während ich auf sie zuging, forschte ich in ihrem zerfurchten Gesicht nach Anzeichen des Wiedererkennens, fand aber Gott sei Dank keine.

Stu machte Anstalten, uns einander vorzustellen. Er hätte sich die Mühe sparen können.

Ich kannte seine Mutter.

Es war Belle Clark.

VICTORIA ROUTLEDGE

Die Venusmuschel

Maura schob sich die Sonnenbrille auf die Nase und zog die Haustür zu. Beim Abschließen fragte sie sich nervös, ob die dunklen Gläser nicht erst recht die Aufmerksamkeit auf sie lenken würden, besonders, wenn sie jemandem begegnete, den sie kannte. Das war doch der eigentliche Grund, warum Prominente Sonnenbrillen trugen, oder? Damit die Leute sagen: »Uh, sieh mal an, ein Promi! Ist das nicht die aus der Serie *Coronation Street*?« Eine enttarnende Tarnung sozusagen. Genauso, wie sich Slimfast hinter der Maske eines Milchshakes mit hohem Fettanteil verbarg und höhnisch suggerierte, man könne sich damit verwöhnen.

Sie zögerte einen Moment, die eine Hand am Schlüssel, der noch immer im Schloss steckte, die andere auf der Umhängetasche. Dann entschied sie, dass es an einem strahlenden Sommertag mitten im August gar nicht so ungewöhnlich war, eine Sonnenbrille zu tragen. Jedenfalls nicht weniger ungewöhnlich als der riesige Strohhut, den sie aufgesetzt hatte, um ihr hellblondes Haar zu verdecken.

Seit fast einer Woche war sie nicht mehr aus dem Haus gegangen. Sie ignorierte ihren hartnäckigen Brummschädel, eilte über die Straße, und schreckte zusammen, als ihr die Sonne erbarmungslos auf das bisschen Haut brannte, das sie riskanterweise unbedeckt gelassen hatte. Rasch schleuderte sie ihre Tasche auf den Rücksitz des Mini, so dass eine Selbsthilfe-Kassette und drei Tüten Chips in den Fußraum glitten und sich zu dem übrigen Sammelsurium zwischen den Sitzen gesellten. Sie warf der Kassette einen finsteren Blick zu. Eine schöne Hilfe warst du, dachte sie. Drei Wochen Gehirnwäsche beim Autofahren, und ich habe nicht mehr Seelenfrieden als Conan der Barbar.

Nachdem sie sich kurz nach allen Seiten umgeblickt hatte, stieg sie ins Auto – was mit dem ausladenden Hut gar nicht so einfach war – und tastete auf dem Rücksitz nach ihrem London-Stadtführer. Normalerweise fuhr sie einfach drauflos und vertraute ihrem Orientierungssinn, aber heute galt es, Termine einzuhalten. Sie musste erst mal nachsehen, wo es langging, denn ihre Verwandlung in eine Urlauberin sollte keinesfalls in der näheren Umgebung stattfinden; das hatte sie bewusst so eingefädelt.

Durch die Ray-Ban-Brille betrachtet sah alles düster aus, und dann kam ihr auch noch ständig der Hut in die Quere, und jetzt, als sie versuchte, die Krempe nach hinten zu drücken, meinte sie, ihre Freundin Daniella in die Straße einbiegen zu sehen, so dass sie das Ding schließlich wie eine Frisbeescheibe auf die Rückbank pfefferte und so schnell in drei Zügen wendete, wie sie es seit ihrer Fahrprüfung nicht mehr getan hatte. Mit quietschenden Reifen landete sie auf der Hauptstraße und schob eine Kassette in den Recorder.

Holiday von Madonna.

»Celebra-ate«, sang Maura und schnitt sich selbst eine Grimasse.

In der *Venusmuschel* blieb sie unschlüssig vor der Schautafel mit den verschiedenen Nagellacken stehen. Schönheitssalons machten sie nervös, erinnerten sie an all die sensiblen weiblichen Zonen, die spezifischer Pflege bedurften und die sie nur zu oft vernachlässigt hatte – zugunsten längeren Ausschlafens oder unbeschwerter Streifzüge durch Londons Kneipen. Ähnlich, wie manche Leute sich vor Krankenhäusern fürchteten, weil sie einen an die eigene Sterblichkeit erinnern, fürchtete sich Maura vor Kosmetikerinnen, weil ihr dann ihre eigenen Unzulänglichkeiten bewusst wurden: zum einen die Orangenhaut, zum anderen die abgekauten Nägel, deretwegen Phil ihr ständig in den Ohren gelegen hatte.

Sie hatte sich für einen Salon im Norden der Stadt entschieden, weil sie selbst und – noch wichtiger – auch Phil dort niemanden kannten, jedenfalls nicht, dass sie wüsste. Sie war noch nie in der *Venusmuschel* gewesen. Der *Time-Out*-Stadtführer hatte den Salon aufgrund seiner schönen, angenehm warmen Handtücher empfohlen.

Die junge Angestellte war ebenfalls schön – und angenehm freundlich. So freundlich, dass sie ihre Nagelfeile fast augenblicklich beiseite legte und fragte, »Darf ich Ihnen den – äh – Mantel abnehmen?«, ohne der Versuchung nachzugeben, die nahe liegende Frage zu stellen: »Und warum bitte tragen Sie bei diesem Wetter einen gefütterten Parka?«

Maura schälte sich aus dem Anorak und reichte ihn der jungen Frau.

Er mochte zu dick sein, war aber für die perfekte Tarnung unabdingbar notwendig. Ihre Arme, die nun zum Vorschein kamen, wirkten blass und klamm. Etwas befangen rubbelte sie mit den Händen darüber, bis Miss Maniküre mit makellos rotem Fingernagel den Terminplaner entlangfuhr und mit einem strahlenden Lächeln wieder aufblickte.

»Sie sind Maureen?«

»Maura, bitte«, korrigierte sie.

»Die Ganztags-Urlaubsvorbereitung?«

»Genau.«

»Fein. Wir lassen die Leute am liebsten mit der Aroma-Massage und der Enthaarung mit Halawa anfangen, um sie ein bisschen in Stimmung zu bringen. Folgen Sie mir doch einfach in den Massagesalon. Debbie erwartet Sie schon, sie macht sich nur noch für Sie frisch.

»Oh, gut«, dachte Maura. »Warum nicht gleich die Wände abschrubben, bevor der nächste Kunde kommt? Klasse Service.«

»Ziehen Sie sich einfach aus und legen sich dort hin«, riet die Empfangsdame mit butterweicher Stimme und zeigte auf die Massagebank, die Maura misstrauisch beäugte. Das letzte Mal, als sie auf einem Bett mit Papiertüchern lag, hatten ihre Organe kaltes Metall zu spüren bekommen. Und davor das Mal …

Maura biss sich auf die Lippen und zwinkerte ein paarmal. Woher kam nur all das Wasser in ihrem Körper? Schon seit Wochen konnte sie keine Wimperntusche mehr tragen.

Sie zwang sich, die Erinnerung durchzustehen. Das Mal davor war sie mit Phil im Bett gewesen, der nicht einsah, warum simple weibliche Funktionen ihnen den ganzen, nicht unbeträchtlichen Spaß verderben sollten. Er war mit schmierigen weiblichen Ausflüssen ebenso spielend fertig geworden wie mit allem andern. Ob verstopfte Rohre, leckende Autokühler oder Kotzorgien nach Tequila-Abenden – er konnte mit allem umgehen. Ein Musterexemplar von Freund.

Sie biss sich fester auf die Lippen und verdrehte angestrengt die Augen, um zu verhindern, dass eine Träne herauskullerte. Verdammt noch mal. Was für eine Arroganz dieser Typ an den Tag legte – sich auch noch willkürlich mit ihrer Periode zu identifizieren.

»Maura! Ich bin Debbie!«

Sie wirbelte herum. Noch immer das Bild vor Augen, wie Phil schweißnass glänzend im Bett lag, erblickte sie eine Frau mit rundlichem Gesicht in weißem Overall, die sie mit breitem australischem Lächeln begrüßte. Maura gab sich einen Ruck und setzte die Miene eines fügsamen Kunden auf. Schließlich ging das seit Wochen so. Sie musste sich endlich in den Griff bekommen. Und wenn irgendjemand in der Lage war, ihr ein paar Griffe zu zeigen, dann bestimmt diese energiegeladene Frau. Maura betrachtete die kräftigen forschen Hände der Australierin. Die konnte bestimmt zupacken wie ein Gorilla.

»Na dann mal rauf!«, sagte Debbie und klopfte auffordernd auf die Papiertücher.

Maura lächelte schwach. Als sie sich in den Spiegeln erblickte, die den kleinen Raum säumten, musste sie zugeben, dass es eine klägliche Imitation ihres üblichen Lächelns war, mindestens ebenso kläglich wie die in den Playbackshows.

Maura streifte sich die Kleider ab, vermied es, dabei Debbie oder sich selbst anzusehen, und hievte ihren rebellierenden Körper auf die Bank. Was für eine Erleichterung, zu spüren, wie sich die Handtücher (warm – wie in der Werbung versprochen!) an den Rücken schmiegten. Noch erleichterter war sie, dass Debbie kein Wort sagte, bis sie Maura mit ihren kräftigen energischen Händen in einen halb benommenen, ergebenen Zustand versetzt hatte.

Phil trat allmählich in den Hintergrund. Welcher Mann wollte überhaupt Sex, wenn man seine Tage hatte? Freak. Und Papiertücher – was glaubte er eigentlich, wo er war? In einer Tierklinik?

Debbie machte sich daran, sie mit knetenden und streichenden Bewegungen von jeglicher Verknotung zu befreien. Hinter

Mauras geschlossenen Lidern begannen kleine Sterne zu tanzen.

»Jetzt lege ich Ihnen ein paar Steine auf den Rücken, um ihre Chakren neu zu beleben«, erklärte Debbie fröhlich.

Maura spürte, wie drei kleine kühle Gegenstände auf ihrem Rückgrat platziert wurden, und plötzlich fiel all die Anspannung, die sie die ganze Zeit mit sich herumgetragen hatte, von ihr ab, sackte durch den Magen, durch den Tisch und den Fußboden.

Fast wäre sie aufgesprungen, um sie zu packen. Irgendwie hatte sie ihr geholfen, sich aufrecht zu halten.

»Zur Rundumbehandlung hier?«

»Oh, äh, ja.« Die unerwartete Leichtigkeit in ihrem Magen hatte sie einen Augenblick abgelenkt, so dass sie nicht so verschreckt wie üblich reagierte.

»Wachs, Selbstbräuner, Strähnchen, das ganze Programm.«

»'ne schöne Reise geplant?«

»Äh …« Maura überlegte hin und her. Was sagte sie jetzt am besten? Ja? Nein? Sollte sie alles gestehen?

Doch bevor sie einen Entschluss fassen konnte, spürte sie einen stechenden Schmerz am Steißbein, der sie laut aufschreien ließ. Sie stützte sich auf einen Ellbogen und verrenkte mühsam den Kopf, um nachzuschauen, ob Debbie ihr vielleicht das Rückgrat herausgerissen hatte, als wäre sie eine halb verzehrte Forelle. Aber sie sah nicht mehr, als dass die Masseurin mit den Daumen einen winzigen Bereich bearbeitete, der im Augenblick mit vier heißen Steinen markiert war.

»An der Stelle sind Sie völlig verspannt«, erklärte Debbie. Ihre Stimme klang vorwurfsvoll, und aus dem Druck ihrer Finger sprach deutliche Missbilligung. »Scheint, Sie ham sich ganz schön strapaziert. Öfter mal über den Durst gepichelt?«

»Nein!«, protestierte Maura, während Debbie noch einen Stein dazulegte, gab dann aber doch zu: »Gott, ja, es stimmt«. Zurzeit behandelte sie ihren Körper weniger als heiligen Tempel denn als alten Schuppen. Sie stopfte ihn wahllos mit irgendwelchem Schrott voll; solange die Türen noch zugingen, war ihr alles egal.

»Liebeskummer?«

»Das könnte man so sa-aa-aa-aa-gen!«

Debbie verstärkte den Druck auf ihr Steißbein.

»Oje!«

Maura presste die Lippen zusammen, um den Schmerz auszuhalten. Wie sollte man es nennen, wenn der Ex von einem auf den anderen Tag jemanden heiratete, den man noch nie zu Gesicht bekommen hatte? Oder, um ein Stück weiter zurückzuspulen, wie sollte man es nennen, wenn man herausfand, dass der Ex, kaum hatte er die Sachen gepackt, seine Verlobung mit der Neuen bekannt gab, während man sich auf einer Fortbildung in Dublin befand, und wenn man es obendrein nur herausfand, weil man in der U-Bahn von Heathrow nach Hause zufällig eine liegen gelassene *Times* vom Vortag durchgeblättert hatte?

Ist das »Liebeskummer«?

Könnte man so sagen.

»Würden Sie bitte mit meinem Rückgrat ein bisschen schonender umgehen?«, ächzte Maura. »Ich muss hier noch irgendwie wieder rauskommen.«

»Nicht, bis ich diesen Stress ...«, Debbie legte einen fünften heißen Stein auf die Verknotung und kniff einmal kräftig hinein, »... völlig rausgeknetet habe, okay?«

Maura ließ die Stirn auf die warmen Handtücher zurücksinken. Auch wenn Kosmetikerinnen sich ständig mit der unschönsten Seite der Weiblichkeit befassen mussten, war es doch bestimmt sehr befriedigend für sie, zu sehen, wie unter den eigenen Händen eine positive Entwicklung stattfand. Und sie selbst war genau die Richtige für eine Fallstudie; die ideale Kandidatin für eine Rundumerneuerung. Wenn ihr Rücken gleich stressfrei war, könnte Debbie vielleicht ihren Gemütszustand in Angriff nehmen. Obwohl das wahrscheinlich ein bisschen länger dauern würde.

Keiner von ihren Freunden hatte diese reizende, perfekte Ruth bisher kennen gelernt, was niemanden davon abgehalten hatte, die üblichen guten Ratschläge zu erteilen, angefangen bei »Bis Weihnachten ist die Geschichte sicher vorbei« (was sie gern hörte) bis hin zu »Liebe auf den ersten Blick – so was passiert nun mal, nicht wahr? Du hast dich doch ständig beschwert, er wäre irgendwie nicht der Richtige für dich, oder?« (was sie ganz und gar nicht gern hörte).

Und sie wollte auch nichts davon hören, wie Ruth und Phil sich in Cornwall begegnet waren, wo er das lange Wochenende nach ihrer endgültigen furchtbaren Trennung verbracht hatte. Während sie in der gemeinsamen Wohnung dabei war, die CDs in seine und ihre Erinnerungen aufzuteilen, und sie jedes einzelne Mal ein so heftiger Schmerz durchfuhr, als läge sie in den Wehen, war er Hand in Hand mit seiner reizenden, technisch begabten Ruth durch das Bodmin-Moor spaziert und hatte sie für ihre Karriere als Amateur-Rallyefahrerin bewundert. Und bestimmt hatte er schallend über die unzähligen Kolben-stangenwitze gelacht, die sie auf Lager hatte.

Doch wenn Maura ehrlich zu sich selbst war, was sie nun sein konnte, da alles andere ohnehin fehlgeschlagen war, war es mit Phil die letzten sechs Monaten nicht gerade glänzend gelaufen. Ihre irische Mutter, die dazu neigte, langatmige Weisheiten von sich zu geben, wenn Maura sie in Oughterard anrief (was selten genug vorkam, weil die bis ins Surreale ausufernden Metaphern ihr horrende Telefonrechnungen bescherten), hatte sie daran erinnert, dass die Liebe wie ein Kohlfeld war und ohne beständiges Hegen und Pflegen verdarb. Na schön.

Maura sah die Sache so – wenn Phil und sie sich nur noch darüber unterhielten, welches Klopapier gekauft werden sollte, und dazu übergegangen waren, das ganze Jahr über im Bett Pyjamas zu tragen, dann bedeutete das nichts anderes, als dass sie das Feld eine Weile brachliegen ließen, oder? Alles würde sich von selbst regenerieren, wenn sie nicht mehr daran rührten. Das war doch nur die konsequente Erweiterung der alten irischen Beziehungsmetapher, oder?

Anscheinend nicht. Leider hatte ihre Mutter nicht erwähnt, dass der Gutsbesitzer das Feld wieder einfordern und an jemand anderen verpachten könnte. An jemanden mit eigenem Mähdrescher.

»Also, was wollen wir als Nächstes tun?«, erkundigte Debbie sich unternehmungslustig. Maura bemerkte, dass alle Steine von ihrem Rücken verschwunden waren. »Haarentfernung mit Halawa oder Selbstbräuner?«

»Tja, Haarentfernung würde ich sagen«, erwiderte sie überrascht. Nach dem Geplänkel, das Debbie mit ihrem »'ne schöne Reise geplant?« begonnen hatte, traf sie die direkte Frage etwas unvorbereitet. »Sonst werde ich meine Bräune ja gleich wieder los, oder?«

»Gut aufgepasst!« Irgendwo über ihrem Kopf war ein ominöses Klacken von Kieseln zu hören. »Wollte mich nur vergewissern, ob Sie noch wach sind!«

»Noch lebendig« traf es wohl eher.

Maura stützte sich auf den Ellbogen und hörte, wie ihre Wirbel knackend in die richtige Position einrasteten. Debbie mochte brutale Hände haben, aber Maura musste zugeben, dass sie sich am ganzen Körper entspannt fühlte. Außerdem war es schon ein großer Fortschritt, dass sie mehr als zehn Minuten an Phil und Ruths Hochzeit hatte denken können, ohne gleich einen Schweißausbruch zu bekommen.

»Schön! Die Rundum-Haarentfernung, richtig?« Voller Vorfreude nahm Debbie die blassen Härchen auf Mauras Beinen in Augenschein und tauchte ihren Spatel in ein Becken, das mit einer warmen, zähflüssigen Masse gefüllt war.

»Nur die Waden und – äh – die Bikinizone.« Es wäre zwar sinnlos, aber wahrscheinlich ließen sich selbst deutsche Frauen die Schamhaare trimmen, bevor sie in der Öffentlichkeit einen Bikini zur Schau trugen. Und sie trug ja angeblich einen, genau in diesem Moment.

Während Maura ihren Slip in die entsprechende brasilianische Form zog, schoss ihr ein bitterer Gedanke durch den Kopf. Noch vor sechs Monaten wäre ihr nicht im Traum eingefallen, dass es immer noch besser war, die Schamhaare herausgerissen zu bekommen, als in einem Atemzug an Phil und Hochzeit zu denken.

Debbie enthaarte, besänftigte, gab kleine aufmunternde, tröstende Laute von sich und rieb dann Mauras Beine mit Selbstbräuner ein. Maura lag da wie eine Ehefrau, die alles über sich ergehen lässt, und lauschte den düsteren Gesängen der Wale, die durch das Behandlungszimmer gepumpt wurden.

Sie dachte an Zypern. An das hübsche Hotel, die Strände, die Ruinen aus alter Zeit. Der Einfall mit dem Urlaub hatte ihr alles etwas leichter gemacht. Phil hatte ihr immer vorgeworfen, sie habe nicht mehr Kampfgeist als ein Igel. Aber, dachte Maura widerborstig, sie hatte ihren Stolz – jedenfalls was davon übrig war. Und unterm Strich war diese extravagant erscheinende Aktion erheblich günstiger als die Alternative, jede andere

Frau auf dem Standesamt von Chelsea, inklusive der Braut, mit ihrem Outfit übertrumpfen zu müssen. (Ruth musste ohne kirchliche Zeremonie auskommen, denn Phil hätte sich nie mit all dem Gottesgeschwafel arrangieren können.)

Etwas sentimental fragte sich Maura, was Ruth wohl tragen würde. Maura hatte eine unbändige Fantasie und einen ausgeprägten Hang, sich in Komplexe hineinzusteigern, so dass es ihr normalerweise mühelos gelang, sich mit solchen Spekulationen zu quälen. Doch sie hatte keine Ahnung, wie Ruth aussehen mochte, außer, dass sie wahrscheinlich klein war, da Phil es gern hatte, wenn er sein Mädchen unter den Arm klemmen und nach Hause tragen konnte, und dass sie – im Gegensatz zu ihr – ein praktisch veranlagter Typ sein musste, der sich für *auto-motor-sport-TV* und diverse *Schöner Wohnen*-Sendungen begeistern konnte. Und blond musste sie sein, denn Phil hatte beunruhigend genaue Vorstellungen davon, wie eine sexy Frau aussah. Am Ende dachte Maura mehr darüber nach, was Phil wohl tragen würde.

Einen David-Beckham-mäßigen Gehrock wahrscheinlich.

Morgen.

Maura schluckte schwer und kämpfte gegen die aufsteigenden Tränen an.

»So – fertig!«, verkündete Debbie gerade im richtigen Augenblick und entließ sie mit einem Klaps auf den Knöchel. »Jetzt erwartet Sie Phase vier in der Coiffure-Suite!«

Maura schlurfte im Bademantel weiter zum nächsten Raum. Wie sie richtig vermutet hatte, entpuppte sich die Coiffure-Suite als der hauseigene Friseursalon der *Venusmuschel*.

Sie ließ sich auf einem Stuhl nieder, blätterte träge in einer alten Ausgabe von *Hair Now* und hoffte, dass die Stilistin sich ebenso wie Debbie mit minimierter Konversation und Mauras erstaunlicher Abneigung, über den fantastischen bevorstehenden Urlaub zu plaudern, arrangieren würde.

Ihr Blick fiel auf einen Beitrag zum Thema Haare färben, der – wenig originell – mit »Roter Alarm« betitelt war. Sie fragte sich, ob sie aufs Ganze gehen und einen knalligen Mahagoniton wählen sollte.

Lieber nicht, dachte sie, sieht zu sehr nach »trotziger Trauerkloß« aus.

Wobei … das stimmt ja irgendwie, aber …

Aber …?

»Hallo, Maura, ich bin Carys, Ihre Haarstilistin. Und – was steht heute an? Pflegeleichter Urlaubslook?«

Eine schwere Gummimatte wurde ihr von hinten um die Schultern gelegt.

Maura starrte auf das Spiegelbild, das sie beide nebeneinander zeigte. Carys (klein, dunkel, das Illustriertenideal einer zierlichen Frau) war schon dabei, ihr die Knoten aus dem schulterlangen blonden Haar zu kämmen. Seit Phil ihrer gemeinsamen Wohnung den Rücken gekehrt hatte, hatte Maura einen neuen Stil kreiert: Sie zwirbelte die Strähnen, bevor sie trockneten, hastig zu kleinen Knoten zusammen und erzielte so einen attraktiven Nixeneffekt.

Während Carys ihr das Haar kämmte und ein bisschen Friseur-Smalltalk über Spliss in den Spitzen begann, fielen ihr die Strähnen allmählich weicher ums Gesicht und ließen ihre Augen, die noch immer in den Spiegel starrten, größer und trauriger, irgendwie jünger aussehen, besonders, da der übliche Lidstrich fehlte. Debbie hatte all ihr Make-up abgerubbelt und vor dem Auftragen des Selbstbräuners noch rasch eine Gesichtsbehandlung in Angriff genommen. Die Betonung lag auf »Angriff«. Ihre Haut brannte noch immer.

Sie sah aus wie ein Chormädchen.

Bin ich das?, fragte sie sich überrascht, und gleich darauf: Warum müssen diese verdammten Schönheitssalons nur überall Spiegel haben? Ausgerechnet, wenn man sich nun wirklich nicht sehen will?

»Einen schönen Urlaub geplant?« O nerv!

»Ähm, ja, auf Zypern.« Schuldbewusst fuhr Maura fort, die Ausgabe von *Hair Now* durchzublättern. Normalerweise unterhielt sie sich gern mit Friseurinnen, aber diesmal konnte sie nicht sicher sein, ob sie beim Thema bleiben würde; fast jeder Gedanken hatte irgendwie mit Phil zu tun.

»Wow, klasse. Selbstverpflegung oder Pauschalreise?«

»Ähm, Selbstverpflegung«, erwiderte Maura. Die Verspannung schien zurückzukehren und wie ein kleiner Stein in ihrem Bauch herumzurollen. Anscheinend hatte Debbie sie doch nicht komplett entsteint.

»Klasse Essen gibt's da. Hauptsächlich auf den Märkten. Schon mal dort gewesen?«

»Nein, hören Sie, ähm, ich …« In letzter Sekunde siegte Höflichkeit über Verdruss. »Um ehrlich zu sein, leide ich ein bisschen unter Flugangst. Also möchte ich lieber nicht darüber reden.« Sie bemühte sich, ein glaubhaft tapferes Lächeln aufzusetzen.

Einen Augenblick lang herrschte Schweigen.

»Nichts für ungut, aber Sie haben jede Menge Spliss in den Spitzen, wenn ich das so sagen darf.« Carys hielt eine brüchige Strähne in den Spiegel. »Kann es sein, dass Sie in letzter Zeit unter Stress gelitten haben?«

Maura fühlte sich allmählich wie ein Schweinchen in seinem Verschlag, das von allen Seiten mit Stöcken gepiekt wurde. Hatte sie es hier mit Kosmetikerinnen oder Psychologinnen zu tun?

»Ja, ich bin gestresst«, sagte sie angriffslustig. »Mein Freund, oder vielmehr mein Exfreund, hat eine stürmische Romanze und wird morgen früh heiraten. Er ist nur noch einmal kurz in unserem Vauxhaller Liebesnest vorbeigekommen, um seine Heizdecke einzufordern, obwohl es in seinem Schlafzimmer, nach allem, was man hört, so heiß hergeht, dass er auf seinem Bett Spiegeleier braten könnte. Ich bin seiner reizenden Ehefrau in spe nie begegnet, aber ich weiß, dass ich sie hasse. Alles klar?«

Zu Carys' Ehre sei gesagt, dass ihr Spiegelbild tiefes Mitgefühl ausdrückte.

Maura wünschte, sie könnte ab und zu ihre Zunge im Zaum halten.

»Na ja, eine halbstündige Olivenpackung, und alles sieht schon wieder ganz anders aus«, schlug Carys taktvoll vor.

»Hm, okay. Also, alles, was ich heute möchte«, sagte Maura im Bemühen, ihr verbliebenes Bisschen Würde wiederzuerlangen, bevor die Strähnchen-Folien entfernt wurden, »ist im Grunde genommen …«, wie sollte sie es formulieren?, »dass Sie meinem Haar vor dem Urlaub ein bisschen Schwung verpassen. So etwa, als wäre ich eine Woche lang in der Sonne gewesen?«

Carys nahm ein Büschel zwischen die Finger. »Sie sind eigentlich schon sehr blond.« Pause. Leichtes Kopfschütteln über den Zustand ihrer Haare. »Also vielleicht ein paar wenige Strähnchen, nicht zu viele, und dann könnte ich ein bisschen Form reinbringen, damit die Spitzen sich leicht locken, hm?«

»Ausgezeichnet.« Maura schluckte. Normalerweise sah ihr Haar im Urlaub anders aus. Chlor und Meersalz verliehen den aufgehellten Partien einen grünlichen Stich, die Sonne trocknete es aus, und die vielen Berührungen mit dubiosen Mixturen – sei es von innen oder außen – sorgten für ein strähniges Aussehen. Es war ihr klar, dass man Carys nichts erzählen musste. Friseurinnen brauchten einem nur die Hand aufzulegen, und schon wussten sie Bescheid.

»Na schön, wunderbar.« Carys ließ die rausgewachsene Strähne aus den Fingern gleiten und tätschelte ihr die Schultern. »Lassen Sie mich nur kurz zu der anderen Dame zurückgehen, dann widme ich mich voll und ganz Ihnen. Kaffee?«

»Ja, bitte.«

Von irgendwo in der Nähe drang ein flatterndes Geräusch herüber. Als Maura auf ihren Schoß blickte, sah sie, dass *Hair Now* in ihren zittrigen Oma-Händen wie ein Schmetterling bebte.

Vielleicht brauche ich einen richtigen Urlaub, und nicht nur Strähnchen, dachte sie und versuchte, dem Blick ihres Spiegelbilds auszuweichen.

Als Carys zurückkam, war Mauras Kopf gewaschen, handtuchtrocken und voller heikler Erinnerung an den letzten Urlaub mit Phil: Fahrrad fahren auf den Aran-Inseln. Sie fragte sich, ob vielleicht der Versuch, Guinness für Guinness mit ihm mitzuhalten, bis sie auf einem Eselskarren nach Hause geschoben werden musste, der Beginn ihres Niedergangs gewesen war.

Wie peinlich. Maura wurde rot vor Scham, als sie an die Geschichte zurückdachte.

Sie hatte gar nicht bemerkt, dass Carys begonnen hatte, ihr das feuchte Haar auszukämmen. Nun ja, meldete sich von irgendwo eine Stimme (möglicherweise die ihrer Mutter), eigentlich hatte sie nur Phils Worten zufolge eine peinliche Figur gemacht.

Soweit sie wusste, hatte sie große Lacherfolge erzielt.

Maura funkelte ihr Spiegelbild an und bemühte sich herauszufinden, welcher Teil ihres Gesichts sie wie jemand anders aussehen ließ.

Seit wann hatte sie jemand anderem erlaubt, für sie zu entscheiden, was peinlich war oder nicht?

Ach, immer diese nagenden Gedanken.

»Das Wetter ist fast zu herrlich, um wegzufahren, nicht wahr?« Carys blickte freundlich in den Spiegel.

Maura blinzelte heftig. Wenn sie viel getrunken hatte, dann nur, weil er sich nicht ausreichend mit ihr unterhielt.

»Ja, es war wirklich schön in letzter Zeit. Aber ich ... war nicht viel in der Sonne.«

Sie war seit einer Woche nicht draußen gewesen, damit sie niemand in Vauxhall sah, während sie angeblich auf Zypern Urlaub machte und es ihr leider wegen dieser »anderweitigen Verpflichtung« nicht möglich war, an der Hochzeit teilzunehmen. Daher konnte sie auch braun gebrannt und mit sonnengebleichtem Haar wieder auftauchen, ohne Missbilligung dafür zu ernten, dass sie nicht »ihre Frau« gestanden und zur Hochzeit gegangen war. Ganz zu schweigen von den vagen Andeutungen über Urlaubsflirts, die sie später – wenn Braut und Bräutigam in sicherer Entfernung in Montego Bay weilten – ins eine oder andere Gespräch einstreuen würde.

Der große Fluchtplan.

Der ihr inzwischen aus unerfindlichen Gründen irgendwie dumm erschien.

»Tja, das glaube ich, bei Ihrem Teint«, bemerkte Carys, während sie in säuberlichen Zickzackbewegungen den Nacken entlangschnippelte.

»Sie haben wunderbar naturblondes Haar, wirklich klasse. Übrigens lässt die Kundin nebenan gerade einen völlig anderen Typ aus sich machen.«

»Ach, wirklich?« Wie sie ihr Glück kannte, würde Zypern diese Woche von Monsunregenfällen heimgesucht werden, so dass ihre sorgsam gebräunten Beine und sonnengebleichten

Strähnen sie verraten würden, statt sie vor mitleidigen Blicken und dem Geflüster der Leute zu schützen.

»Von Ava-Gardner-Brünett zu Jean-Harlow-Blond. Sehr mutig. Eine Überraschung für ihren Freund.«

»Mmm.« Wie dumm, sich für einen Mann zu verändern, dachte Maura und stellte betroffen fest, wie fremd ihr der Gedanke geworden war. Solche Sachen hatte sie oft in ihrer Collegezeit herausposaunt, als sie feministische Prinzipien hegte und sich Enthaarungs-Sessions wie diese noch nicht so oft leisten konnte.

Es schien ein ganzes Leben her zu sein. Habe ich mich für Phil verändert?, dachte sie. O mein Gott! Ihre Hände klammerten sich fester um die Zeitschrift. Hat er mich zu einer Smalltalk-resistenten Idealfrau geformt, um mich dann abzusägen und einer Welt zu überlassen, in der Männer es mögen, wenn Mädchen über Popmusik statt von der Getriebeübersetzung in ihrem Lancia Integrale reden? Sicher nicht. Sicher mochte er mich so, wie ich war?

Bin?

War?

Bin?

Die Haarbüschel rieselten wie Schneeflocken an ihr vorbei, während sie ins Grübeln versank.

Angepasst hatte sie sich schon, ja. Doch hatte sie sich verbiegen lassen? Nein. Aber du bist nicht so gut drauf wie früher, bemerkte eines der entnervenden Mahagoni-Models aus dem Haarfärbe-Artikel.

Maura starrte in den Spiegel. Noch vor drei Jahren hätte ich eine Heizdecke nicht mal geschenkt haben wollen. Lieber wäre ich gestorben, als zuzugeben, dass ich so was brauche.

»Mal rauszukommen ist natürlich nicht zu toppen«, ließ Carys fröhlich verlauten.

Und plötzlich war alles erfrischend klar. Es war so offensichtlich!

Sie würde tatsächlich nach Zypern fliegen!

Zusätzlich zur Rundumerneurung!

Von den Vorteilen des Reisens konnte man nur profitieren, wenn man wirklich wegfuhr. Ganz zu schweigen von der bleibenden Sonnenbräune.

Der erfrischende Gedanke schob alle Vernunft beiseite. Das wäre tausend Mal effektiver als alle Selbsthilfe-Kassetten! Last-Minute-Urlaub war billig, sie konnte leicht in einer Woche hundert Pfund einsparen, indem sie nicht zu Hause saß, einen Preiselbeerwodka nach dem anderen kippte und Phils sämtliche Hinterlassenschaften in Mülltüten packte. Und überhaupt – war das nicht eine dauerhafte Investition in das eigene Selbstwertgefühl?

Sie schenkte dem Chormädchen im Spiegel, das jetzt deutlich frecher wirkte, ein strahlendes Lächeln und entblößte grinsend die scharfen Schneidezähne. Der dicke Stein, den selbst Debbies patente Hände nicht aus der Magengrube hatten rollen können, begann sich fortzubewegen und auf dem Weg über das Rückgrat an Tempo zu gewinnen.

Und was die erfundenen Urlaubsflirts anging – na ja, bei Phil hatte es funktioniert …

Ein freudiger Schauer durchfuhr sie. Für den Anfang könnte sie Phils Werkzeugkiste verscheuern.

Carys nahm ihre Reaktion als gutes Zeichen.

»Wann fliegen Sie los?«

»Heute Nachmittag«, antwortete Maura und blickte wie berauscht auf das Spiegelbild ihres neuen Ichs. »Ich muss nur noch mein Gepäck von zu Hause holen.«

»Das ist ja klasse!«

Schwungvoll zog Carys ihr den Umhang von der Schulter

und zeigte ihr mit einem Handspiegel, wie die Frisur von hinten aussah. Um die Ohren, denen Debbie mit geschickter Hand ein attraktives Goldbraun verliehen hatte, kringelten sich kleine, scheinbar sonnengebleichte Löckchen.

»Wie ein neuer Mensch«, säuselte Carys.

Maura grinste. »Absolut«. Sie neigte den Kopf zur Seite, wobei die Locken auf und nieder wippten wie in einer Shampoo-Werbung. »Vielen Dank.«

»Kein Problem«, lächelte Carys stolz und wischte sich ein paar Haare vom Overall. »Würden Sie mich jetzt entschuldigen? Ich müsste der Kundin nebenan die Trockenhaube abnehmen.«

Maura zahlte am Empfang, hinterließ, in Urlaubs-Spendierlaune, für Debbie und Carys ein großzügiges Trinkgeld und steckte sich eine Visitenkarte ins Portemonnaie, die sie der ausgestreckten Plastikhand neben der Nagellack-Schautafel entnommen hatte.

Die Empfangsdame reichte ihr den verschwitzten Parka. Maura blickte zerstreut auf, erkannte, dass es ihr eigener war, und rollte ihn kurzerhand zu einem Ball zusammen, um ihn in ihre Tasche zu stopfen. Den werde ich nicht brauchen, dachte sie angesichts ihrer nackten, goldbraunen Arme.

Gerade, als die Glocke über der Tür bimmelnd ihren Abschied verkündete, fiel ihr ein, dass sie ihre Ohrringe in der Coiffure-Suite liegen gelassen hatte.

Carys war gerade damit beschäftigt, das frisch gespülte Haar der anderen Dame auszukämmen, und bemerkte sie nicht. Selbst jetzt, da das Haar noch nass war, konnte Maura sehen, dass es einen leuchtend platinblonden Ton angenommen hatte. Er war fast so hell wie Mauras, harmonierte aber ganz und gar nicht mit den unleugbar dunklen Augenbrauen.

Den Ohrring halb ins Loch gefummelt, hielt Maura inne, fasziniert von dem Ausmaß der Verwandlung, die weit über ein bisschen kosmetische Nachhilfe hinausging. Den Salon zu betreten, um ihn als völlig andere Person zu verlassen, wenn einen sogar die eigenen Augenbrauen alle zwei Wochen verraten würden – welchen Sinn sollte das haben? Wuchs an den Augenbrauen eigentlich auch der Ansatz nach?

Jetzt wandte sich die Frau erregt an Carys Spiegelbild:

»O mein Gott«, stieß sie krächzend hervor.

»Es sieht klasse aus«, gurrte Carys besänftigend. »Er wird begeistert sein. Sagten Sie nicht, er hätte ein paar Andeutungen in diese Richtung gemacht?«

»Aber meine Hochzeit! Das Brautkleid ist cremefarben!«, jammerte sie. »Ich werde aussehen wie Magnum Weiß! Wäscht sich das bis morgen Nachmittag raus?«

»Äh – nein«, gab Carys zu.

Maura strich sich mit der Hand über die frischen Locken, setzte die Sonnenbrille auf und fuhr geradewegs zum Flughafen.

ANNA MAXTED

Der Orange-Man

Wenn man dem Mann fürs Leben begegnet, weiß man es einfach. Heißt es. Wahrscheinlich ist es so, als würde man bei Mango reinkommen und sofort wissen, dass man den pinkfarbenen Pailletten-Neckholder haben muss. Man quetscht sich in einer Streichholzschachtel von Umkleidekabine in das Ding rein, und im nächsten Augenblick hat man sich in eine strahlende, wenn auch merkwürdig unterernährte Sexgöttin verwandelt. Erst viel später, im kühlen Licht des eigenen Schlafzimmers, wird einem klar, dass man aussieht wie ein aufgedonnertes Würstchen, das in einem monströsen Experiment zum Leben erweckt wurde. Heiraten kann einen ähnlichen Effekt haben – nur, dass es in diesem Fall dein Mann ist, der sich als Würstchen entpuppt.

Tut mir Leid, wenn das hart klingt. Grundsätzlich habe ich nichts dagegen, paillettenbesetzte Tops zu kaufen oder den Bund fürs Leben zu schließen – beides garantiert einem jede Menge Getue und Aufmerksamkeit um die eigene Person, und selbst, wenn man wie Miss Piggy im Ballkleid aussieht, wird es keiner aussprechen. So weit, so gut. Aber der Theorie mit Amors Pfeil stehe ich skeptisch gegenüber. Liebe ist meiner Erfahrung nach eine Sache, die mehr Zeit braucht als die Zubereitung einer Tasse Nescafé. Es ist ein absolut schleppender Prozess, der sich besser mit dem Wandern der Gletscher vergleichen lässt – alle tausend Jahre einen Millimeter. Als *ich* dem Mann meiner Träume begegnet bin, habe ich ihn gar nicht bemerkt. Ich war zu sehr damit beschäftigt, in ein paar Stilettos mit mörderischen Pfennigabsätzen zu posieren. Und selbst als er auf sich aufmerksam machte – »Äh, entschuldige, aber du stehst auf meinem Fuß« –, habe ich nicht im Traum ans Heiraten gedacht. Die Vorstellung hätte ja den ganzen Spaß verdorben! Die Zuckerwatte wegwerfen, um stattdessen am Stiel zu knabbern? Als der Mann meiner Träume sich bemerkbar machte, war mein erster Gedanke: »Ach, deshalb fühlt sich der Teppich so lebendig an.«

Vielleicht werde ich beim Thema Heiraten so zynisch, weil ich aus einer Familie stamme, die genauso gestört ist wie die *Simpsons*, leider jedoch ohne den Charme, der alles andere wettmacht. (Mein ach so charmanter Partner hat das nie verwunden und meidet seine neuen Verwandten wie ein Vampir das Licht.) Ach ja, mein Partner. Darauf wollten wir doch hinaus, stimmt's? Ich habe es meiner ältesten Schwester Gloria zuzuschreiben, dass wir zueinander fanden. Dank ihr lebe ich jetzt in einem großen, sonnigen Haus, brauche keinen Finger zu rühren und kann mir so viele pinkfarbene Pailletten-Oberteile kaufen, wie Mango es zulässt.

Alles begann einen Tag nach Sommeranfang. Dementsprechend strahlte der Himmel im tiefsten Blau, und wir alle waren in träger Stimmung.

»Weißt du«, sagte Gloria zu meiner leicht versponnenen Schwester Denise, während sie sehnsüchtig im *Hello!*-Magazin blätterte und eine Promi-Wohnung betrachtete, die mit Kiefernmöbeln überladen war, »früher dachte ich immer, Geld wäre nicht wichtig. Aber es ist nun mal so, dass ich drei Mal im Jahr Urlaub machen will!« Ich schlage ihr vor, sie könnte das Geld doch selbst verdienen, aber sie übergeht mich einfach. »MC Magimix fährt mit Sicherheit drei Mal im Jahr«, schwärmt sie. »Uuuh, der hat eine Haut wie Mahagoni.«

Ich feixe in Roberts Richtung und bemerke: »Was für eine Schande, das beißt sich bestimmt mit seinen Kiefernmöbeln. Ich werde meine eigenen Millionen machen, du nicht?«

Robert entgegnet: »Danke, ich lasse mich lieber von einem stinkreichen Star-DJ aushalten«, und Gloria herrscht uns an, wir sollten den Mund halten und weiterarbeiten.

Robert und ich fangen an zu kichern, denn Gloria malt sich tatsächlich aus, sie könnte bei Magimix Chancen haben. Kein Wunder – das Wörtchen »geschmacklos« ist ihr kein Begriff. Gloria mit ihrer Fistelstimme und der knöchernen Nase setzt der Tatsache, im eigenen Familienunternehmen angestellt zu sein, die Krone auf. Übrigens – besser, ich sage es gleich, um spätere Enttäuschungen zu vermeiden –, es ist eine Gebäudereinigungsfirma. Dreckige Arbeit und lumpige Bezahlung. Der einzige Vorteil besteht darin, dass ich viel Zeit mit Robert verbringen kann. Robert ist ein alter Freund von mir, den meine Mutter für einen Hungerlohn eingestellt hat, nachdem er bei Tesco rausgeflogen ist. (Er hat einen Monat lang versäumt, in der Backstube das Doughnut-Öl zu wechseln, so dass es am Ende grün war.)

Gloria lässt ihr *Hello!* auf den Tisch sinken, verkündet: »Ich mach mich auf den Weg zu Prada, ein neues Business-Kostüm kaufen. Piepst mich über den Pager an, wenn ihr mich braucht«, und rauscht aus dem Zimmer.

Denise greift nach der Zeitschrift, schlägt eine Seite auf und stiert wie gebannt darauf. An ihrer Laura-Ashley-Strickjacke klebt noch Eigelb vom Frühstück, aber sie bemerkt es nicht. Als sie die Augen zusammenkneift, bilden sich Runzeln wie bei einem alten Pfirsich.

»Was bitte *machst* du da?«, frage ich, bemüht, meine Empörung nicht zu sehr durchklingen zu lassen. Wenigstens könnte sie so tun, als würde sie arbeiten!

»Ich suche nach Staub«, erwidert sie.

Die sonderbare Antwort überrascht mich wenig, da Denise immer in anderen Sphären schwebt und selten etwas Sinnvolles von sich gibt. Ich werfe einen Blick auf die Uhr. 2400 lausige Pfund pro Jahr, dividiert durch 48 Wochen à fünf Tage, macht fünfzig pro Woche. Ich kriege also genau einen Zehner pro Tag.

Es ist drei Uhr nachmittags. Laut verkünde ich: »Denise, ich habe einen Termin mit unserem Buchhalter. Das kann Stunden dauern, also werde ich danach direkt nach Hause gehen. Und Robert kommt mit, um Protokoll zu führen.« Ich nicke Robert zu, der gewinnend lächelt und sein Notizbuch schwenkt.

»Amüsier dich gut«, murmelt Denise abwesend.

Wir machen uns ihren mentalen Aussetzer (der bereits 31 Jahre anhält) zu Nutze und begeben uns schnellstens zum Pub, um unsere zehn Pfund Tagesverdienst auf den Kopf zu hauen.

Robert zeigt mir, wie er auf effektvolle Weise ein Streichholz anzündet und damit die Mädchen beeindruckt. Ich kriege es nicht hin, doch er wickelt sich eine meiner Locken um den Finger und sagt: »Du hast andere Talente. Du bist eine *sensationelle* Lügnerin.«

Als ich am nächsten Tag mit einem höllischen Kater zur Arbeit gewankt komme, beweist ihm meine Stiefmutter leider das Gegenteil. Sobald ich sie in ihren Christian-Lacroix-Klamotten über den dunkelroten Teppich schreiten sehe, ist mir klar, das Spiel ist aus.

»Wo warst du?«, kreischt sie.

»Tut mir Leid, Edith«, flüstere ich, »das Auto wollte einfach nicht anspringen.«

Sie schürzt die Lippen, und der knallrote Lippenstift hinterlässt Spuren auf ihrem brutzelbraunen Sonnenbankteint. »Lüg nich', du, du hast dich voll gesoffen, ich riech's doch!«, giftet sie. Ich stehe stocksteif da, um zu vermeiden, dass mir übel wird. Ihre Stimme ist so schrill, das mein Schädel zu platzen droht.

»Wo sind denn die anderen?«, flüstere ich.

»Zum Brent-Cross-Einkaufszentrum«, versetzt sie in blasiertem Ton.

»Warum?«, frage ich.

»Darum!«, bellt Edith. »Im Gegensatz zu dir haben deine Schwestern ein Hirn in ihren Köpfen!« Das klingt gar nicht so falsch – eins auf beide verteilt. »Gestern, als du dich voll laufen gelassen hast«, fügt Edith hinzu, »hat Denise Kunden aquarelliert!« Ich halte das für ziemlich unwahrscheinlich und vermute eher einen sprachlichen Ausrutscher, als dass Denise ein neues Hobby entdeckt hat. »Und MC Magimix sein Agent hat uns zurückgerufen und meinte, Crispian – das ist sein richtiger Name, Crispian Bartholomew – sucht zufällig nach einem erstklassigen Reinigungsservice, also gehen wir hin, uns vorstellen, und die Mädchen sind jetzt in die Stadt, neues Zeugs kaufen. Um zwei soll'n wir da sein.«

Und wieder ist jemand dem Fluch von *Hello!* zum Opfer gefallen.

Zum Glück beschließt Edith, dass ich zu mitgenommen aussehe, um einer Feuerprobe standzuhalten, und schickt mich zu einem anderen, weniger wichtigen Kunden.

»Gloria will sich nicht die Schau stehlen lassen«, flüstert Robert, als ich den ganzen Trupp verabschiede. Wie kommt es, dass er frisch wie der junge Morgen aussieht, als hätte er nichts als Tautropfen getrunken und wäre mit den Hühnern aufgestanden?

»Rob«, antworte ich, »du musst mich nicht trösten. Ich bin nicht böse drum, dass ich mich davor drücken kann, die Toiletten von mehr oder weniger prominenten Leuten zu schrubben, besonders von solchen Sonnenbankfreaks mit oranger Hautfarbe.«

Robert springt hinter Denise in den Range Rover. Als sie losdonnern, ruft er: »Orangist!«

Ich lächle in die plötzliche Stille hinein. Wenn es Robert nicht gäbe, wäre mein Leben die reinste Plackerei. Dank seiner Frotzeleien und seines dreckigen Humors ist es zumindest eine unanständige Plackerei und gerade noch erträglich. Noch eine Stunde, bis der nächste Putzjob beginnt – im Haus der Rechtsanwältin Hattie Hayter. Genügend Zeit für ein kleines Nickerchen unter meinem Schreibtisch. Ich trotte zurück ins Büro. Plötzlich, mir kommt es vor, als wären gerade fünf Minuten vergangen, reißt mich ein ohrenbetäubender Pfeifton brutal aus dem Schlaf. Linkisch krieche ich unter dem Schreibtisch hervor und taste nach dem Telefon.

»Hallo?«

Edith schreit in den Hörer, dass mir fast das Trommelfell platzt. »Warum bist du noch da? Du müsstest seit 'ner Ewigkeit bei Hattie Hayter sein!«

Ich bin noch zu wirr im Kopf, um etwas Plausibles zu erfinden. Etwas Besseres, als »oh!« zu stammeln, fällt mir daher nicht ein.

Edith grummelt etwas und zischt dann: »Beweg gefälligst deinen Arsch hier rüber, er will das ganze Ding poliert haben, von vorne bis hinten …«

»Wie bitte?«, kreische ich auf. Von Stars erwartet man ja so manches, aber MC Magimix scheint ein echter Perversling zu sein!

Edith blafft nur: »Mach, dass du rüber komms'! Robert erledigt den Garten, Gloria quatscht mit Crispian übers Honorar und sein' Job und so'n Zeug, Denise is in sein' Schlafzimmer, hat die letzte halbe Stunde versucht, sein Wasserbett in Ordnung zu bringen, und ich mach' keine Drecksarbeit. Heißt also, nur du bleibst übrig. Also – ruf Hattie Hayter an und sag ihr, du kommst später, und dann setz dich endlich in Bewegung!«

Auch wenn ich noch immer nicht klar im Kopf bin, kritzle ich die Adresse auf einen Zettel, bürste mir die Haare, klettere in meinen grünen Datsun und brumme davon.

Hattie Hayter zeigt Verständnis und meint, »Reden Sie mal keinen Quatsch«, als ich ihr anbiete, für den halben Preis sauber zu machen.

Zwanzig Minuten später fahre ich den mit Bäumen gesäumten Kiesweg zu Crispians weißem Haus hinauf und parke den Datsun in einem schattigen Winkel. Ich erwarte ein Schild mit der Aufschrift »Magimix Towers«, Löwen aus grauem Stein, die das Portal bewachen, oder die Anfangsmelodie von *Heartbreaker* als Klingelton, aber keine Melodie ertönt, und es sind weder Schilder noch Löwen zu sehen. Ich drücke auf einen ganz normalen Klingelknopf. Vier Sekunden später öffnet sich das rote Tor, und ich blicke in die beeindruckend grünen Kontaktlinsen von MC höchstpersönlich.

»Hi!«, sagt Magimix, doch bevor ich antworten kann, erscheint Gloria und verkündet: »Da bist du ja! Hast du an deine Schürze gedacht? Also, Mr. Bartholomew – oh! (zuckersüßes Lächeln) Crispy, wenn Sie darauf bestehen! Wie liebenswürdig! – Crispy lädt heute Abend zu einer Soiree und braucht ein blitzsauberes Haus. Und wenn wir die Arbeit zufriedenstellend erledigen, haben wir den Auftrag. Also, komm schon, Ella, steh da nicht rum, zeig, dass deine großen Hände ordentlich zupacken können. Beeil dich, Zeit ist Geld!«

Geld, Geld, Geld – sie denkt an nichts anderes. Ich werfe ihr einen finsteren Blick zu und schenke Crispian ein Lächeln – Crispy, der tatsächlich so frisch und knusprig aussieht, wie sein Name klingt, und der einen Schritt beiseite geht, um mich in die Einganshalle treten zu lassen.

»Entzückt, Sie kennen zu lernen«, bemerkt er und blinzelt mir zu.

Gloria starrt ihn an wie der Fuchs die Gans und befiehlt: »Fang oben im Haus an, Ella, und arbeite dich bis nach unten. Du hast drei Stunden, um den besten Drecksjob deines Lebens zu machen. Er soll sein Abendessen auf den Klobrillen servieren können.«

»Tja, ich glaube, das ist in Medienkreisen so üblich«, gebe ich schnippisch zurück und schleppe mich die Treppe hoch. Auf dem ersten Absatz spähe ich durch ein buntes Glasfenster und sehe Robert in einem Blumenbeet Unkraut jäten. Ich klopfe ein paar Mal, bis er hochblickt, doch er kann mich nicht sehen. Also reiße ich das Fenster auf und rufe: »Hu-huuu!« Er grinst und wirft mir mit erdigen Fingern eine Kusshand zu. Immer noch lächelnd schließe ich das Fenster, sehe auf und stoße einen Schrei aus.

»Oh, tut mir Leid«, keuche ich. »Ich habe Sie nicht gesehen.«

MC Magimix lacht und fragt: »Bin ich denn so furchterregend?« Er wirkt lässig und selbstsicher, und seine Stimme klingt voll und samtig wie ein Glas Baileys.

Ich erröte. »Ich hab' nur schnell meinem Kollegen Hallo gesagt.«

»Wer was riskiert, lebt besser«, murmelt MC Magimix, und ein Lächeln spielt ihm um die Mundwinkel.

»Meinen Sie das im Ernst?«, frage ich.

Er entblößt seine weißen Zähne und sagt: »Ich meine, Ihre Schwester ist ein Ungeheuer, und Sie haben Besseres verdient.«

Ich kann einem kleinen Flirt nicht widerstehen und öffne schon den Mund, um zu entgegnen: »Crispian, Sie haben ja *so* Recht. Aber kein Grund, so selbstgefällig dreinzublicken, denn dass sie uns angeheuert haben, stößt mich nur noch tiefer ins Elend«, doch da dringt Glorias Fistelstimme aus dem Erdgeschoss herauf: »El-la! Ich hoffe, du quatschst nicht schon wieder!«

Ich fahre zusammen, entschuldige mich rasch und eile die restlichen Stufen hinauf, um mit dem Fegen anzufangen.

Ich lege mich ein bisschen ins Zeug, und wir bekommen den Magimix-Auftrag. Gloria weiß nicht recht, ob sie hocherfreut oder stinkwütend sein soll. Zwar sind Edith und sie ganz begeistert, weil Crispy möchte, dass wir ihm »das Ding« drei Mal die Woche »polieren«, aber davon, dass ausschließlich *ich* zum Putzen kommen soll, da ich eine »großartige Schrubberin« sei, sind sie ganz und gar nicht angetan. Wenn das ein Kompliment sein soll, haut es mich auch nicht gerade vom Hocker.

»Falls du ein Auge auf Crispy geworfen hast, überleg es dir lieber zweimal«, sagt Gloria, während wir in den Range Rover klettern.

Robert, der sich seit Crispys Bemerkung über die Schrubberei in finsteres Schweigen hüllt, schaut mich an. »Das soll wohl ein Scherz sein«, meint er. »Ella?«

»Sei nicht blöd«, antworte ich. »Ich bin nur auf der Treppe an ihm vorbeigegangen, da hat er mir einen lüsternen Blick zugeworfen und Hallo gesagt. Ich wette, der versucht es sogar beim

Postboten. Und überhaupt, was hätte ich denn tun sollen – ihn ignorieren?

Robert und ich fahren weiter zu Hattie Hayter. Die ganze Fahrt über stiert er auf seine Finger und pult den Dreck unter den Nägeln vor. Er hat schöne Hände.

»Bist wohl zu cool für Handschuhe, hm?«, necke ich ihn, aber er gibt nichts weiter von sich als ein genervtes »ha, ha«. Als wir bei Hattie eintreffen, stolziert er direkt in den Garten, ohne mich eines Blickes zu würdigen. Ich spüre eine unbestimmte Angst in mir aufsteigen.

Dann zucke ich die Schultern, schließe die Tür auf und fange an, die Heerscharen von Kaffeetassen einzusammeln, die im ganzen Haus verteilt sind.

»Hallo!«, grüßt Hattie, als ich den Heißwasserhahn aufdrehe und einen Schuss Fairy Liquid ins Küchenspülbecken spritze.

»Hattie!«, rufe ich und fahre erschrocken hoch.

»Also«, sagt sie, an den Türrahmen gelehnt, »wie war der Radiotyp? Schrecklich?«

Ich schüttele den Kopf. »Gar nicht so übel. Und längst nicht so orange, wie ich dachte.«

Hattie zieht sich einen Stuhl heran. »Ist nicht wahr! Erzählen Sie mal.«

Viel ist ja nun nicht zu erzählen. Aber Hattie hat großes Interesse, und so plaudern wir weiter, während ich arbeite.

Man könnte denken, eine Karrierefrau wie Hatty sähe in meinem profanen Leben eine willkommene Zerstreuung. Es mag etwas dran sein, aber ich glaube, sie ist wirklich nett. Jede Woche fragt sie mich nach den neuesten Neuigkeiten. Also erzähle ich ihr regelmäßig von Crispy, der auch gern mit mir quatscht, während ich arbeite, und von Gloria, die dreimal die Woche im Schönheitssalon ein Vermögen ausgibt, und von Robert, der Crispy nicht ausstehen kann, obwohl er sehr nett ist und ihm – wie uns allen – Freikarten für seine neue Klubnacht anbietet (»MC Magimix legt Deep und Funky House auf. Eintritt £10, EIN GETRÄNK vor Mitternacht inklusive«).

Als Crispy ihm die Karte anbietet, sagt Robert hastig: »Danke, Mann, aber ich bin dieses Wochenende weg, meine Großmutter in Seattle besuchen.«

Später im Auto reißt Gloria mir triumphierend die Karte aus der Hand und giftet: »Glaub bloß nicht, dass du da hingehst. Er hat dich nur gefragt, weil er nicht unhöflich sein wollte.«

Gereizt entgegne ich: »Nicht mal für Geld würde ich da hingehen; ich hasse Funky House, mir ist Beethoven tausendmal lieber.«

Als ich das sage, blickt Robert mich mit merkwürdiger Miene an. Seine braunen Augen mit den langen Wimpern wirken noch größer als sonst. Für einen Moment sieht er aus, als wäre er fünf Jahre alt.

Dann fragt er zaghaft: »Wir könnten heute Abend doch ausgehen, Ella – wenn du Lust hast? Du weißt schon – Sex, Drogen und um die Wette Eiscreme essen.«

Er ist in letzter Zeit derart abweisend gewesen, dass ich seine Einladung so gierig annehme, wie ein streunender Hund einen Brocken Hühnerfleisch. Er holt mich mit seinem gebrauchten Moped ab, und wir fahren zu Banners im Stadtteil Crouch End, wo wir Wodka-Martini trinken, Maisbrot und Eiscreme essen und lachen und immer näher zusammenrücken. Das ist schon früher passiert, aber wir haben jedes Mal wieder einen Rückzieher gemacht.

Heute Abend nicht. Plötzlich küssen wir uns, und eine Hälfte von mir denkt, »Das ist *Robert*!«, die andere, »*Das* ist Robert?!« Und dann lassen wir das Moped stehen und nehmen ein Taxi. Weil ich noch immer zu Hause wohne und wir auf keinen Fall an Gloria und Edith vorbeischleichen wollen, rasen wir zurück in seine Kilburner Wohnung, wo wir uns noch im Flur die Kleider vom Leib reißen; und alles ist wie im Märchen.

Mit Robert zu schlafen, haut mich total um; und erst all die schönen Dinge, die er sagt. Es ist wundervoll und befremdlich zugleich, weil ich ihn nun schon so lange kenne. Und obwohl ich nicht übersehen konnte, wie großartig und witzig und geistreich er ist, war er mir so vertraut, dass ich nie auf die Art an ihn gedacht habe. Und falls doch, habe ich es sofort wieder verdrängt. Aber diese laue Sommernacht verändert alles. Es ist, als wäre die Glut in meinem Herzen neu entflammt. Ich bin schüchterner und in seiner Gegenwart befangen. Ich fühle mich wie neu geboren. Und ihm geht es genauso.

Er erzählt mir, dass er mich schon immer angebetet habe, aber zu große Angst hatte, es mir zu gestehen. Dass er zwar keinen Pfennig in der Tasche habe, aber für mich ein Vermögen verdienen und – mit mir zusammen – ein eigenes Geschäft aufbauen wolle. Wir würden in einem großen sonnigen Haus wohnen, auch wenn er mit mir in einem feuchten Kellerloch genauso glücklich wäre. Und für mich würde es keine Hausarbeit mehr geben, ich würde keinen Finger mehr rühren müssen. Und dann sagt er noch, dass er morgen lieber hier bliebe, als nach Seattle zu fahren, aber er könne seine Großmutter nicht enttäuschen. Dafür wolle er mich aber jeden Tag anrufen.

Und so bin ich, gelinde gesagt, ziemlich überrascht, als er nicht anruft.

Als ich Hattie davon erzähle, meint sie: »Glauben Sie nicht jeden Mist.«

Ich denke mir, sicher hat es seinen Grund, aber ich kann einfach nicht begreifen, dass er nicht anruft. Die Nummer von seiner Großmutter habe ich auch nicht, und als drei Tage vergangen sind, denke ich, »der verdammte Dreckskerl« und »das hab' ich jetzt davon – mit meinem besten Freund ins Bett zu gehen«. Das Leben wird mir schon genügend zur Hölle gemacht, aber Gloria und Edith müssen noch einen draufsetzen. Beide sind wegen der MC-Magimix-Klubnacht völlig überdreht und fauchen mich ständig an wie zwei Wildkatzen. Edith hofft, dass Frank Butcher zu Gast sein wird (sie weiß nichts Genaues), und Gloria plant, sich mit Crispy in eine Ecke zu verdrücken. Und Denise ist aufgeregt, weil sie es nicht besser weiß.

Ich erzähle Hattie, dass ich nicht vorhabe, hinzugehen. Ich werde zu Hause bleiben und mir so lange Denises Riesensammlung von Schnulzen-Videos ansehen, bis mir Selbstmord als die bessere Alternative erscheint.

Hattie sagt: »Was für ein Stuss!«, und will mich überzeugen, ich solle mich zusammenreißen, in ein Kleid schlüpfen, zum Klub marschieren und zu *I will Survive* abtanzen, oder was auch immer heutzutage in den Klubs gespielt werde.

»Aber ich habe nichts anzuziehen, und was Neues kann ich mir nicht leisten«, protestiere ich.

»Warten Sie mal«, sagt sie und verschwindet, um mit einem schmalen, gerippten, silbernen Oberteil und einem Lederhosen-Imitat in der Hand zurückzukehren. Mir gehen die Augen über. »Sind nicht meine Sachen, Liebes, die gehören meiner Schwester und werden Ihnen bestimmt wie angegossen passen.«

Als ich mich schminke und hasserfüllte Anti-Robert-Fantasien zusammenspinne, klingelt plötzlich das Telefon.

Am anderen Ende der Leitung jammert Gloria, »Ella, warum bist du nach Hattie nicht ins Büro gekommen? Der Rechnungsabschluss muss bis morgen früh erledigt sein, du wirst bis spät in die Nacht arbeiten müssen.«

»Oh«, sage ich.
»Ich bezahle dir die Überstunden«, fügt sie hinzu.
»Toll«, erwidere ich.
»Du hattest doch nichts anderes vor?«, fragt sie scharf.
»Nein«, sage ich. Ich lege auf und überlege, ob ich den Rechnungsabschluss wirklich machen soll. Es stimmt, er muss bis morgen früh fertig sein. Und ich hätte die Sache schon letzte Woche erledigen müssen. Dann denke ich: Scheiß drauf. Mein Leben ist ein Trümmerhaufen. Ich lasse die Puppen tanzen!

Vor dem Club befindet sich eine lange Schlange, aber ich marschiere einfach zum Eingang, zeige meine Karte vor und werde hineingeführt. Ich bin eine VIP, und auch wenn es einen leicht egoistischen Touch hat, fühle ich mich großartig. Noch besser wird es, als ich zur Theke wackle, um mir etwas zu trinken zu holen, und sich mir zwei warme Hände um die Hüfte legen. Ich wirble herum, und vor mir steht Crispy, dessen Lächeln die hellen Lichtblitze reflektiert. Über den Bass hinweg ruft er: »Gloria hat gesagt, Sie würden nicht mitkommen!« Daraufhin ich: »Eigentlich soll ich heute Abend arbeiten. Wenn sie mich sieht, bin ich geliefert!« Da nimmt Crispy mich bei der Hand und schlängelt sich mit mir durchs Gedränge, wo von allen Seiten Mädchen an seinem T-Shirt zerren. Er macht sich los, führt mich die Treppe hinauf, öffnet eine Tür und verbeugt sich galant. Wir stehen vor einem Raum voller roter Kuschelsofas und schöner Menschen.
»Hier werden sie uns bestimmt nicht finden«, meint Crispy. »Kann ich Ihnen einen Drink besorgen?«
Ich lasse Crispy einen »Drink« besorgen. Er ist wirklich auffällig braun, aber orange kann man es nicht nennen. Außerdem hat er tolle Zähne und ausgezeichnete Manieren.
»Müssen Sie nicht Platten auflegen?«, erkundige ich mich.

»Nicht vor Mitternacht«, antwortet er. »Glauben Sie nicht, dass Sie mir so schnell wieder entkommen.«

Kichernd erwidere ich: »Ist es Ihnen nicht peinlich, mit Ihrer Putzfrau gesehen zu werden?«

Aber er setzt eine ernste Miene auf. »Nicht, wenn sie aussieht wie ein Engel.« Was für ein Gesülze, denke ich, aber dann fällt mir plötzlich Gloria ein, und ich lächle trotzdem.

Danach unterhalten wir uns übers Musikgeschäft. Crispy sagt, er liebe Musik, hasse aber die Branche, weil es darin so hinterhältig zugehe und man ständig dem Klatsch der Medien ausgeliefert sei. Aber natürlich dürfe er sich nicht beklagen, schließlich sei er dabei ganz gut weggekommen. Egal, olle Kamellen, dann will er wissen, was mit mir sei, warum zum Teufel ich Klos putzen ginge, wenn ich mein Geld mit modeln verdienen könnte? Darauf sage ich: »*Sie* haben mich doch eingestellt!«, und er: »Wenn ich das nicht gemacht hätte, würde ich Sie nie zu Gesicht bekommen«. Ich werde knallrot, und Crispy meint: »Mein Herz, du hast doch nicht im Ernst geglaubt, mein Haus müsste drei Mal die Woche geputzt werden?«

Ich bin geschmeichelt und weiß nicht, was ich sagen soll. Und dann küsst er mich, was das Problem beseitigt.

Es fühlt sich gut und schlecht zugleich an, aber auf jeden Fall ist es Balsam für meinen Herzschmerz.

Wir küssen uns, bis es zwölf schlägt und Crispy »Ach du Scheiße!« flucht.

Er drückt meine Hand an seine Lippen, küsst sie und sagt: »Ich rufe dich an!« Ich denke: »Ja, klar«, aber ich bin vor lauter Alkohol und Lust ganz durcheinander und so benommen, dass ich ein Taxi zum Büro nehme, mich in Lederhose und Silbertop an den Schreibtisch setze und den Rechnungsabschluss mache, bis ich um fünf Uhr morgens ins Bett falle. Als der Wecker mich zwei Stunden später aus dem Schlaf klingelt, stehe ich als Zombie auf, wasche mir das Gesicht und wanke wie eine Schlafwandlerin zur Arbeit.

Gloria hat schlechte Laune, da Crispy um zehn vor Zehn im Klub erschienen, einen Augenblick später verschwunden und erst um zwei Minuten nach Mitternacht wieder aufgetaucht war; und das brachte auch nicht mehr viel, weil er nur noch Platten auflegte und außer Reichweite war. Aber diesmal kann sie es nicht an mir auslassen, denn als sie faucht: »Wo sind die Geschäftsbücher?!«, antworte ich: »Auf deinem Schreibtisch«, und damit gibt's kein Vertun.

Ich wiege mich in Sicherheit und schleiche mich kurz raus, um mir ein Sandwich zu holen, aber als ich wiederkomme, schnäuzt Gloria mit ihrer knöchrigen Nase in ein dunkelrotes Taschentuch, Denise sitzt da, als hätte man sie zum Schweigen gebracht, und Edith packt mich am Handgelenk, zerrt mich in den Korridor und zischt: »Was für Spielchen treibst du hier eigentlich?«

Ich winde mich aus ihrem Griff und sage: »Wovon redest du eigentlich?«, woraufhin Edith faucht: »Du weißt, dass er schon vergeben war! Er war Glorias Tor ins sorgenfreie Leben, und du has' ihr alles vermasselt! Versuch ja nich', das Unschuldslamm zu spielen, und erklär' mir gefälligst, warum Crispy in der letzten halben Stunde drei Mal angerufen hat und mit *dir* sprechen wollte!« Hm.

Ich erzähle ihr, Crispy habe mich letzte Woche, als ich gerade sein Bad putzte, gefragt, ob ich wüsste, wo man Art-déco-Wasserhähne bekommt. Ich hätte ihm gesagt, ich könnt's rausfinden und würde mich wieder bei ihm melden. Mit Sicherheit habe er deswegen angerufen. Mir ist klar, dass Edith mir keine einzige Silbe glaubt, und als ich Gloria dieselbe Geschichte verklickern will, schleudert sie mir den fiesesten Blick zu, der mir je untergekommen ist, abgesehen von dem des

Warzenschweins mit Magenverstimmung, das ich mal im Londoner Zoo zu Gesicht bekommen habe.

Dann sagt sie: »Gib mir die Nummer von diesem Wasserhahngeschäft, dann rufe *ich* Crispy zurück.« Ich erfinde aus dem Stegreif eine Nummer und entschuldige mich, ich würde bei Hattie erwartet. Am liebsten würde ich Crispy anrufen, aber ich traue mich nicht.

Letzten Endes ist es egal. Am nächsten Tag nämlich fahren Gloria und Edith nach Ascot, Denise geht zum Zahnarzt, und ich verteile gerade ein paar Papiere im Büro, da klingelt das Telefon, und als ich abhebe, ist die Frau an der Zentrale so aufgeregt, dass sie kaum ein Wort rausbringt. Ich hätte ganz wichtigen Besuch, ob sie ihn heraufschicken könne?

Mir ist ziemlich heiß, und das nicht wegen der Sommersonne, sondern weil ich zwischen Lust und Widerstand hin- und hergerissen bin. Schnell prüfe ich im Spiegel, ob nicht etwa meine Nase glänzt, und taste in Denises staubiger Schreibtischschublade umher, bis ich ein Pfefferminzbonbon finde, das ich hastig zerbeiße, als Crispy auch schon zur Tür hereinkommt und den größten Lilienstrauß aller Zeiten im Arm hält, dem man auf den ersten Blick ansieht, dass er aus einem todschicken Blumenladen stammt. »Gibt deine Schwester eigentlich nie Nachrichten weiter?«, fragt er und legt die Lilien auf einem Stuhl ab.

Er trägt enge Hosen und ein enges T-Shirt – nicht gerade das Outfit, auf das ich abfahre. Robert ist ja eher der lässige Typ mit weiten Klamotten. Aber was schere ich mich um den blassen, abwesenden Robert, wo doch jetzt Crispy präsent ist – sonnengebräunt und sinnlich, wenn auch leicht sülzig. Für einen Augenblick komme ich mir schlecht vor; es ist erst vier Tage her, als Robert und ich uns ewige Treue schworen, und er schien es so ernst zu meinen. Ich habe ihm geglaubt, weil ich ihn kenne und weiß, dass er nicht lügt. Und obwohl Hattie meint: »Wenn du und Robert wirklich füreinander bestimmt wärt, hätte es sich schon viel früher ergeben«, denke ich, dass manche Leute erst mit der Zeit in die Liebe hineinwachsen, und ich glaube nicht, dass diese Art von Gefühl weniger Wert ist als die Liebe, die einen Knall auf Fall trifft. Andererseits ... ist Crispy hier und Robert nicht.

Unser Büro ist nicht besonders abgesichert, womit ich sagen will, dass nirgendwo Kameras installiert sind, und so mache ich mir keine Sorgen, erwischt zu werden, als Crispy mich bäuchlings über den Schreibtisch legt. Zwar sagt die prüde Seite in mir, dass das nicht gerade die romantischste Position ist, um zum ersten Mal zu vögeln – Robert wollte mir dabei unbedingt in die Augen sehen –, aber dann verdränge ich den Gedanken, wenn ich mich auch ein wenig wundere. Schließlich ist Crispy so charmant, dass ich eher die Missionarsstellung erwartet hätte. Aber dann sagt das Luder in mir: »O ja, gib's mir Baby, o ja, das fühlt sich gut an«, und es fühlt sich auch weiter gut an, bis Robert reinspaziert und gleich wieder auf dem Absatz kehrtmacht. Ich winde mich unter Crispys Körper hervor und renne hinter Robert her, aber er ist längst weg. Als Denise vom Zahnarzt zurückkommt, findet sie mich weinend auf der Straße, und als ich ihr alles erkläre, sagt sie, natürlich habe Robert mich aus Seattle angerufen. Im Büro und auch zu Hause. Ob Gloria mir denn nichts ausgerichtet habe? Robert sei ganz durcheinander gewesen und meinte, seine Großmutter habe einen Schlaganfall erlitten und er würde versuchen, wieder anzurufen, aber es könne schwierig werden. Als er das zweite Mal anrief, war Denise am Telefon und hat alles notiert, aber Gloria sagte, *sie* würde Roberts Nachricht weitergeben. Sie lautete: »Ich weiß, du wirst das verstehen und auf mich warten.« Als ich das höre, wird mir das Herz schwer wie Blei.

Ich ließ Crispy im Büro stehen, wo er sich die engen Hosen hochzog, und rannte nach Hause, um Robert anzurufen und ihm alles zu erklären. Aber er konnte mir nicht vergeben, er konnte mir diese flüchtige Lust nicht verzeihen, es war zu grausam, es hat mich in seinen Augen ein für alle Mal verändert. Ich war nicht die Frau, die er in mir gesehen hatte. Ich weinte und bettelte, aber ich konnte ihn verstehen. Es ist wohl kaum zu viel verlangt, fünf Tage auf die große Liebe warten zu müssen, wenn man ganze sieben Jahre damit verbracht hat. Was blieb mir also übrig, als das zu tun, was Gloria am ärgsten treffen würde?

Wenn man nicht gerade vom ewigen Glück zu zweit geträumt hat, ist Crispy wirklich keine schlechte Wahl. Er ist ein bisschen selbstgefällig, aber sehr liebenswürdig. Mit unserem Sexleben ist es allerdings nicht weit her. Wann immer er einen Versuch startet, habe ich vor Augen, wie Robert uns erwischt, und der schmerzverzerrte Ausdruck in seinem Gesicht versetzt mich um Jahre zurück, bis zu dem Tag, als ich ihn zum ersten Mal sah; als er mir auf die Schulter tippte und sagte: »Äh, entschuldige, aber du stehst auf meinem Fuß.«

SHEILA O'FLANAGAN

Sturmwolken

Eigentlich wollte ich im Juli nicht mit Cleo und Frankie nach Frankreich fliegen. Und ganz bestimmt wollte ich meinen Urlaub nicht mit Cleo, Frankie und zwanzig pubertären Schulmädchen verbringen. Ich hatte meine eigenen Pläne, und zwar einen All-inclusive-Aufenthalt auf Barbados, mit Mike, meinem Ehemann. Zwei Wochen lang ununterbrochen Sonne, Sand und Sex.

Ehrlich gesagt hätte das eine erstaunliche Abwechslung von unserem Ehealltag bedeutet, denn irgendwie hatten wir seit längerem keine Zeit mehr für Sex. Überhaupt schienen wir für nichts anderes mehr Zeit zu haben, als völlig erschöpft ins Bett zu fallen und im nächsten Augenblick einzuschlummern. Das heißt, um genau zu sein, war Mike derjenige, der völlig erschöpft ins Bett fiel, während ich neben ihm lag, seinem Schnarchen lauschte und mich fragte, warum er mich überhaupt geheiratet hatte.

Ich weiß nicht, wie das passieren konnte. Ich dachte, wir würden uns lieben. Und Liebe soll doch angeblich alle Hindernisse überwinden, sogar Zwölfstundentage, die keine Zeit zum Telefonieren lassen, oder freie Abende, die abgesagt werden, weil der Ehemann wieder mit irgendeinem dringenden Auftrag der Grafik-Design-Agentur beschäftigt ist, für die er arbeitet. Ich bemühte mich, verständnisvoll zu sein – immerhin bin ich gelernte Aromatherapeutin und sollte eigentlich einen Sinn für stressgeplagte Menschen haben –, aber mit der Zeit war ich einfach selbst zu angespannt. Also begann ich irgendwann, ihn anzumeckern, worüber er sich wiederum beklagte, und so wurde es nach und nach immer schlimmer.

Kurz vor dem Urlaub spitzte sich die Sache zu. Wir stritten uns über irgendetwas Dummes; vielleicht hatte er nasse Seife im Waschbecken liegen lassen oder Ähnliches. Jedenfalls schrie ich ihn an, er behandle mich wie seine gottverdammte Sklavin, sei nur noch zu Hause, wann es ihm passe, und das ließe ich mir nicht mehr gefallen.

»Dann lass es dir eben nicht mehr gefallen«, sagte er ruhig. Er blieb immer ruhig. Das machte mich verrückt.

Schockiert starrte ich ihn an.

»Wenn du mich so sehr hasst«, erklärte Mike, »dann geh.«

»Wie bitte?«

»Geh«, sagte er. »Ich mache dich unglücklich. Ich kümmere mich nicht genug um dich. Ich bringe dir keine Blumen mit. Wirklich, Paula, wenn du Liebe an solchen Dingen festmachst …«

»Tu ich doch gar nicht«, gab ich wütend zurück. »Es geht nicht um die Blumen, es geht einfach um … alles!«

Er zuckte die Schultern. So reagierte er ständig, wenn wir Streit hatten. Er blieb immer ruhig und vernünftig und ließ sich nie zu bösen Worten hinreißen. Plötzlich sah ich unser Leben ewig so weitergehen. Mike mit seinen Träumen, ich mit meinen. Und keiner von uns würde auch nur einen Zentimeter nachgeben, denn ich war es leid, immer diejenige zu sein, die sich um die Beziehung bemühte.

»Okay«, sagte ich. »Ich gehe. Ich gehe und werde ein schöneres Leben haben als jetzt und keinen Gedanken mehr an dich verschwenden.«

»Schön«, versetzte Mike.

Und ich ging.

Viele Leute sind davon überzeugt, Scheidung sei die Geißel der modernen Gesellschaft. Mike und mir hätten sie bestimmt empfohlen, dass wir uns zusammensetzen und noch mal über alles reden sollten, aber es hatte keinen Zweck. Er würde nicht zuhören, und ich hatte keine Lust mehr, es wieder und wieder zu versuchen. Ich musste ihn verlassen, sonst wäre ich noch wahnsinnig geworden.

»Natürlich musstest du das«, versicherte Cleo loyal.

Wir saßen in der Küche des Hauses, das sie mit Frankie und Kevin teilte. Cleo, Frankie und ich waren gemeinsam zur Schule gegangen. Später wohnten wir zusammen in dem Haus in Harold's Cross. Als ich Mike heiratete und auszog, übernahm Kevin mein Zimmer. Wir waren seit unserer Teenagerzeit mit ihm befreundet, und daran hatte sich nichts geändert.

Ich zog den Küchenstuhl näher zum Fenster und ließ mir die Abendsonne auf den Rücken scheinen. Seit ich Mike verlassen hatte, war mir ständig kalt.

»Immer bin ich diejenige, die Kompromisse macht«, erzählte ich ihr.

»Ich weiß.« Sie schob sich das lange, blond gelockte Haar aus den Augen. »Das habe ich dir schon oft gesagt.«

»Ja doch«, erwiderte ich traurig. »Ich wollte dir einfach nicht glauben. Dabei hatten wir vor, nach Barbados zu fliegen.«

Und dann begann ich zu weinen, und Tränen kullerten mir über die Wange und tropften auf meinen zartrosa Mini.

Und das war der Zeitpunkt, als Cleo vorschlug, ich solle die beiden und die zwanzig Mädchen zu einem einmaligen Abenteuerurlaub nach Südfrankreich begleiten.

Cleo war meine beste Freundin und Lehrerin von Beruf. Jedes Jahr organisierte sie für eine Gruppe Schülerinnen einen Sporturlaub, jedes Jahr erzählte sie mir davon, und jedes Jahr klang es für mich wie ein Alptraum.

»Ich könnte nie mit euch mitkommen«, protestierte ich. »Ich hasse Kinder.«

Cleo lachte. »Niemand hat gesagt, dass du sie mögen musst. Du musst dich nicht mal groß mit ihnen abgeben, nur ein bisschen beaufsichtigen und so. Das ist wirklich einfach, Paula.«

»Aber ich bin unsportlich, Cleo!«, jammerte ich.

»Ach, komm schon, Paula.« Sie grinste mich an. »Du kannst doch schwimmen, oder?«

»Nicht besonders«, sagte ich. »Und ich kenne diese Art von Urlaub, da seilt man sich den ganzen Tag von Berghängen ab und fährt in eiskalten Flüssen Kanu. Ich wollte nach Barbados fliegen, falls du dich erinnerst, und nichts tun, als mich in der Sonne zu aalen und Cocktails zu schlürfen.«

Sie lachte. »Wir gehen Windsurfen und Sportsegeln«, erklärte sie, »kein Abseilen, versprochen. Ein bisschen Kanu fahren, ja, aber auf dem Meer. Und das Meer ist wunderbar, selbst, wenn man hineinfällt. Wir haben Sommer, es ist warm!«

»Bestimmt habt ihr keinen Platz für eine weitere Person«, sagte ich.

»Aber das ist es ja gerade«, entgegnete Cleo. »Eben doch. Frankie und ich haben uns schon verzweifelt die Haare gerauft, weil wir unbedingt noch eine Begleiterin brauchen. Eigentlich sollte Carol Dunphy mitkommen, aber sie hat sich die Schulter verrenkt und ist wirklich nicht dazu aufgelegt.«

Ich verzog das Gesicht. »Warum bin ich eigentlich die Einzige unter deinen Freunden, die nicht dauernd ihren Körper misshandelt?«, fragte ich. »Wann werden Carol und Frankie endlich kapieren, dass unser Körper ein Heiligtum ist und mit viel Pflege und Fürsorge behandelt werden will?«

Sie brüllte vor Lachen. »Paula, du bist einmalig«, verkündete sie. »Du gehst doch zum Fitnesstraining, oder?«

»Nicht gerade mit Begeisterung.« Ich knüllte die malvenfarbene Verpackung des Schokoriegels zusammen, den ich gerade vertilgt hatte. Ich aß aus Frust. Doch obwohl ich Unmengen an Schokolade verputzt und nicht zum Training gegangen war, hatte ich in den letzten Wochen abgenommen.

»Und außerdem«, lächelte sie, »ist es immer gut, eine gelernte Masseurin dabeizuhaben, meinst du nicht auch? Wenn wir kampfgebeutelt und müde von der Schlacht heimkehren, kannst du uns schön abrubbeln.«

»Massieren ist kein Abrubbeln«, murrte ich. »Und meine Massagen sind eine sehr erholsame Erfahrung. Aber wie soll ich mich erholt fühlen, wenn ich den ganzen Tag Kinder vor dem Ertrinken retten muss?«

»So läuft es ganz bestimmt nicht ab«, versprach sie mir. »Wir sind an einem Ort untergebracht, wo speziell ausgebildete Leute den ganzen Tag auf sie aufpassen. Klar, wir organisieren die Unternehmungen, aber die Mädchen gehen mit professionellen Sportbetreuern aufs Wasser. Wir müssen nur dafür sorgen, dass sie nicht mit einem Trainer davonlaufen oder so. Ich verspreche dir, Paula, es genügt, wenn du mit einem guten Buch am Strand sitzt und hin und wieder in unsere Richtung schaust. Du müsstest sie nur ab und zu scheuchen: rein ins Flugzeug, raus aus dem Flugzeug, rein in den Bus, raus aus dem Bus. Mehr nicht. Es ist wirklich einfach.«

Eigentlich hatte ich ja keine Lust. Ich wäre lieber zu Hause geblieben, um mich in dem Unglück zu wälzen, dass ich 28 Jahre alt und meine Ehe den Bach runtergegangen war, obwohl ich Mike einmal von ganzem Herzen geliebt hatte.

Aber ich sagte trotzdem zu.

Emily Harris hatte vergessen, ihren Personalausweis mitzubringen, der für den Gruppenpass benötigt wurde, und löste damit am Flughafen Panik aus. Dawn Purcell ließ mitten in der Abflughalle eine Dose Cola auf den Boden fallen, so dass jeder in einem Umkreis von ein bis zwei Metern mit dem klebrigen braunen Zeug voll gesprüht wurde. Und Treasa Dolan war so perfekt geschminkt, dass sie aussah wie zwanzig. Cleo war höchst besorgt. Wie sollte sie das Mädchen auf einem gemischten Zeltplatz unter Kontrolle halten?

Die Sache mit dem Zelten hatte Cleo erst eine Woche vor Aufbruch erwähnt. Ich war törichterweise davon ausgegangen, dass uns Apartments zur Verfügung standen, aber meine Freundin erklärte grinsend, *Les Hirondelles* sei ein Campingplatz.

»Aber die Erwachsenen sind doch sicher nicht in Zelten untergebracht?«, fragte ich entsetzt.

»In größeren Zelten«, erklärte sie. »In sehr hübschen, mit Feldbetten und allem möglichen Komfort.«

»Was für ein Komfort?«, wollte ich wissen.

»Ein Kühlschrank«, sagte sie, ohne mit der Wimper zu zucken.

Ich wäre auf der Stelle aus der Sache ausgestiegen, aber es war längst zu spät. Hätte ich jetzt einen Rückzieher gemacht, wäre das gesamte Unternehmen gefährdet gewesen. Düster vor mich hin murmelnd stapfte ich in die Stadt, um mir einen Schlafsack zu kaufen. Ich hatte noch nie einen benötigt. Für mich hieß spartanisches Leben, sich mit einem Drei-Sterne-Hotel zu begnügen.

Der Flug nach Perpignon verlief relativ ereignislos. Ich saß auf meinem Fensterplatz und vermisste Mike so sehr, dass ich mich am liebsten übergeben hätte. Von Lehrern erwartet man, dass sie sich um ihre Aufsichtspflichten kümmern, mich dagegen beschäftigte nur der Gedanke an Mike und die Vorstellung, wie wir uns genau in diesem Augenblick am Strand der All-inclusive-Anlage räkelten und zusahen, wie die Sonne im karibischen Meer versank.

»Komm wieder runter, Paula«, ermahnte ich mich streng, »wir sind der Karibik fünf Stunden voraus. Du würdest höchstens am Frühstückstisch sitzen.«

Am frühen Abend erreichten wir unser Ziel. Ein leichter Dunstschleier trübte den Himmel, aber die Luft war warm, und der Eingang zum Campingplatz strotzte vor farbenfroher Bougainvillea.

Die Mädchen sprangen voller Elan aus dem Reisebus, und ich übte mich darin, reif und erwachsen zu klingen, indem ich rief: »Helen Wallace, hör auf, zu drängeln!«, was prompt damit belohnt wurde, dass dieses schlaksige 15-jährige Ding mir »T'schuldigung, Miss« zur Antwort gab.

Sobald Cleo, Frankie und ich die Kinder untergebracht hatten, richteten wir uns in unserem Zelt ein. »Hast du nicht behauptet, es wäre luxuriös?«, sagte ich zu Cleo, als ich in der Mitte stand und mich umsah.

»Im Vergleich zu den Mädchenzelten ist es das auch«, stellte sie fest.

»Ja, aber …« Ich zuckte resigniert die Schultern. Entweder man ist fürs Zelten geschaffen oder nicht. Es wollte mir nicht in den Kopf, wie der winzige Kühlschrank und das elektrische Licht die Tatsache wettmachen sollten, dass die Plastikplane am Boden mit feucht schimmerndem Sand bedeckt war und die klapprigen Feldbetten entschieden ein wenig zu »zweckmäßig« aussahen.

»Du wirst dich schon wohl fühlen.« Frankie lächelte mich verschmitzt an. »Und nachher gehen wir in die Stadt und füllen den Kühlschrank mit ein bisschen Fusel auf.«

»Was ist mit den Mädchen?«

»Die können nicht mitkommen«, sagte sie streng.

»Einer von uns bleibt hier«, sagte Cleo, »und die anderen holen was zu trinken.«

Ich blickte mich noch einmal im Zelt um. Ich dachte an Barbados und sehnte mich erneut nach Mike. Warum musste ich mich jetzt plötzlich wieder damit beschäftigen, wo ich doch wusste, dass es vorbei war? Ich bot mich an, die Getränke zu holen.

Als ich am nächsten Morgen erwachte, konnte ich das stete Geräusch um mich herum nicht einordnen. Ein träger, dumpfer Klang, der im Zelt widerzuhallen schien. Ich setzte mich vorsichtig im Feldbett auf und sah mich verwirrt um.

Im Bett gegenüber drehte sich Cleo auf die andere Seite und öffnete schläfrig ein Auge.

»Es regnet«, stellte sie fest.

»Es regnet?«

»Du weißt schon, das feuchte Nass, das vom Himmel fällt.«

»Erzähl mir nichts«, erwiderte ich. »Wieso sollte es regnen? Gestern Abend war es noch schön draußen.«

»Das passiert schon mal«, sagte sie. »Hört aber meistens nach ein paar Stunden wieder auf.«

Ich schauderte und kuschelte mich wieder in den Schlafsack.

»Weck mich, wenn es vorbei ist.«

Sie lachte. »Ich fürchte, du musst in zehn Minuten aufstehen. Zeit fürs Frühstück.«

Ich schielte auf meine Armbanduhr. »Aber es ist erst viertel nach sieben!«

»Ja«, bestätigte sie. »Aber hast du gestern nicht auf den Küchenplan geguckt? Wir sind heute Morgen um halb acht mit dem Frühstück dran.«

»O Gott!«, stöhnte ich. »Und bestimmt muss ich mich fürs Duschen anstellen.«

»Hier macht sich kaum einer die Mühe, morgens zu duschen«, sagte Cleo. »Dafür ist keine Zeit. Außerdem werden wir den ganzen Tag im Meer verbringen. Besser gesagt«, wandte sie ein, »was dich angeht – am Strand sitzen. Eine Katzenwäsche am Waschbecken wird es auch tun.«

Ich stöhnte noch einmal. Aber Cleo hatte Recht, es blieb keine Zeit mehr. Als ich im Begriff war, mich aus dem Schlafsack zu schälen, steckte Frankie, die einen kleinen Teil des Zeltes für sich hatte, den Kopf hinter der Trennwand hervor und trieb uns aus den Federn. Sie sagte, die Schüler vom Greenhill College hätten sich schon zum Frühstück angestellt. Wenn wir uns nicht beeilten, würden die Jungs uns alles wegfuttern – wir sollten nur an letztes Jahr denken. Besser, wir kämen schleunigst in die Gänge. Oh, und übrigens, draußen niesele es.

Es nieselte sogar ziemlich heftig. Mein dunkles Haar begann sich zu kräuseln, während ich über den Sandpfad hastete, der von unserem Zelt zum Essraum führte.

Die Mädchen waren mit ebenso wenig Begeisterung aufgestanden wie ich, und es kam mir merkwürdig vor, ihnen Sprüche wie: »Macht schon, beeilt euch, ihr wisst doch, dass ihr vor halb acht im Essraum sein sollt« und Ähnliches zurufen zu müssen, während ich selbst nur mühsam ein Gähnen unterdrücken konnte. Völlig perplex sah ich, dass Treasa Dolan noch Zeit für ein perfektes Make-up gefunden hatte. Zu dieser

Morgenstunde wirkte es geradezu verblüffend, besonders in Kombination mit Jogginghose und Sweatshirt.

»Ist es nicht zu nass zum Segeln?«, fragte Emma Johnson.

Cleo warf ihr einen vernichtenden Blick zu. »Du wirst auf dem Wasser sein. Und nasser kannst du wohl kaum werden«, spottete sie.

»Aber was, wenn es stürmt?«, wollte Denise O'Halloran wissen.

»Es nieselt nur«, sagte Frankie.

»Es könnte aber ein stürmischer Nieselregen sein«, wandte Denise ein.

Ich musste schon wieder gähnen. Normalerweise ließ ich den Tag langsam angehen. Zuerst eine erfrischende Dusche. Dann Frühstück mit Joghurt und Früchten. Und zum Abschluss trug ich in aller Ruhe mein Make-up auf. Einfach so aus dem Bett zu springen, mitten in einen Haufen von Leuten, war nicht mein Ding.

Ich schloss die Augen und atmete ein paar Mal tief durch, woraufhin Anna Boland über mein ausgestrecktes Bein stolperte und sich auf den harten Keramikfliesen um ein Haar den Kiefer gebrochen hätte.

Es war zu nass, um sich mit einem Buch an den Strand zu setzen. Und obwohl Frankie den »stürmischen Nieselregen« höhnisch kommentiert hatte, war die See viel zu rau, als dass man den Kindern hätte erlauben können, mit den Booten rauszufahren. Ein paar besonders Verwegene schlugen vor, man könne doch schwimmen oder in Ufernähe Bodysurfen gehen, aber das Personal von *Les Hirondelles* erlaubte es nicht. Sie könnten bei diesem Wetter unmöglich die Verantwortung übernehmen.

Cleo und Frankie beschlossen, es wäre das Beste, mit allen einen Ausflug in das nahe gelegene Städtchen Cap d' Agde zu machen. Das stand ohnehin jedes Jahr auf dem Programm, jetzt würde es eben einfach früher als geplant stattfinden. Die Mädchen drängten sich scharenweise in den Bus. Ich holte meine Regenjacke aus dem Zelt – wie gut, dass ich eine mitgenommen hatte! – und warf sie mir über.

Der Regen prasselte jetzt stärker nieder, und die Wolken berührten fast die Pinien zu beiden Seiten der Straße.

»Wie in Connemara«, bemerkte Aisling Ward düster, als sie aus den beschlagenen Fenstern des Busses nach draußen spähte. »Nur nasser.«

»Schade, dass wir nicht mit den Booten rausfahren konnten«, klagte Emily wehmütig, »ich kann es gar nicht abwarten.«

Der Bus preschte über die Landstraße, dass es nur so spritzte. Zu unserer Rechten schäumte das Meer in zornigem Grün und Weiß. Ich schauderte bei dem Gedanken, mit dem Boot draußen zu sein.

Ich fragte mich, wie das Wetter wohl zu Hause war. Als wir Dublin verlassen hatten, herrschte eine regelrechte Hitzewelle, und die Stadt war in goldenes Sonnenlicht getaucht. In Gedanken sah ich Mike auf dem Balkon unseres Apartments sitzen und in der Abendsonne ein Glas Wein genießen, wie er es so gerne tat. Er war ein Weinliebhaber und ging regelmäßig zu Weinproben. Von Zeit zu Zeit hielt er mir Vorträge über Säure- und Fruchtgehalt und Tannin, woraufhin ich meistens mein Glas nahm und den Inhalt einfach so hinunterstürzte, und er mich eine Banausin nannte – aber nie, ohne dabei zu lachen.

Als wir durch Cap d'Agde spazierten, hörte es zwar kurz auf zu regnen, aber so schön die kleine Stadt in sengender mediterraner Sonne auch sein mochte, an jenem Nachmittag wirkte sie düster und trostlos. Die Stühle draußen vor den Cafés waren leer und verlassen. Man hatte sie an die Tische gelehnt, damit sich auf den Sitzflächen keine Pfützen bildeten. Ein Eisverkäufer, umringt von großen Waffeln und Bildern mit Eisbechern, saß trübselig in seiner Bude, während von der grünweiß gestreiften Markise das Wasser tropfte. Die paar wenigen Menschen, die sich nach draußen gewagt hatten, hasteten mit gesenkten Köpfen über die Straße.

Cleo beschloss, wir sollten mit den Kindern ins örtliche Freibad fahren, damit sie wenigstens zum Schwimmen kamen. Letztendlich seien sie ja deswegen hier, meinte sie.

Die Mädchen waren begeistert. Ich ließ mich ein bisschen treiben, hielt mich abseits von den Leuten, die Spaß daran hatten, andere am Knöchel zu packen und unter Wasser zu ziehen, und fragte mich, was Mike wohl gerade tat.

Auf der Rückfahrt nahmen wir den längeren Weg. Die Mädchen stellten sich abwechselnd ans Busmikrophon und sangen Lieder von den Spice Girls, nur dass keines von ihnen singen konnte. Ich bekam Kopfschmerzen. Emily und Sharon gerieten sich so heftig in die Haare, dass Cleo dazwischengehen musste. Frankie wiederum konfiszierte von Treasa ein Päckchen Zigaretten. Irgendwann bog der Bus in den Eingangsbereich des Campingplatzes und hielt mitten in einer großen tiefen Pfütze, so dass alle beim Aussteigen nasse Füße bekamen.

Bei den Zelten angelangt, blieben wir entsetzt stehen. Der Dauerregen hatte Kanäle über den sandigen Boden gezogen. In einigen flossen regelrechte Bäche, und vor manchen Zelten hatten sich riesige Wasserlachen gebildet. Die Campingplatzbetreuer waren verzweifelt bemüht, seitlich der Kanäle Vertiefungen zu graben, um das Wasser abzuleiten, damit es nicht in die Zelte floss.

»O mein Gott!« Cleo sah uns an. »Was für ein Schlamassel.«

»Wir konnten nichts dagegen tun.« Ein Betreuer stapfte zu

uns herüber. »Es hat in Strömen gegossen, und zuerst haben wir gar nicht gemerkt, dass …« Seine Stimme verlor sich, als Cleo in unser Luxuszelt trat und ich ihr folgte. Die Bodenplane war völlig durchweicht, ebenso wie ihre Kleider, die sie säuberlich unter dem Feldbett verstaut hatte. Ich hatte auch ein paar Sachen unters Bett gepackt, aber wegen des Gefälles hatte das Wasser sie nicht erreicht. Sie waren nur ein bisschen feucht.

»Verdammter Mist!« Frankie sah zu uns herein. »Meine Klamotten sind tropfnass. Und die von den Mädchen auch!«

Wir traten hinaus, um den ganzen Lagerplatz in Augenschein zu nehmen. Die Mädchen stürmten in die Zelte – wenn die Pfützen sie nicht daran hinderten – und tauchten kreischend wieder auf. Laut beklagten sie sich, dass sämtliche Kleider ruiniert seien.

»Mein Prada-Kostüm ist hin!« Treasa war außer sich. Ich wäre auch außer mir gewesen, wenn es meines gewesen wäre.

»Prada!« Cleo sah sie an, als hätte sie den Verstand verloren. »Wenn du zum Campen ein Prada-Kostüm mitnimmst, verdienst du es nicht besser.«

Nuala Gilmore, ein kleines, dunkles, elfenhaftes Wesen, kam auf uns zugerannt. »Ist das nicht zum Schreien?«, rief sie. »Jetzt müssen wir die Klamotten untereinander aufteilen.«

»Ich teile ganz bestimmt nicht mit dir«, versetzte Treasa abweisend.

»Ha, nicht mal im Sarg würde ich das Zeug tragen, mit dem du hier rumstolzierst!«

»Mädchen, Mädchen!« Cleo fuhr sich mit den Fingern durchs Haar. »Na kommt, lasst uns alle mit anpacken.«

Wir halfen, so gut es ging, aber es war nicht einfach. Noch immer regnete es, noch immer strömte das Wasser über den Lagerplatz, und wir waren nass, müde und durchgefroren. Irgendwann blickte ich auf, beobachtete, wie alle Mann Gräben aushoben, und kam mir surrealer Weise vor, als sei ich in einem Flüchtlingslager. Plötzlich wurde mir bewusst, wie furchtbar es sein musste. Wenn eines dieser Zelte dein Zuhause war, und nicht nur deines, sondern das von vielen anderen Familien, und es dann so in Strömen goss … Der Gedanke jagte mir einen Schauer über den Rücken, und ich machte mich, von neuer Tatkraft beflügelt, wieder an die Arbeit. Nur einmal, als ich mir einen Nagel abbrach, fluchte ich laut.

Endlich hatten wir das Regenwasser abgeleitet, die nassen Kleider in den örtlichen Waschsalon gebracht und waren in trockene (oder weniger nasse) Sachen geschlüpft. Komischerweise fanden die Mädchen das alles eher zum Lachen.

»Könnten wir nicht in ein Hotel gehen?«, bat ich flehentlich. »Ich brauche unbedingt ein heißes Bad.«

Cleo lachte. »Morgen ist das Wetter bestimmt herrlich«, versicherte sie. »Und was heute passiert ist, hast du bald vergessen. Geh am besten unter die Dusche, Paula. Das Wasser müsste jetzt richtig heiß sein.«

Ich folgte ihrem Rat. Das Wasser war tatsächlich heiß, aber es ist nicht so einfach, sich unter der Dusche zu entspannen, wenn auf den Dachbalken über einem eine Taube hockt. Ich fühlte mich allmählich wie in einem Alptraum, in dem es nicht einmal Aromaöle oder parfümierte Kerzen gab, um die strapazierten Nerven zu beruhigen. Schon die Körperhygiene war eine Herausforderung für sich.

Na ja, dachte ich, wenigstens würde es ja morgen trocken bleiben.

Weit gefehlt. Ebenso am nächsten und übernächsten Tag. Aber wann immer der Regen auch nur ein bisschen nachließ, fuhren die Mädchen mit den Booten raus, übten sich im Bodysurfen und spielten Strandspiele. Und ich auch. Tatsächlich war es viel lustiger, als ich gedacht hatte. Und an den Mädchen hatte ich auch Spaß. Sie erinnerten mich daran, wie ich selbst mit fünfzehn gewesen war – voller Hoffnung, Erwartungen und Ängste. Irgendwann fanden sie heraus, dass ich massieren und maniküren konnte, und plötzlich bedrängten sie mich, ihnen für die Lagerdisco die Nägel zu machen, so dass ich bald jeden Abend ausgebucht war.

»Du amüsierst dich richtig gut«, bemerkte Cleo eines Nachts, als wir im Zelt saßen und Karten spielten, nachdem die Kinder ins Bett gegangen waren. »Wart's ab, am Ende findest du noch Gefallen am Campen.«

»Soll das ein Witz sein?« Ich schüttelte den Kopf. »Ich hasse dieses verdammte Zelt. Es riecht muffig, es ist immer kalt, und überall liegt nasser Sand.«

Cleo lachte. »Arme Paula.«

»Du hast gut Lachen«, erwiderte ich grantig. »Dein Haar sieht ja auch nicht aus wie ein Vogelnest vor lauter Feuchtigkeit, und außerdem wärst du jetzt nicht auf Barbados!«

»Du vermisst ihn, stimmt's?«, fragte sie.

»Nein.« Ich biss mir auf die Lippen.

»Warum rufst du ihn nicht an?«, schlug Frankie vor. »Das bist du dir schuldig, Paula. Eine zweite Chance, was meinst du?«

Ich schüttelte den Kopf. »Er hat gerade seine zweite Chance«, sagte ich bitter. »Nämlich, wieder für sich zu sein. Warum sollte er es anders haben wollen?«

Zu meinem Erstaunen war am nächsten Tag kein Wölkchen mehr am Himmel. Ich hatte mich so daran gewöhnt, den Regen auf das Zeltdach trommeln zu hören, dass ich mir am Morgen, als ich um sieben Uhr erwachte, gar nicht erklären konnte, was plötzlich anders war. Und dann wurde mir klar, dass ich vom Ausbleiben des ständigen Geräuschpegels aufgewacht war. Und vielleicht auch von den Vögeln, die vergnügt in den Bäumen zwitscherten.

Das sonnige Wetter rückte alles in ein neues Licht. Die Baumwipfel wiegten sich sacht vor einem strahlend blauen Himmel, und die grünen und roten Zelte leuchteten munter in der hellen Sonne. Bald hatte sich die obere Sandschicht in ein blasses Goldbraun verwandelt. Und die Kinder waren draußen, bevor wir sie überhaupt rufen konnten.

Später am Nachmittag, als alle mit den Booten rausgesegelt waren, wanderte ich die schmale Landstraße hinauf, die zu einer kleinen Ansammlung von Geschäften und Cafés führte. Es wurde immer wärmer, die Luft war erfüllt von Blumenduft, und plötzlich fühlte ich mich fast glücklich. Doch es blieb eine Leere in mir, die sich nach Mike sehnte. Ich wusste, ich liebte ihn noch immer. Aber ich war mir einfach nicht sicher, ob er mir noch gefiel.

Ich ließ mich an einem der Tische auf dem Trottoir nieder und bestellte einen Kaffee, der in einer großen, leuchtend gelben Tasse serviert wurde, zusammen mit einem Kännchen heißer Milch und zwei länglichen Zuckerstücken. Eine zierliche Kellnerin brachte ihn an den Tisch und lächelte gut gelaunt, während sie ihn absetzte.

Als Kind liebte ich es, den Zucker aus der Papierhülle zu wickeln. Aber ich nahm schon lange keinen mehr. Genüsslich lehnte ich mich in den Korbstuhl zurück und trank den Kaffe in kleinen Schlucken. Jetzt fühlte ich mich fast wieder wie ein Mensch. Weit weg von den Kindern, den Zelten und dem unaufhörlichen Gewusel auf dem Campingplatz kam es mir vor, als wäre ich in die Wirklichkeit zurückgekehrt. In die Welt der Erwachsenen. Und ich wünschte mir, sie mit Mike teilen zu können.

Cleo und Frankie hatten gehofft, Frankreich würde mich Mike vergessen lassen. Natürlich hatte ich, wann immer ich eine Horde Kinder in oder aus dem Bus scheuchte oder dafür sorgte, dass sie dort waren, wo sie hingehörten, keine Zeit, an ihn zu denken. Und als wir eines Tages schwarze Müllsäcke als Regenjacken benutzten, weil wir keine Wasser abweisende Kleidung mehr hatten auftreiben können, war ich sogar froh, dass er nicht in der Nähe war und mich in diesem Zustand sah.

Aber ich vermisste ihn. Ich wünschte, ich hätte ihm nicht einfach so den Rücken gekehrt. Ich wünschte, wir hätten genügend Vertrauen in unsere Beziehung gehabt, um uns zusammenzusetzen und die Sache vernünftig zu klären. Ich hätte gern gewusst, ab wann alles falsch gelaufen war.

»Hallo Paula.«

Jetzt fängst du schon an, zu halluzinieren, schoss es mir durch den Kopf. Schließlich hatte ich gerade an ihn gedacht und besaß eine lebendige Vorstellungskraft. Ich blinzelte einmal und gleich ein zweites Mal.

»Mike?« Verblüfft blickte ich zu ihm auf.

Er setzte sich mir gegenüber. Das strohblonde Haar fiel ihm über die Augen, und er sah blass und müde aus. Die Kellnerin, die mich vorher bedient hatte, eilte hinaus, um seine Bestellung aufzunehmen.

»Lässt du's dir gut gehen?«, fragte er.

Mir wurde bewusst, dass ich kein Make-up aufgelegt hatte, dass mein Haar, angegriffen von Regen, Meer und Sand, eine einzige Katastrophe war und dass ich eines von Frankies ältesten T-Shirts trug, weil ich mein letztes trockenes Anna Boland geliehen hatte, die heute unbedingt Grün tragen wollte. Ihr eigenes war durch die Überschwemmung ruiniert worden.

»Das Wetter war grässlich«, sagte ich.

Er grinste und wirkte schon weniger erschöpft. »Habe ich gehört. Gewitterwolken an der Mittelmeerküste bringen starken und anhaltenden Regen mit sich. Laut Wetterbericht auf *Sky*.«

»Woher wusstest du, wo ich bin?«, fragte ich. »Was machst du hier?«

»Ich habe bei Cleo zu Hause angerufen, und Kevin hat es mir erzählt.«

Ich sah ihn forschend an. »Warum hast du bei Cleo angerufen?«, fragte ich zaghaft.

»Um herauszufinden, wo du bist, natürlich.«

»Und warum?«

Auch er zögerte. »Weil ich dich vermisse, Paula. Weil ich verrückt gewesen sein muss, dich gehen zu lassen, und weil du nie hättest gehen dürfen. Weil ich dich liebe.«

Der Kaffee in meiner Tasse wurde kalt. Die Kellnerin beobachtete uns durch das Fenster des Cafés.

»Das sagt sich schnell.« Ich versuchte, das Zittern in meiner Stimme zu unterdrücken.

»Ich weiß.« Er seufzte. »Ich habe mich irgendwie verstrickt, Paula. Indem ich so viel verdienen wollte, dass wir uns ein eigenes Haus leisten können, indem ich geglaubt habe, das wäre wichtig, und indem ich gedacht habe, dass die Aussicht auf eine Partnerschaft mit Jimmy mir wichtiger war als meine Gefühle für dich. Ich habe mich geirrt.«

»Ich war eine Nervensäge«, gestand ich. »Ständig habe ich mich über alles beklagt. Vielleicht hätte ich versuchen sollen, dich besser zu verstehen.«

»Ich möchte nicht ohne dich nach Hause fahren«, verkündete Mike.

»Du wolltest, dass ich gehe.«

Er nahm meine Hand. »Ich wollte nie, dass du gehst«, erklärte er. »Ich war nur wütend.«

»Ich wollte auch nicht von dir fortgehen«

»Komm mit mir nach Hause, Paula«, bat er.

»Der Urlaub geht erst in drei Tagen zu Ende.«

»Warum überlässt du die Kinder nicht Cleo und Frankie, und wir buchen uns irgendwo ein Hotelzimmer?«, schlug er vor. »Wo wir den ganzen Tag im Bett bleiben. Ich werde dich sogar massieren.«

Es klang wie der Himmel auf Erden. Die ganze letzte Woche hatte ich von nichts anderem als einem Hotel mit sauberen Laken und Zimmerservice geträumt.

Ich lächelte kläglich. »Das kann ich nicht machen. Ich muss mich weiter um die Mädchen kümmern.«

Er nickte. »Ich möchte bei dir bleiben, Paula. Selbst wenn du im Zelt wohnst und ich im Hotel.«

Mit gequälter Miene sah ich zu ihm hinüber. »Du weißt ja nicht, wie sehr ich mich nach einem Hotel sehne.«

Er lächelte mich an, und plötzlich war er wieder der Alte. Der Mike, den ich geliebt und geheiratet hatte. Die letzten Monate schienen wie weggeblasen. »Als ich gehört habe, dass du auf einem Campingplatz bist …!«

»Ich liebe dich«, sagte ich.

Er beugte sich über den Tisch und küsste mich auf den Mund. Und dann standen wir beide auf, uns immer noch küssend. Ich öffnete die Augen. Die Kellnerin strahlte.

Und ich ließ mir die Sonne auf den Rücken scheinen.

CHISSICK

ROSALYN

Caravan

Die Frau, die am Eingang die Karten abreißt, blickt nicht auf, während sie mit Tara spricht.

»Der Zirkusdirektor, sagen Sie? Sie wollen mit dem Zirkusdirektor sprechen?«

Jetzt erst schaut sie Tara an und sieht eine junge Frau in Anorak und Turnschuhen, die silbrige Kämmchen im Haar trägt.

»Sein Wohnwagen ist der Dritte von rechts.« Sie deutet mit dem Arm in die Ferne. »Wenn Sie wollen, können Sie dort auf ihn warten.«

Sie wartet auf ihn. Im Caravan. Zählt die Tropfen an der Wand – vollkommen runde, rostfarbene Murmeln. Wände in Stahlgrau. Ein dünner, beigefarbener Teppich. Im fettigen Wasser des Spülbeckens schwimmen ein Topf und ein Becher. Der Wind pfeift unter der Tür durch. Da, das könnte er sein; Stiefel, die durch den Matsch stapfen; über Bierdosen, kaputte Flaschen und Plastiktüten hinweg.

Tara steht auf, setzt sich wieder hin. Sie hört die Schritte vorübergehen. Stiefel auf Stahlstufen, eins, zwei. Eine Tür knallt.

Gelächter. Stimmen. Vielleicht eine Frau, die sich in einem Stuhl zurücklehnt und lachend ihre weißen Zähne entblößt.

Tara sitzt auf seinem Bett. Sie fühlt den glänzenden, seidenglatten Stoff seines Schlafsacks unter den Fingern und betrachtet das Foto neben dem Bett, auf dem eine Frau zu sehen ist. Ihre Augen folgen Tara durch das Innere des Wohnwagens. Tara stellt sich vor, wie er sich morgens Kaffee macht und von diesen schräg stehenden braunen Augen beobachtet wird.

Wenn er hereinkommt, wird sie zu ihm sagen: »Ich habe Ihnen heute Abend zugesehen. Ich saß in der zweiten Reihe. Und einmal, als einer der Elefanten auf zwei Beinen balancierte und Sie ganz nah herankamen und zu ihm sprachen, kam es mir vor, als hätten Sie aufgeblickt und mich bemerkt.«

Es ist nach Mitternacht. Der Mond hat zu scharfe Ränder und gleicht einem zerbrochenen Spielzeug. Auf einem Regal steht ein Buch über Schiffe. Schwarz-Weiß-Fotografien von Kabinen und Rümpfen, glatte Meeresoberflächen, die sich zu Wasserwänden auftürmen.

Als der Zirkusdirektor in seinen Wohnwagen zurückkehrt, zeichnet der Morgen zitronengelbe Zickzacklinien über die Hügel, und auf dem Bett liegt eine schlafende Frau. Sein erster Blick fällt auf das dunkle Grün ihres Anoraks. Ihr Gesicht ist unter dem Haar verborgen, so dass er es nicht sehen kann. Er fragt sich, ob er sie kennt.

Turnschuhe, nackte Beine, Grauschattierungen auf dem Rock. Ihr rotes Haar lodert auf dem Kissen wie Feuer. Er sitzt auf dem Stuhl und beobachtet sie. Wie ihr Körper beim Atmen bebt.

Der Zirkusdirektor raucht eine Zigarette, bläst Wolken in die Luft, die sie voneinander trennt. Fünf Uhr morgens. Inzwischen hat sie sich zu einem Ball zusammengerollt und einen Arm in seine Richtung abgewinkelt. Er zündet sich noch eine Zigarette an und bleibt reglos sitzen. Als sie erwacht, die Arme von sich streckt und sich für einen Moment fragt, wo sie ist, da sieht sie die Frau mit den schräg stehenden Augen, das Buch, das vom Meer erzählt, das sie nicht kennt, die Metallwände. Und sie sieht, dass er sie die ganze Zeit betrachtet hat. Aber sie weiß nicht, wie lange er geschaut und was er gesehen hat. So schlingt sie die Arme um ihren Körper und zieht die Knie an.

»Wie lange?«

»Was wie lange?«

»Haben Sie mich beobachtet?«

Er lehnt sich in dem Stuhl zurück und schaut auf seine Armbanduhr.

»Wie lange?«, fragt sie.

»Eine Stunde.«

»Eine Stunde?«

»Oder mehr.«

Und er lächelt. Sieht sie an. Er schaut einfach nicht weg.

»Starren Sie mich nicht so an«, fordert sie.

»Warum?«

»Weil Sie mich in Verlegenheit bringen.«

»Sie liegen auf meinem Bett«, erwidert er. »In meinem Wohnwagen.«

Und er betrachtet sie weiter. Seine Augen sind grün. Ein blasses, fast durchsichtiges Grün.

»Ich habe Ihnen gestern Nacht zugesehen«, erzählt sie. »Ich habe sie mit Flammen jonglieren sehen, und Sie haben Rasierklingen gegessen. Und Münzen haben Sie hinter den Ohren eines Jungen hervorgezaubert.«

Er schaut sie wieder an.

»Sie haben in der zweiten Reihe gesessen«, sagt er.

»Ja.«

»Jetzt erinnere ich mich.«

»Einmal«, sagt sie, »als einer der Elefanten auf zwei Beinen balancierte und Sie ganz nah herankamen und zu ihm gesprochen haben …«

»Habe ich aufgeblickt«, ergänzt er, »und Sie bemerkt.«

Sie kennt seinen Namen noch nicht.

»Jake.«

»Jake?«

»Nach meinem Vater und Großvater.«

»Was ist Ihre Lieblingsfarbe?«

»Grün.«

»Sind Sie ehrlich?«

»Meistens.«

»Wollen Sie denn gar nichts über mich wissen?«, fragt sie.

»Nein«, erwidert er. »Das hat Zeit.«

Draußen erwacht der Platz zum Leben. Schritte, Stimmen, das Scheppern von Metallkübeln. Sie kann riechen, dass ein Feuer entfacht wurde.

Er fragt: »Sie kommen mit uns, nicht wahr?«

Wen lässt Sie schon zurück? Eine alte Tante, einen Cousin, der gern die Finger lang macht, ein paar klatschsüchtige Weltverbesserer von Nachbarn.

»Eine alte Tante?«, erkundigt er sich.

»Ja. Die Schwester meiner Mutter und ihr Sohn. Ich lebe schon von klein auf bei ihnen.«

Und jetzt sitzt sie mit ihm im roten Wohnzimmer ihrer Tante, und die Uhr tickt vor sich hin. Porzellantassen klappern, und ein Messer kreischt, als es über den Teller gezogen wird. Jakes Mund ist voller Kuchen, Krümel verteilen sich auf seinen Lippen und dem blauen T-Shirt.

»Sie wollen also meine Nichte mitnehmen.«

»Sie kommt freiwillig mit.«

Versteckte Augen, denkt er. Verborgen hinter herhabhängenden Lidern. Und ein Gesicht wie aus Krepp-Papier; ein Riss, und es wird sich ganz ablösen.

»Du willst fortgehen?«

Tara sagt: »Es ist eine Berufung.«

Nonnen und Eremiten und Priester folgen einer Berufung, einer leisen, beharrlichen Stimme im Ohr, die sagt: Diesen Weg musst du gehen, diesen Weg musst du gehen. Und dies ist ihre Berufung: bei ihm zu sein.

»Eine Berufung?«, schnaubt ihre Tante.

»Ja«, sagt Tara. »Ich bin dazu bestimmt.«

Dann gehen sie hoch zum Dachboden. Jake füllt das ganze Treppenhaus aus, und Tara sagt: »Warte draußen.«

»Warum?«

»Wegen der Unordnung. Ich möchte nicht, dass du sie siehst.«

Doch während sie ihre Sachen durchwühlt, einiges auswählt und anderes wieder weglegt – ein Buch, eine Schachtel Streichhölzer, ein geschliffenes Steinchen –, kommt er herein und bleibt hinter ihr stehen. Sie spürt seine Gegenwart, bevor sie ihn sehen kann, und reicht ihm ein Paar Jeans, einige T-Shirts und eine kurze Hose. Er steckt sie in den Rucksack. Ein Notizbuch, ein Handtuch, ein Döschen Gesichtscreme. Das Taschenbuch neben dem Bett, den Kissenbezug, einen kleinen Stoß Briefe.

Taras Tante steht im Türrahmen.

»Meine Armbanduhr«, sagt sie. »Ich möchte, dass du sie bekommst.«

Tara nimmt die Uhr. Sie fühlt sich leicht und kühl an. Das Zifferblatt ist weiß und glatt, mit verschnörkelten goldenen

Zeigern und einem winzigen Diamanten. Sie befestigt sie an ihrem Handgelenk.

»Beeil dich«, drängt Jake.

Sie rennen durch die Straßen. Ihr Rucksack ist auf seinem Rücken, ihre Hand in seiner.

»Schnell!«, ruft er. »Schnell!«

Die Straßen hinunter und um die Ecken. Sie kollidieren mit einer Aluminiumtonne, und der Deckel rollt über den Bürgersteig, bevor er scheppernd im Rinnstein liegen bleibt. Durch vertraute Straßen rennen. Vorbei an lackierten Haustüren, unter gekrümmten Bäume hindurch, die über ihren Köpfen ein Tor bilden, vorbei am Tante-Emma-Laden, wo eine Frau in der Tür steht.

Das große Außenzelt ist schon abgebaut; Tiere in Käfigen, Holzkisten auf den Ladeflächen. Eine lange Kolonne Wohnwagen und Autos. Frauen schnippen Asche aus den Autofenstern, und Männer lehnen sich in den Sitzen zurück. Ganz gewöhnlich wirken sie, so ohne Schminke und Pailletten. Wer sie auf der Straße vorbeifahren oder auf Rastplätzen und Tankstellen sieht, hat ganz normale Leute vor sich, in Jeans und Pullis, mit müden Schatten um die Augen.

»Wo hast du sie aufgetrieben?«

Jake sagt: »Sie hat mich aufgetrieben.«

Eine Frau lehnt sich aus dem Fenster, schlingt die Finger um Taras Arm. Sie hat kleine grüne Augen und hat pinkfarbenen Lippenstift aufgetragen.

»Was kannst du?«, fragt sie.

Die Fahrt dauert Stunden. Flamenco-Gitarren erklingen aus dem Radio. Heiße Luft bläst wie ein Föhn durchs Fenster. Am frühen Nachmittag fahren sie von der Straße ab, um gemeinsam Butterbrote und schwarzen Kaffee zu genießen. Und eine Zigarette nach der anderen.

Die Frau mit den grünen Augen zieht Taras Hand in ihren Schoß, hält sie dort fest und drückt mit leichten, klebrigen Fingern auf die Innenfläche.

»Ich heiße Pearl«, sagt sie. »Ich kann dir aus der Hand lesen. Aber nicht jetzt. Nicht hier.«

Es ist spät, als die Kolonne erneut von der Straße abbiegt. Der Himmel ist schon mit Sternen übersät. Die Tiere werden mit großen Hafer- und Heuballen und Säcken voller Gemüse und Bananen gefüttert. Dann werden Lagerfeuer entfacht, die hell in die schwarze Nacht lodern.

Tara sieht zu, wie Jake Kartoffeln in Alufolie wickelt und sie mit einem Stock ins Feuer schiebt. Sie trinkt Tee aus einem Plastikbecher. Pearl setzt sich zu ihnen und pellt ihren Nagellack in Streifen ab.

Als sie aufsteht und die glänzenden Lackflocken aus dem Kleid schüttelt, beugt sie sich zu Jake hinab und flüstert ihm etwas ins Ohr.

»Du kannst mir keine Angst einjagen«, erwidert er.

Aber Pearl lacht. Ein schallendes, gurgelndes Gelächter, das ihr am Ende im Hals stecken bleibt.

Tara spürt die ungeheure Weite der Nacht. Nichts ist vertraut, nur Jakes stoppelige Wange und die Art, wie er unentwegt mit den Fingern an einem Grashalm herumzupft. Sie schläft in ihren Kleidern ein. Als sie erwacht, findet sie sich auf seinem Bett wieder. Ein Schlafsack ist über ihre Beine gebreitet. Jake sitzt im Sessel, hat die Beine von sich gestreckt und eine braune Wolldecke um den Körper geschlungen, die halb heruntergerutscht ist.

Sie streckt ihm den Arm entgegen, denn wieder ist sie in ihren Kleidern auf seinem Bett eingeschlafen, und wieder ruhten seine Augen auf ihr, als sie erwachte. Sie streckt ihm den Arm entgegen, weil er es sich im Sessel bequem machen musste und weil ihm die Decke auf den Boden gefallen ist.

»Nein«, sagt er.

Er schnellt hoch. Sein Haar ist zerzaust, das Hemd ist zerknittert und hängt ihm aus der Hose.

Er geht spazieren. Durch die Äcker, zwischen den Wohnwagen und auf den Feldwegen.

Tara wartet auf ihn, lauscht dem Wind in den Bäumen und dem leisen Klirren der Ketten, mit denen die Tiere festgebunden sind.

Mit ihm das Schlafzimmer zu teilen, die Dusche, die Küche. Sich vorstellen, wie es sich anfühlt, ihm ganz nah zu sein, die Dinge zu erfahren, von denen die Frau auf dem Foto weiß.

Am Morgen, als sie am Frühstückstisch sitzen und sich Marmelade auf den Toast streichen, fragt sie ihn.

»Die Frau auf dem Bild – hast du sie geliebt?«

»Ja.«

»Ist es wegen ihr?«

»Ja«, sagt er. »Und nein.«

Am nächsten Tag folgt Tara Pearl auf dem Weg zwischen den Wohnwagen bis zu ihrem Caravan. Draußen vor der Tür liegen zwei Dosen Bier, eine leere Flasche Whisky, und ein Müllbeutel, der Chipstüten und Bananenschalen ausspuckt.

An der Tür hält Pearl inne, steht im grellen Licht der Morgensonne und wickelt sich enger in ihren Schlafrock. Der Saum ist schwarz.

Dann steigt sie die Treppe hinauf und lässt die Tür weit offen.

Wo man hinsieht, liegen Sachen herum. Strümpfe, Kleider, Blusen und Schals. Und überall, auf Stühlen und Regalen, stehen Gläser, die in der Sonne aufblitzen. Die Luft riecht nach Parfum und Rauch. Überquellende Aschenbecher – lauter mit pinkfarbenem Lippenstift beschmierte Stummel.

»Wie lange kennst du Jake schon?«, will Tara wissen.

Pearl sagt: »So lange ich denken kann.«

»Und die Frau auf dem Foto?«

»Auf dem Foto neben seinem Bett?«

»Ja, hast du sie auch gekannt?«

»Ja«, sagt Pearl. »Sie hieß Alice.«

Alice. Jetzt hat Tara einen Namen für sie.

»Wie war sie so?«

Pearl sitzt vor der Frisierkommode und raucht eine Zigarette.

»Ich möchte nicht über sie reden.«

»Was war mit ihr und Jake?«

»Nein. Ich werde dir aus der Hand lesen«, sagt sie. »Zeig her.«

Pearl sagt: »Du wirst mit den Löwen in der Manege arbeiten.«

Pearl sagt: »Du wirst ein Kind bekommen.«

Und: »Jake wird dich niemals lieben.«

Sie sitzt mit Tara in dem engen, schmutzigen Wohnwagen und umschließt fest ihre Hand.

»Das kannst du nicht wissen. Wie kannst du das behaupten?«

»Es steht alles hier drin«, sagt Pearl. »Ich lese es nur, weiter nichts. Jake wird dich niemals lieben.«

»Wegen Alice?«

»Nein«, sagt Pearl. »Nicht wegen ihr.«

»Komm«, fordert Pearl sie auf. »Komm jetzt.«

Sie nimmt Tara mit in den Löwenkäfig und bleibt mit ihr auf dem Stroh stehen.

»Meine Mutter hat mit den Löwen gearbeitet«, sagt sie. »Die großen Katzen rollten sich zu ihren Füßen auf den Rücken. Wenn einer der Löwen krank war, verbrachte sie die Nacht bei ihm im Käfig. Einmal habe ich sie dort schlafen sehen, den Kopf auf die Löwenbrust gebettet. Sie hat mich ausgebildet. Ich war kaum sieben, da lief ich in der Manege hinter ihr her und ließ die Peitsche knallen. Ich war nicht halb so groß wie die Löwen, aber sie haben getan, was ich wollte. Würdest du gern einen anfassen?«, fragt sie.

Der Löwe ist mehrere Meter entfernt, aber die Hitze seines Körpers dringt ihr von weitem entgegen. Tara tritt ein paar Schritte nach vorn, und das Tier bleibt ganz ruhig, so dass sie – langsam, etwas steif – die Hand in die Hitze strecken und für einen Augenblick seine dichte, zerzauste Mähne berühren kann.

Sie spürt den grollenden Atem und die rote Trommel seines Herzens.

»Bringst du's mir bei?«

»Ja«, antwortet Pearl, »aber dafür musst du mir deine Geheimnisse anvertrauen.«

Als Erstes muss er Tara kennen lernen – ihren Geruch, ihre Stimme, die Art, wie sie sich bewegt.

Tara füttert ihn mit großen Fleischbrocken und sieht zu, wie er sie mit den Zähnen zerfetzt.

»Dreh ihm niemals den Rücken zu«, warnt Pearl. »Und weiche unter keinen Umständen seinem Blick aus.«

Pearl nimmt bei Tara Maß für ein Kostüm. Geschickte Finger und ein Band mit Zahlen huschen über Brust und Hüften, messen Taras Bauchumfang, den Abstand von den Schenkeln zum Boden.

»Welche Farbe?«

»Grün«, erwidert Tara.

Pailletten wie Fischschuppen, Netzstoff, Spitze, ein Federbusch.

Pearl leiht Tara ein Paar Netzstrumpfhosen, hochhackige Schuhe und einen Lippenstift.

Zahlen auf einem Stück Papier. Ein Mund voller Nadeln.

Jake und Tara essen Pasta, schlürfen Tomatenstückchen vom Löffel. Von einer Kerze tropft Wachs aufs Tischtuch.

Tara verkündet: »Wir haben etwas zu feiern.«

Sie steht auf.

»Zwei Wochen seit ich in deinem Wohnwagen eingeschlafen bin. Eine Woche, bis ich mit einem Löwen in die Manege gehe.«

Jake sagt: »Ich sehe dich nicht gern in Pearls Kleidern.«

Sagt: »Du siehst besser aus, wenn du dich nicht so bemühst.«

Und: »Warum bemühst du dich, wie Pearl zu sein?«

»Weil die Leute sie beachten«, sagt Tara, »sogar du.«

Sie kniet auf der kunststoffbezogenen Sitzbank, presst die Nase ans Fenster und blickt in die Nacht.

»So viele Sterne«, sagt sie. »Wie ein riesiges Punkt-zu-Punkt-Rätsel. Ich habe das Gefühl, ich könnte sie alle zu einem Bild verbinden.«

Er kommt zu ihr herüber, um sich neben sie zu knien. Jetzt sind sie auf der schmalen Bank eingekeilt, sein Arm an ihrem Arm, sein Bein an ihrem Bein, die Haare verflechten sich, kitzeln sie an der Wange. Tara lernt allmählich, ihn nicht zu spüren, zu wissen, dass er neben ihr auf der Bank hockt, und dennoch alle Gedanken und Gefühle tief in ihrem Innern zu verbergen …

Aber er fährt ihr mit dem Finger den Rücken hinauf, ganz sachte, und zeichnet die kleinen Höcker ihres Rückgrates nach, und sie zählt in Gedanken bis hundert … zweiundzwanzig, dreiundzwanzig …, denn sie möchte es nicht missdeuten …

Vierunddreißig, fünfunddreißig … sie kann ihn in jeder Zelle ihres Körpers spüren … neunundvierzig, neunundvierzig … obwohl es nur ihr Rücken ist, nur ihr Rücken, und jetzt ihre Lippen auf seinen.

Und die Finger, die sie Füller und Messer halten, Schnürsenkel zubinden und Türen hat abschließen sehen. Von der Sonne gebräunte Finger. Und die Schrammen auf seinem Handteller, die aussehen wie Markierungen auf einer Karte. Zwei Wochen lang hat sie sich vorgestellt, wie es sein würde.

Als es vorüber ist, holt er tief Luft und macht sich von ihr los. Plötzliche Kälte auf einer Seite. Sie schiebt die Beine tiefer unter die raschelnden Laken und betrachtet die blassbraune Krümmung seines Rückens.

»Wohin gehst du?«

Jake zuckt die Schultern. »Schlaf jetzt.«

»Ich möchte nicht schlafen.«

Er wendet sich um, aber er sieht sie nicht an, sieht nicht einmal durch sie hindurch, sondern irgendwo in die Ferne, und sie fragt ihn: »Tut es dir Leid, was wir getan haben?«

»Nein«, sagt er, berührt mit der Hand ihr Haar. »Bitte, mach dir keine Sorgen, es ist alles in Ordnung.«

Er geht draußen spazieren, und sie ist allein. Die Kerzen werfen Schatten an die Wand. Wie ungestalte Köpfe. Zwei Uhr morgens. Die Laken fühlen sich kalt an. Und neben ihr steht das Bild einer Frau. Tara möchte es zerreißen, in tausend Stücke zerfetzen. Sie dreht das Bild zur Wand, aber sie kann die Anwesenheit der Frau noch immer spüren, als ob sie hier im Raum wäre. Tara nimmt die Fotografie, wickelt sie in Zeitungspapier und versteckt sie im hintersten Winkel einer Schublade, die mit Bürsten und leeren Fläschchen voll gestopft ist.

Jake fragt nicht, wo das Bild geblieben ist. Tara nimmt es als gutes Zeichen und schmiegt sich im Bett an seine Seite. Das Radio bringt ein Hörspiel über eine Frau, die in einen Freund ihres Vaters verliebt ist. Es gelingt ihr, sich mit ihm zu verabreden, und sie taucht im Regen und ohne Schirm vor seinem Büro auf.

»Wo seid ihr euch begegnet?«

»Wer?«

»Du und Alice?«

»Wer hat dir ihren Namen verraten?«

Jake zieht den Arm hinter Taras Nacken hervor, so dass sie mit dem Kopf an die Wand stößt.

»Wie seid ihr euch begegnet?«

Er will nicht reden, obwohl er mit ihr in einem Bett schläft, den langen Körper in der Dunkelheit neben ihr ausgestreckt. Obwohl sie ihn im Schlaf zappeln und seufzen und wie eine jagende Katze hochschnellen fühlt, streckt er nicht den Arm nach ihr aus, nicht einmal, wenn er träumt. In manchen Nächten, wenn er schläft und sie nicht schlafen kann, weil er zu nah und doch zu fern ist, schlüpft sie in den Zwischenraum, der sie voneinander trennt, kuschelt sich in seine Körperwärme und legt ihm den Arm auf die Brust.

In manchen Nächten schläft er nicht, liegt ganz still da und spürt die Hitze ihres Leibes. Er möchte ihr etwas sagen. Aber er kann die richtigen Worte nicht finden, auch wenn er ihnen in seinem Kopf nachjagt wie chinesischen Drachen.

Mitten in einer unruhigen und heißen Nacht kriecht Jake zu Tara hinüber und berührt sie. Mit Händen, Mund und Beinen. Sie lieben sich im Schlaf, aber keiner von beiden schläft.

Am Morgen sind ihre Körper noch immer ineinander verkeilt, doch als er erwacht, weicht er zurück.

Sie tun, als wäre nichts passiert. Weder in dieser noch in den folgenden Nächten.

»Sind Jake und du ein Liebespaar?«

Tara steht auf einem Stuhl, während Pearl den Saum ihres Kostüms absteckt.

Als Tara »ja« sagt, hält Pearl plötzlich inne. Eine Nadel bohrt sich in Taras Bein, und das Mädchen muss ein paar Mal Pearls Namen rufen, bevor sie ihre Bewegungen mit plumpen ungeschickten Fingern fortsetzt.

»Er kommt mich besuchen«, sagt Pearl. »Falls du dich wunderst, wohin er geht.«

Die Armbanduhr der Tante ist verschwunden. Sie ist nicht an ihrem üblichen Platz. Tara geht in die Knie und steckt Kopf und Arme unters Bett und tastet über Schmutz und Staubflocken.

»Sie ist fort.«

Jake zieht das Bett von der Wand weg. Sie suchen hinter den Vorhängen, unter dem Teppich, in Taras sämtlichen Büchern und Kleidern. Die Uhr ist nirgends zu finden.

»Noch vor ein paar Tagen habe ich sie gesehen«, sagt Tara. »Ich weiß genau, dass ich sie in die Schachtel zurückgelegt habe.«

»Sie ist verschwunden«, stimmt Jake zu. »Wie mein Bild von Alice.«

Am Abend desselben Tages kann Tara ihr Kostüm nicht finden, obwohl sie stundenlang danach sucht. Es bleibt auch die nächsten beiden Tage unauffindbar, so dass Tara drei Abende nicht auftreten kann und Pearl vom Rand der Manege zusehen muss.

Taras Silberkämme verschwinden. Dann ihr Rucksack. Dann ihre Briefe.

»Wahrer Besitz ist wie ein Bumerang«, meint Pearl. »Er kehrt immer zu seinem Eigentümer zurück.«

Tara sitzt im Wohnwagen und wartet auf Jake. Sie zählt die Tropfen an der Wand, und es kommt ihr so vor, als würde sie mit ihm umherstreifen, draußen umherstreifen. Alles, was auf dem Bett geblieben ist, sind ein paar Kleider.

Sie zieht sich einen Pullover über und tritt zur Tür hinaus ins Gras. Die Nacht ist feucht. Die Blätter glänzen.

Sie spaziert zwischen den Wohnwagen umher. An einer Stelle hört sie das Schnarchen von Sonia, der Feuerschluckerin. Dann streicht ihr ein warmer Katzenkörper um die Beine. Pearls Katze. Tara gleitet mit der Hand über das Fell. Sie kann die Knochen, den rhythmischen Atem des Tiers spüren, sieht das Gelbgrün seiner Augen aufblitzen. Dann ist es fort.

In Pearls Caravan brennt Licht. Musik klingt aus dem Radio. Aus dem Fenster steigt Rauch in die Nacht.

Pearls Silhouette hinter dem Vorhang. Ein Mann im Mantel, mit zerwühltem Haar. Er küsst Pearl auf den Nacken, küsst weiter bis hinunter zu den Brüsten. Sie schlingt einen Arm um ihn.

»Bleib heute Nacht hier.«

Seine Hände unter Pearls Kleidern.

Pearl geht einen Schritt zurück, und Tara kann ihn in der Stille atmen hören.

»Bis um vier«, sagt Jake.

»Fünf«, sagt Pearl.

»Fünf«, sagt Jake und streckt den Arm aus, um sie wieder an sich zu ziehen.

Jake sagt: »Es tut mir Leid, ich kann es dir nicht erklären, das mit Pearl und mir.«

»Pearl und du«, wiederholt sie. »Die ganze Zeit. Und Alice?«, fragt sie dann, »wer ist Alice?«

»Das kann ich dir nicht sagen«, erwidert er. »Nicht jetzt.« Und: »Ich wollte dich nie verletzen.«

»Ich weiß«, antwortet sie, obwohl sie nicht das Geringste weiß.

Als Tara erwacht und feststellt, dass Jake nicht neben ihr liegt, rollt sie sich in der Dunkelheit zusammen. Sie weiß jetzt, wo er ist. Weiß, wo sie ihn finden kann, wohin sie gehen muss.

Tara sitzt am Tisch und macht sich Toast mit Butter, aber sie kann nichts essen. Sie schaut aus dem Fenster, kann den Wind hören, das leise Rauschen der Bäume. Eine Spinne lässt sich an einem dünnen seidigen Faden herab, und Tara beobachtet, wie sie sich vom Netz auf die Rückenlehne eines Stuhls abseilt.

»Sie sind weg!« Sonias Stimme schallt in den Morgen hinaus.

Tara rührt sich nicht, aber sie hat das Gefühl, als ob ihr unter dem T-Shirt, unter der Haut, etwas über den Rücken krabbelt.

»Sie haben sein Auto und ihren Wohnwagen genommen«, ruft Sonia. »Jake und Pearl.«

Pearl und Jake.

Die Luft draußen ist kühl. Taras Zunge fühlt sich dick und pelzig an. Der Himmel ist so blau, dass es schmerzt, hineinzublicken.

»Sie waren ein Liebespaar«, sagt sie schließlich, so leise, dass sie kaum zu hören ist.

Tara blickt zu Sonia: herzförmiges Gesicht, blondes Haar, das sich im Nacken kringelt.

»Jake ist Pearls Bruder«, erklärt Sonia.

»Pearls Bruder?«

Wie ein Papagei wiederholt Tara die Worte, ohne sie zu verstehen.

Die Luft ist so schneidend und klar, dass ihr das Atmen schwer fällt.

»Was ist mit Alice?«, fragt sie. »Wer war sie?«

»Alice war ihre Mutter. Sie hat mit den Löwen in der Manege gearbeitet«, erwidert Sonia. »Eines Tages lief sie fort. Genau wie Jake und Pearl.«

KAREN MOLINE

Dienstbare Lippen

»Austern.«

»Wie bitte?«, fragte Ginevra.

»So hab' ich sie kennen gelernt. Auf einem Austernfest. Und wisst ihr was? Ich hatte nicht mal vor, da hinzugehen«, antwortete Sean.

»So was würde man sich auch wohl kaum vornehmen, oder?«, sagte Parker, verdrehte dabei die Augen und nahm sich noch ein Bier.

»Austern essen schon, Austernfeste nicht«, erwiderte Gil.

»Ich ging grade nach Hause, und plötzlich war es da. Ziemlicher Lärm und 'n Haufen Leute«, erklärte Sean. »Auf der Division Street. Die ganze Straße war abgesperrt.«

»Ich hab' noch nie ein Austernfest besucht«, bemerkte Rachel.

»Ich auch nicht«, meinte Ginevra. »Und ich werd's auch bestimmt nie tun. Austern bringen's irgendwie nicht für mich. Obwohl meine Eltern sie so oft es ging gegessen und jedes Mal versucht haben, sie mir schmackhaft zu machen. Die Dinger sind mir einfach zu glibberig.«

»Wenn ich schon an die Farbe denke«, fügte Rachel hinzu und schüttelte sich. »Oder die Konsistenz. Igitt.«

»Wenn man sie ganz schnell schluckt, merkt man's nicht so. Das Glibberige, meine ich«, warf Gil heiter ein, »umso besser rutschen sie runter.«

»Klar, ich bin sicher, du kennst dich bestens damit aus, wie man glibberiges Zeug runterbringt«, höhnte Parker.

»An Austern findet eben nur der feinste Gaumen Geschmack«, gab Gil zurück.

»Sprichst du mal wieder von dir?«, fragte Parker, nahm einen Schluck Bier und fuhr sich mit der Zunge über die Lippen. »Ha, hättest du wohl gern, was?«

»Oh, schau an, er ist ganz hitzig und verärgert«, neckte Rachel.

»Es war heiß«, sagte Sean.

»Wann war es heiß?«, wollte Ginevra wissen.

»Als ich ihr begegnet bin«, erwiderte er. »Auf dem Austernfest.«

»War es die Hitze, die dich so mitgenommen hat?«, erkundigte sich Ginevra, runzelte leicht die Stirn und sah ihn prüfend an. »Oder waren ein paar schlechte Austern dabei?«

»Nein, die Austern waren in Ordnung.«

»Scheinst nicht mehr ganz derselbe alte Penner zu sein«, meinte Parker.

»Na ja, nur ein bisschen abgespannt«, dämpfte Rachel, immer bemüht, sachlich und diplomatisch zu sein.

»Wenn man's recht überlegt, bist du wirklich ein bisschen blass um die Nase«, bestätigte Gil.

»Nicht, dass wir dich die letzten paar Monate zu Gesicht bekommen hätten. Du hast uns ja erzählt, du würdest für einen deiner Aufträge in unbekannte Gefilde aufbrechen. So bist du aber noch nie zurückgekommen. Irgendwas scheint dich von innen aufzufressen«, mutmaßte Parker.

»Wir waren grade dabei, dass er Austern isst«, erinnerte ihn Ginevra.

»Hm, ja, aber in welchem Monat soll das gewesen sein?«, überlegte Gil laut. »Austern kann man nur in Monaten mit *r* essen, das weiß doch jeder.«

»Du denkst immer, dass die Leute alles wissen«, meinte Ginevra augenzwinkernd. »Ist aber nicht so.«

»Wenigstens sollte jeder darüber Bescheid wissen, wann man Austern isst, ob man sie nun mag oder nicht«, verteidigte sich Gil. »Das sollte man unbedingt gelernt haben. Eine lebenswichtige Lektion.«

»Für jemanden, der sein Leben mit Austern essen verbringt, meinst du wohl«, widersprach Rachel. »Ich glaube kaum, dass die vielen hungernden Menschen in Bangladesch die Frage, wann man Austern isst, für lebenswichtig halten.«

»O Mann, musst du eigentlich bei jeder Sache so ernst werden und sterbenslangweilig daherreden?«, beschwerte sich Parker. »Hier geht's doch nur um Austern, Mensch, weiter nichts.«

»Es war im September«, unterbrach Sean, um sich eine weitere Kabbelei zwischen Rachel und Parker zu ersparen, die sich allmählich von einem Liebespaar zu zwei Streithähnen entwickelten und offenbar kurz davor standen, sich gegenseitig in der Luft zu zerreißen. Und der Gedanke jagte ihm unwillkürlich Schauer über den Rücken. »Am Labor-Day-Wochenende. Darum auch das Fest, schätze ich, Und es war heiß, verdammt heiß.«

»Wie du schon sagtest«, bemerkte Gil. »Aber ich kann mich an das Wochenende erinnern. Auch an die Hitze.«

»Er meint, *sie* war richtig heiß«, entgegnete Parker. »Diese *Sie*, der er begegnet ist. *Er* traf *sie*. Auf dem berüchtigten Labor-Day-Austernfest.«

»An einem strahlenden Sommertag«, fuhr Sean mit einem plötzlichen und so verzückten Lächeln fort, dass er für einen Augenblick fast wieder der Alte zu sein schien, weniger blass und abgespannt und nicht so dünn, dass ihm die Jeans beinahe von den schmalen Hüften rutschte. »Es war schwer vorstellbar, dass der Herbst überhaupt existierte, oder Windböen vom See oder Schnee, geschweige denn Matsch und eisige Kälte. Nur diese Hitze und Sonne und ein völlig wolkenloser Himmel. Höchstens eine winzige Brise. So ein Tag, an dem man einfach glücklich ist, dass man lebt.«

»Nicht der kleinste Hinweis auf Schneebälle und Graupelschauer und blau gefrorene Zehen«, sinnierte Rachel und schüttelte sich bei dem Gedanken an einen weiteren Winter in Chicago.

»Kein Hinweis, nein«, erwiderte Sean. »Ich wünschte beinahe, es hätte einen gegeben. Aber es kam mir vor wie ein Tag im Mai, als ob der ganze Sommer und alles, was mit ihm kommt und wächst, noch vor uns läge. Echt verrückt. An der einen Seite war ein Musikpavillon aufgebaut, in dem eine Band einen irischen Folksong spielte, und dann all die tanzenden Leute und die Tische, an denen die Austern verkauft wurden, und der Geruch … Der feuchte Meeresgeruch, ihr wisst schon: pikant. Und salzig.«

»Stinkig, meinst du wohl«, versetzte Ginevra.

»Vereint mit dem Guinness-Geruch. Guinness hat das Fest gesponsert, müsst ihr wissen«, erklärte Sean. »Und so war die Luft erfüllt von Hitze, Austern, Algen und Stout.«

»M-mm, lecker«, bemerkte Parker. »Werd' mir auch noch mal ein Kühles genehmigen.«

»Ich stand so in der Gegend rum, hörte der Musik zu, reihte mich in die Schlange ein, um eine Portion Austern zu kaufen, einfach so, weil sich grade die Möglichkeit bot«, erzählte Sean,

»... und schaute mich ziellos in der Menge um. Dann sah ich sie plötzlich.«

»Und eure Blicke trafen sich«, sinnierte Ginevra.

»Vorbei an all den Köpfen in dem überfüllten Raum«, spann Rachel den Faden weiter.

»Es war kein Raum, Dummchen«, berichtigte Parker. »Sie waren draußen auf der Straße. Also: Ihr habt euch über die überfüllte Division Street hinweg in die Augen gesehen.«

»Sie stand da und aß Austern«, fuhr Sean fort. »Ja, unsere Blicke fanden sich. Ich habe noch nie jemanden getroffen, der so wie sie Austern isst, und ich habe noch nie jemanden getroffen, der so aussieht wie sie.«

»Was meinst du?«, fragte Gil.

»Ich wette, es waren ihre Lippen«, warf Parker ein und fuhr sich mit der Zunge über die eigenen. »Passt auf, jetzt kommt bestimmt der Part mit den Kusslippen.«

»Ja, sie hatte Kusslippen«, bestätigte Sean. »Irrsinnig leuchtende, perfekt rosarote Lippen. Ich stand da und schaute sie an und konnte nichts anderes denken als: Wie können ihre Lippen nur so perfekt rosarot bleiben, während sie all diese Austern schlürft? Ich schwöre, es war beinahe, als würde die Farbe mit jeder Auster eine Spur intensiver.«

»Rosa und Grau«, meinte Parker sarkastisch, »genau meine Farben.«

»Ach, wen kümmern schon die Farben?«, fiel Rachel ein, »Ich find's einfach furchtbar romantisch.«

»Das war es auch«, erzählte Sean weiter. »Sie merkte, wie ich sie beobachtete, und dann konnte ich meine Augen einfach nicht mehr von ihr abwenden.«

»Wie sah sie aus?«, fragte Rachel gespannt.

»Ganz normal, das war ja das Komische«, erwiderte Sean. »Hübsch, aber nicht so, dass einem auf den ersten Blick gleich die Luft wegbleibt. Mittelgroß, nicht zu dünn, nicht zu dick. Langes, glattes braunes Haar, zu einem Pferdeschwanz zusammengebunden. Abgeschnittene Jeans und ein weißes T-Shirt.«

»Und tierisch rosarote Lippen«, ergänzte Parker.

Sean nickte bestätigend. »So was ist mir noch nie passiert«, fuhr er fort, »niemals. Ich konnte mich nicht von der Stelle bewegen, ich war nicht mal fähig zu atmen. Als ob mir sämtliche anderen Sinne lahm gelegt wären, so dass ich nur noch sehen konnte.«

»Wie in der Szene von *West Side Story*, als Tony Maria beim Tanz in der Sporthalle erblickt«, sagte Ginevra.

»Und wo alles um sie herum verschwimmt und die Tänzer zwar noch da sind, aber irgendwie zu beweglichen Farbflecken im Hintergrund werden«, fügte Rachel hinzu.

»Und dann tanzen sie – Tony und Maria.«

»Ich fand ihr Kleid so schön. Dieses bauschige weiße Ding mit der Schärpe.«

»Und das, obwohl sie noch wenige Minuten vorher mit Chino Händchen gehalten hat.«

»Und als sie so tun, als ob sie heiraten, wird dieses wunderschöne Lied gespielt«, sagte Rachel verträumt. »*One Hand, One Heart* – so geht es, genau.«

»Du führst dich auf wie eine lästige Fliege, weißt du das?«, rügte Parker sie. »Wie wär's, wenn du Sean seine Geschichte zu Ende erzählen lässt? Wenn ich mich recht erinnere, sind wir bis dahin gelangt, dass die holde Maid Austern in der Hand hielt und sie mit perfekt rosaroten Lippen aus der Schale schlürfte.«

»Ich konnte an nichts anderes denken, als sie zu küssen«, nahm Sean den Faden auf.

»Obwohl ihr Atem nach Austern roch«, lachte Gil.

»Was für eine Vorstellung«, meinte Parker. »Man müsste schon selbst jede Menge Austern gegessen haben, um davon nichts zu bemerken. Dann riecht der eigene Atem genauso, und es ist egal.«

»Aber du hattest deine Austern noch gar nicht bekommen«, wandte Ginevra sich an Sean. »Du standst noch immer in der Schlange, stimmt's?«

»Ja, aber ich hatte keinen Hunger mehr, nur noch das überwältigende Bedürfnis, diese Frau zu berühren und zu küssen. Im nächsten Augenblick. Ich musste es einfach tun.«

»Du wusstest absolut nichts von ihr«, vergewisserte sich Gil.

»Nein.«

»Und hast sie nie im Leben gesehen.«

»Nein.«

»Und warst noch nie zuvor von dem Wunsch besessen, ein Austern schlürfendes Wesen zu küssen.«

»Nein. Und genau das war sie: ein Wesen.«

»Keine Frau«, sagte Gil tonlos.

»Nein«, erwiderte Sean nach einer langen, unbehaglichen Pause. »Ein Wesen. Eine Erscheinung.«

»Du meinst, wie eine Meerjungfrau?«, wollte Ginevra wissen.

»Glaubst du, Meerjungfrauen mögen Austern?«, fragte Rachel im Bemühen, die düstere Stimmung aufzuhellen, die sich mit einem Mal im Zimmer breit machte. »Ich meine, warum sollten sie nicht?«

»Ich wette, sie mögen Perlen noch viel lieber«, sagte Ginevra und lächelte Rachel zu.

»Sie trug tatsächlich Perlen«, fuhr Sean fort.

»Deine Meerjungfrau«, ergänzte Gil.

»Ja.«

»Hat die Meerjungfrau auch einen Namen?«

»Maria?«, schlug Parker unbeschwert vor. »*One Hand, One Heart.*«

»Sie sagte, sie heißt Amanda«, erwiderte Sean. »Amanda Walker.«

»Wann hat sie dir das denn verraten?«, wollte Ginevra wissen. »Als sie endlich mit dem Essen fertig war?«

»Mit dem Schlürfen, meinst du«, verbesserte Parker sie.

»Ja.«

»Und wer hat den ersten Schritt getan – du oder Amanda?«, fragte Gil.

»Sie, glaube ich. Nur – das Verrückteste war, dass sie sich eigentlich gar nicht bewegt hat, das heißt, ich kann mich beim besten Willen nicht erinnern, dass sie wirklich auf mich zugegangen ist«, erklärte Sean und fixierte seine Schnürsenkel. »Ich hab' einmal kurz geblinzelt, und schon stand sie da, direkt neben mir, und lächelte.«

»Mit ihren perfekt rosaroten Lippen«, fügte Parker hinzu. »Das wird ja immer abgedrehter.«

»Und dann hast du sie geküsst, ja?«, fragte Gil behutsam.

»Ja«, antwortete Sean und schloss – nur für einen Moment – die Augen, so dass seine Gesichtsmuskeln sich entspannten und er noch einmal fast wieder der Alte schien.

»He, Mann, sieht fast so aus, als würdest du sie noch immer küssen«, meinte Gil, als eine Minute verstrichen war.

»Tue ich aber nicht«, erwiderte Sean und sein Blick nahm wieder den gleichen düsteren Ausdruck an. »Ich werde sie nie wieder küssen. Nie wieder.«

»Das geht in eine Richtung, die mir gar nicht gefällt«, bemerkte Rachel. »Sie hat dir doch nicht etwa wehgetan, oder?«

»Eine Fischvergiftung vielleicht?«, mutmaßte Parker.

»Moment, warte mal – du bist noch immer auf dem Austernfest«, ging Gil dazwischen.

»Und da steht sie. Eine Frau, ein Nixenwesen, was auch immer. Vor deiner Nase. Und küsst dich.«

»Obwohl ihr Atem nach Austern stinkt«, warf Parker ein. »Und sie lacht, weil dir das völlig egal ist.«

»Aber sie roch gar nicht nach Austern«, erklärte Sean, »nicht die Spur.«

»Das kann nicht sein«, meinte Gil. »Na ja – die ganze Geschichte ist natürlich unglaublich.«

»Sie sollte sich ihr Mundspray patentieren lassen, könnte glatt ein Vermögen damit machen. Das ultimative Anti-Austerngeruch-Spray mit Sofortwirkung – beseitigt schlechten Atem im Handumdrehen«, kommentierte Parker und lachte über seine absurde Idee.

»Du solltest lieber dein Leben in den Griff bekommen«, versetzte Rachel, »Geld, Geld – ewig dasselbe Thema. Wie langweilig.«

»Aber ich möchte wissen, was nach eurem Kuss passiert ist«, sagte Ginevra.

»Daran kann ich mich nicht erinnern«, antwortete Sean. »Ich weiß nur, dass wir uns plötzlich bei mir zu Hause wieder fanden. In meinem Bett.«

»Wie – im Bett? Etwa richtig nackt und so weiter?«, fragte Parker mit leuchtenden Augen.

»Ja – aber ich hab nicht die leiseste Ahnung, wie wir dahin gelangten. Sind wir gelaufen? Haben wir ein Taxi genommen? Hatte sie ein Auto? Ich hab' x-mal darüber nachgedacht, aber ich kann mich einfach nicht erinnern. Ich weiß nur, dass wir irgendwie mit dem nächsten Wimpernschlag in meinem Bett gelandet sind.«

»Und natürlich hat sich's gelohnt.«

»Ja, eine Zeit lang. Sie war unglaublich.«

»Irgendwas verschweigst du uns doch«, vermutete Gil. »Irgendwas Wichtiges. Und ich glaube, es ist etwas, das nichts mit Austern zu tun hat.«

»Oder mit Mundgeruch«, fügte Parker hinzu, »und auch nicht mit Atemspray.«

»Stimmt.«

»Was ist – erzählst du's uns oder nicht?«

»Wenn es was Peinliches ist, brauchst du's nicht zu tun, weißt du«, beeilte sich Ginevra zu sagen.

»Nein, ich möchte, dass ihr es alle wisst«, erwiderte Sean und drehte langsam den Kopf, um jeden Einzelnen anzublicken. »Irgendjemand muss mir einfach glauben, wo ich es schon selbst nicht glauben kann, das heißt, nicht glauben würde, wenn es mir nicht eigenhändig passiert wäre.«

»Bin ich froh, dass ich keine Austern mag«, murmelte Ginevra gepresst.

»Also, wie ich schon sagte, eine Zeit lang hat es sich wirklich gelohnt«, fuhr Sean fort und seufzte tief. »Sie war fantastisch. Witzig, charmant, anbetungswürdig. Hatte einen tollen Job bei *Grey* und war, wir ihr schon bemerkt habt, absolut unglaublich im Bett. Sie hat Sachen mit mir angestellt … ich meine … als sie dabei war, dachte ich, ich würde vor Lust vergehen. Wirklich. Manchmal lag ich nachher nur da, in ihren Armen, lauschte ihrem Atem, während sie schlief, und dachte, wenn ich jetzt sterbe, dann werde ich wenigstens glücklich abtreten. Als glückliches, vollkommen befriedigtes Sexmonster.«

»Sozusagen auf rosaroten Wolken schwebend«, kicherte Gil.

»Waren ihre Lippen auch im Bett noch rosarot?«, wollte Parker wissen.

»Musst du so schrecklich plump sein?«, tadelte Ginevra.

»Nein, die Frage ist durchaus berechtigt«, erwiderte Sean nüchtern. »Ja, sie blieben tatsächlich rosarot. Noch so eine komische Sache, eine von vielen. Als hätte sie sich den rosa Lippenstift eintätowieren lassen oder so. Hatte sie aber nicht.«

»Aber eigentlich geht's hier nicht um unvergesslich rosarote

Lippen, oder?«, begann Ginevra. »Irgendetwas war mit ihr, stimmt's? Etwas, das du nicht sofort beim Namen nennen konntest.«

»Genau«, bestätigte Sean und warf Ginevra einen verwunderten Blick zu. Wie konnte sie das jetzt schon wissen? »Schon ziemlich am Anfang hatte ich so eine Ahnung, dass irgendetwas mit ihr nicht stimmte. Und das hatte nichts mit dem zu tun, was sie tat. Es war einfach das Gefühl, das ich manchmal bei ihr hatte. Als ob ich nur bei ihr war, weil sie es mir gnädig erlaubte, und dass sie, selbst, wenn wir nachts wach lagen und über Gott und die Welt redeten, wie es Verliebte tun, mir nicht zuhörte. Nicht *wirklich* zuhörte. Sie war da und doch irgendwie abwesend. Sie hatte bekommen, was sie wollte, das genügte ihr. Der Rest war nichts weiter als Lippenbekenntnisse.«

»Bekenntnisse unvergesslich dienstbarer Lippen«, witzelte Parker.

»Genau«, bekräftigte Sean trübselig. »Aber allmählich fragte ich mich, ob sie real war. Ich meine, ob sie die Person war, die sie behauptete zu sein. Wir unterhielten uns, unternahmen manchmal was und sahen uns praktisch jede Nacht, aber nach fast sechs Wochen hatte ich noch immer keine Ahnung, was sie für ein Mensch war. Aus ihrem Apartment konnte man kaum Schlüsse ziehen. Es war sehr hübsch, aber …«

»Aber es hatte nicht den üblichen Mädchencharakter«, ergänzte Ginevra. »Fotos an den Wänden, Krimskrams, Unordnung im Bad und so weiter. Keine persönliche Note.«

»Ganz genau«, sagte Sean. »Sie war zwanghaft ordentlich. Alles war säuberlich in kleine Kisten verpackt. Keine Schnörkel. Nicht zu vergleichen mit dem Apartment irgendeiner anderen Frau, das ich je betreten habe. Es war, als hätte sie jemanden angeheuert, um es für sie zusammenzustellen, als wären die

Details völlig unwichtig. Manchmal bin ich zur Mittagszeit rüber zum Firmengebäude und hab' ihr aufgelauert, den Eingang beobachtet und darauf gewartet, dass sie mit ihren Kollegen zum Essen oder für einen kleinen Spaziergang rauskommt oder so. Nur, damit ich mich vergewissern konnte, dass ich nicht alles geträumt hatte, dass sie ein normaler Mensch war, der in einem normalen Büro sitzt und einem normalen Job nachgeht.«

»Als ob Werbung ein normaler Job wäre«, frotzelte Gil.

»Du weißt schon, was ich meine«, fuhr Sean fort. »Sie kam mit ihren Freunden oder Kollegen raus und hat mich nie bemerkt. Das heißt, manchmal dachte ich, sie weiß es doch und sieht absichtlich durch mich hindurch, um mir klarzumachen, dass ich ein Dreckskerl bin, der ihr Vertrauen nicht verdient.«

»Man kann dir dein Verhalten nicht verübeln«, meinte Ginevra, »nicht, wenn du dieses komische Gefühl im Bauch hattest.«

»Und mein Instinkt gab mir Recht«, erwiderte Sean. »Ihr wisst ja, dass ich sonst keinen Ton vom andern unterscheiden kann, aber wann immer wir nicht zusammen waren, überraschte ich mich dabei, wie ich diesen blöden Folksong pfiff oder sang, den die irische Band gespielt hatte, als wir uns begegnet waren. Als ob ich verhext wäre oder so, als ob es *ihr* Lied wäre. *Ihr* mahnendes Zeichen.«

»Mahnendes Zeichen? Wofür?«, wollte Gil wissen.

»Um mich nicht vergessen zu lassen, dass ich keinen eigenen Willen mehr hatte. Ich konnte keinen klaren Gedanken mehr fassen, konnte nichts mehr essen, nichts anderes mehr tun, als an sie zu denken und das blöde Lied zu singen. Obwohl ich an dem Tag überhaupt nicht drauf geachtet hatte.«

»Wie geht der Text?«, fragte Ginevra.

»If your arms were around me, you know I'd never leave, you know I'd never leave«, sang er unmelodisch. »Du weißt, wenn ich in deinen Armen läge, würd' ich dich nie verlassen.«

»Das hat Tiefgang«, versuchte Parker zu spötteln.

»Ja, nicht wahr?«, erwiderte Sean trübselig. »Ungefähr so viel wie das Bellen eines Hundes. Ich meine, jeder Hund, dem wir begegnet sind, fing bei ihrem Anblick an zu kläffen.«

»Viele Hunde kläffen, wenn ein Fremder vorbeikommt«, wandte Ginevra ein.

»Nein, nicht so. Die Hunde bellten auf der anderen Straßenseite oder am Ende der Straße oder hinter der Straßenecke. Und alle bellten nur *sie* an.«

»Du willst sagen, die Hunde waren viel zu weit entfernt, um sich bedroht zu fühlen oder sie riechen zu können?«, vergewisserte sich Gil.

»Aber gebellt haben sie trotzdem«, ergänzte Ginevra mit einem Blick auf Gil. »Wie merkwürdig.«

»Ziemlich, ja. Sie lachte immer und meinte, Hunde könnten sie nicht ausstehen. Sie mochte Katzen sowieso lieber und besaß selbst eine, ›wie jede Hexe eine als Gefährtin hat‹, meinte sie oft im Scherz«.

»Wie hieß die Katze denn?«, erkundigte sich Ginevra. »Meine Freundin Mrs. Modeus macht auch öfter solche Witze. Sie hat ihre Katze Pandora genannt, weil sie ihr nichts als Ärger einbringt.«

»Ich wette, Miss Amanda Walkers Katze hieß Luzifer«, sagte Rachel.

»Wie wär's mit Pluto?«, schlug Gil vor.

»Nixon?«, bot Parker an.

»Wer um alles in der Welt würde sich einfallen lassen, sein Kätzchen Nixon zu nennen?«, fragte sich Gil. »Dann müsste man ja jedes Mal, wenn man das arme Ding füttern will, ›Nixon, Nixon‹ rufen und hätte dauernd diesen Namen im Ohr. Nie im Leben.«

»Ihre Katze hieß Brenda«, klärte Sean sie auf.

»Ein sehr hübscher Name für ein Kätzchen«, meinte Rachel. »Vielleicht war sie doch nicht durch und durch böse, wenn sie eine Katze namens Brenda hatte.«

»Sollte man meinen«, erwiderte Sean. »Aber genauso sehr, wie sie ihre Katze liebte, hasste sie Hunde. Nicht nur, weil sie dauernd angebellt wurde, sondern schon immer, von klein auf, wenn man ihr glauben darf.« Er hielt inne. »Dabei kann ich sie mir absolut nicht als kleines Mädchen vorstellen, von irgendeinem dummen räudigen Köter verfolgt, während sie in einer hübschen ruhigen Vorortsiedlung von Tür zu Tür geht, um Kekse für ihre Pfadfindergruppe zu verkaufen. Sie schien so, wie sie war – voll entwickelt –, einer anderen Welt entsprungen zu sein. Der Gedanke war mir gleich beim ersten Mal gekommen, als wir gemeinsam die Straße runterliefen und ein paar Hunde an der entfernten Straßenecke anfingen, sie anzubellen – mit entblößten Zähnen, bereit, sich im nächsten Moment auf sie zu stürzen. Amanda nannte sie Höllenhunde.«

»Höllenhunde? Du meinst, wie dieses Kekszeug von *Drake's Cakes*?«, fragte Parker.

»Die nennt man ›kalter Hund‹; natürlich meint er das nicht«, blaffte Rachel. »Du redest doch von nichts andrem, als was du dir alles in den Mund stopfen kannst.«

»Na ja, besser ich hab' den ganzen Tag Junk Food im Kopf als Austern oder irgendwelche Teufelsbrut.«

»Was hast du da grade gesagt?«, fragte Sean panisch. »Was meinst du mit ›Teufelsbrut‹?«

»Weiß nich'«, erwiderte Parker schulterzuckend. »Schien nur irgendwie zu passen – weil du grade von ihren Höllenhunden erzählt hast und so. Und davon, dass sie ›einer anderen Welt entsprungen‹ ist, oder wie du's genannt hast. Vielleicht war's ja wirklich so, und sie ist eine Tochter des Teufels, ein *Sukkubus*.«

»Aber genau das war sie ja«, ließ Sean mit so leiser Stimme verlauten, dass alle sich angestrengt vorlehnten, um ihn zu verstehen. »Ein Sukkubus, der mich nachts heimsuchte. Und jedes Mal, wenn sie kam und – was auch immer – machte, hörte sie nicht eher auf, als bis sie mich restlos ausgesaugt hatte.«

»Äh, ausgesaugt – im wahrsten Sinne des Wortes? Könntest du ihr vielleicht meine Nummer geben?«, unterbrach Parker das lange unbehagliche Schweigen, mal wieder bemüht, einen Witz zu reißen, was völlig in die Hose ging.

»Vielen Dank, mein Süßer«, sagte Rachel säuerlich, »Wie überaus nett von dir.«

»Du weißt doch, dass ich nur Spaß mache«, versuchte Parker zu beschwichtigen, während er sich hinüberbeugte, um sie zu küssen.

»Nein, absolut nicht«, gab sie zurück und schubste ihn weg. »Du kannst es nicht lassen, oder? Ständig solche dämlichen Kommentare abzugeben, besonders vor Publikum.«

»Natürlich kann er das nicht«, ging Gil rasch dazwischen. »Dafür mögen wir ihn schließlich, so, wie er nun mal ist: unser kleiner Schweinehund.«

»Kalter Hund, meinst du wohl«, versetzte Ginevra, »mit hoffnungslos weichem Keks.«

»Ich mag *Drake's Cakes* übrigens auch«, bemerkte Gil. »Erpelgebäck«, übersetzte sie. »Er ist der Erpel, du die Ente.«

»Ente, Ente, und wer ist die dumme Gans?«, fragte Parker.

»Sean natürlich, ohne Zweifel«, erwiderte Gil rasch, im Bemühen, die merkwürdige Anspannung zu lösen, die alle erfasst hatte, während sie schaudernd und doch neugierig darauf warteten, was Sean als Nächstes erzählen würde.

»Aber was wollte sie denn von dir?«, fragte Gil.

»Normalerweise wäre ich der Letzte, der sich beschweren würde, wenn eine Frau ihn geradezu aussaugt«, fuhr Sean mit einem raschen Blick auf Parker fort. »Und kein Mann auf dieser Welt würde das, was sie mit mir anstellte, ablehnen oder der Sache irgendwann müde werden. Aber hier ging's nicht um Sex, Sex war nur ein Mittel für sie, um das zu bekommen, was sie wirklich wollte, nämlich meine pure *Substanz*. Sie wollte die Essenz aus mir heraussaugen und sich einverleiben. Das war es, was sie *nährte*.«

»Bist du sicher?«, fragte Ginevra tonlos.

»Ja«, entgegnete Sean. »Ich habe tausend Mal versucht, herauszufinden, warum ich mich so seltsam zu fühlen begann, nicht mehr wie ich selbst, so *schwach*, obwohl ich mich ständig zum Essen zwang. Und je mehr ich versuchte, mich zur Wehr zu setzen, desto tiefer drang sie in mich ein – buchstäblich. Irgendwann hatte ich begriffen, dass sie mich völlig aufzehren würde, wenn ich den Absprung nicht schaffte.«

»Und was dann?« Parker runzelte die Stirn.

»Und dann würde sie ein anderes Opfer finden«, versetzte Sean in einem so sachlichen Tonfall, dass es den Freunden schwer fiel, seine unglaubliche Geschichte anzuzweifeln. »Ich wusste, dass sie schon Ausschau hielt. Ich hatte sie auf einer Party dabei erwischt, als sie gerade tanzte. Der Raum war dunkel und von Rauchschwaden durchzogen, und alle anderen Gäste tanzten auch. Ich stand an der Wand – genauer gesagt, ich lehnte mich Halt suchend dagegen – und fragte mich, wie ich je wieder aus dem Schlamassel rauskommen würde. Keiner nahm Notiz von mir. Und dann sah ich sie.« Er schluckte schwer und fuhr fort: »Amanda, und doch nicht die Amanda, die ich kannte. Es war, als hätte sie sich in ihren ursprünglichen Zustand verwandelt – eine Art lang gestreckte Form, sehnig und knochenlos wie Brenda, ihre Katze. Ihre Augen glitzerten im Dunkel, und ich erhaschte einen Blick auf ihr Gesicht – die Lippen rosarot glühend, die Augen sprühend, auf der Suche. Sie war drauf und dran, ihre Tentakel um irgendeinen armen Kerl zu schlingen und ihm das anzutun, was sie mir angetan hatte.«

»Und was hast du gemacht?«, fragte Ginevra mit leiser Stimme.

»Ich bin direkt raus, nach Hause geeilt, hab' ein paar Koffer gepackt, bin ins Auto gestiegen und gefahren und gefahren, bis ich die Augen nicht mehr offen halten konnte. Dann hab' ich auf einer LKW-Raststätte übernachtet, bin am nächsten Morgen aufgewacht und weitergefahren. Am Montag hab' ich dann beim Verlag angerufen und behauptet, ich wäre wegen dringender Familienangelegenheiten verhindert und käme bald wieder rein. Als ich dann wieder im Büro erschien, fragten sie mich, ob ich für sie nach Arizona fahren könnte, um dort einen Artikel zu schreiben.«

»Warum hast du mich denn nicht angerufen?«, fragte Gil. »Du weißt doch, dass ich alles getan hätte, um dir zu helfen.«

»Ja, ich weiß, und es tut mir auch Leid«, entgegnete Sean. »Aber ich konnte dir zu dem Zeitpunkt nicht die Wahrheit sagen. Ich war überzeugt, du würdest mir nicht glauben. Also hab' ich Roger – einen Kollegen aus dem Verlag – gefragt, ob er meine Post sammeln würde und so weiter und dir eine Nachricht zukommen lassen könnte, dass ich verreist wäre – für einen Undercover-Auftrag.«

»Ich kann mich erinnern. Es war ja nicht das erste Mal, dass du plötzlich verschwunden bist.«

»Genau. Und dann, nach ungefähr zwei Monaten, hab' ich bei *Grey* angerufen, um mich nach Amanda zu erkundigen. Die Frau an der Zentrale meinte, es gäbe dort niemanden mit dem Namen Amanda Walker, weder jetzt noch früher. Eine Amanda Walker hätte *niemals* bei ihnen gearbeitet.«

»Und was war mit der Wohnung?«, wollte Parker wissen.

»Ich habe Roger gebeten, hinzugehen und die Namen an den Klingelknöpfen zu überprüfen. In ihrem Apartment wohnte irgendein Pärchen; schon seit über zwei Jahren, wie sie ihm erzählten.«

»O Mann, eine ziemlich heftige Story«, resümierte Gil.

»Ihr glaubt mir doch, oder?«, fragte Sean mit flehender Stimme.

»Ich glaube dir.« Ginevra biss sich auf die Lippen. »Ich bin echt froh, dass du noch mal davongekommen bist.«

»Ich auch«, schloss Rachel sich an und schauderte.

»Mir geht's genauso«, sagte Parker. »Aber ich frage mich, wo sie hin ist.«

»Keine Ahnung«, erwiderte Sean und schloss die Augen. »Ich hoffe, sie ist weit, weit weg. Aber ich seh' sie noch immer vor mir, wenn ich träume – die rosaroten Lippen zu einem Lächeln verzogen. Und manchmal, wenn ich heimgehe, glaube ich, sie aus den Augenwinkeln zu sehen, wie sie in eine Straße einbiegt und davoneilt, auf dem Weg, dem nächsten Opfer das Leben auszusaugen. Und ich frage mich, ob ich mich je ganz von ihr befreien kann.«

»Tja«, sagte Parker, »ich schätze, das heißt, du willst heute nicht mit mir zu Abend essen.«

»Woran hattest du denn gedacht?«, erkundigte sich Gil.

»Ach, weißt du«, erwiderte Parker mit einem boshaften Glitzern in den Augen, »an Austern«.

DAISY WAUGH

Abschluss

Am Morgen wurde Cocà di Cocà vom Klang ihrer eigenen lieblichen Stimme geweckt. Das Radio spielte den Song, der einmal landesweit als Hymne auf den Straßen gesungen worden war. Der Song, der sie aus der Geborgenheit und Unschuld ihres neunzehnjährigen Lebens gerissen hatte. Danny hatte dieses Lied für sie geschrieben, und sie hatte es ihm gestohlen. Es hatte bewirkt, dass man den Namen Cocà di Cocà für immer mit einem belanglosen Augenblick der britischen Geschichte verband.

Damals, Ende April, Anfang Mai 1985, als es überall gespielt wurde, trug Cocà ein spitzenbesetztes Käppi, das sämtliche Teenager zum Ausflippen brachte. Ein, zwei Monate lang konnte sie aus keinem Taxi steigen, ohne massiv bedrängt zu werden. Nicht einmal die Straße konnte sie überqueren, geschweige denn Klopapier kaufen.

Ach Sascha, Sascha du
Ach du Sascha du
Dein Herz macht bum-bum-bum
Und haut mich völlig um – Sascha!
Ach Sascha, Sascha du

Das war lange her. Jetzt, in ihrem neuen Leben, lag sie allein auf ihrem äthiopischen Doppelbett aus Silber, und der Song bahnte sich seinen Weg in ihre Träume. Sie war wieder in der Aula ihrer alten Schule, und Danny, lässig und gut aussehend wie immer, war auch dort, sang mit ihr auf der Bühne – so, wie es hätte sein sollen, so, wie es in jener wunderbaren Julinacht, auf dem Abschlussball zur mittleren Reife, tatsächlich gewesen war. Er sah sie an, und sein Lächeln war voller Leben und Liebe. Dann mischte sich die Stimme des DJ in ihre Träume, und Danny sagte mit idiotischem amerikanischen Akzent: »Uuuh, wisst Ihr noch? Was für ein irrer Song. Zwanzig Uhr siebzehn, Zeit für den Verkehrsbericht … sieht nicht gut aus, was, Jerry?«

Cocà di Cocà war seit Jahren nicht von dem Klang ihres großen Erfolges geweckt worden. Egal wie sie es betrachtete: als schöne Erinnerung an glückliche Zeiten oder als schmerzlichen Rückblick auf die vielen Dinge, die für immer verloren waren, es kam alles aufs Gleiche raus. Als sie in ihrer South Kensingtoner Sozialwohnung aufwachte, strömten ihr Tränen übers Gesicht.

Heute würde ihr Comeback beginnen. Ihr zweites Comeback, genauer gesagt. Und diesmal nahm sie es selbst in die Hand. Keine Plattenfirma, kein PR-Berater. Und ganz bestimmt kein Manager.

So gesehen war das Wort »Comeback« ein bisschen hoch gegriffen. Bisher war nicht mehr als ein einziges Interview in Sicht. Ein reizendes Mädchen namens Annabel Sowieso vom *Samstagsexpress* hatte sie aus heiterem Himmel angerufen und sie zum Debüt einer Folge von Interviews mit glanzumwobenen Prominenten geladen. Das Ganze war als wöchentliche Serie geplant, in der der jeweilige Prominente als Gegenleistung für ein hübsches ganzseitiges Farbbild im Magazin an Ort und Stelle über alte Schultage plaudern sollte.

»Das wird die Leute echt verblüffen«, hatte das reizende Mädchen erklärt, »Die Schule ist nun wirklich der letzte Ort, an dem man einen Star erwarten würde!«

Cocà hatte erwidert, sie halte die Serie für eine gute Idee, und war ohne Zögern auf den Vorschlag eingegangen. »Aber ich muss wie bei jedem Interview – das wissen Sie sicher aus Ihrer Recherche, Annabel – darauf bestehen, meine eigene Maskenbildnerin mitzubringen.«

Annabel entgegnete, das Budget reiche nicht für eine Maskenbildnerin.

»Wenn Sie Ihre eigene mitbringen möchten, gerne. Aber wir werden sie nicht bezahlen können.«

Cocà di Cocà druckste noch eine Weile herum, gab dann aber klein bei, und es wurde ein Termin vereinbart.

Als das Angebot vom *Express* kam, steckte sie in einem Sumpf von Trübsal, Untätigkeit und Reue, so dass das Interview ein willkommener Rettungsanker war, etwas, das ihr Halt gab. Davon abgesehen weckte es jede Menge Erinnerungen. Einige Nächte darauf, als sie in ihrem Bett lag und über die Fehler nachdachte, die sie in ihrem Leben begangen hatte, wurde ihr eines klar: Sie hatte den Lesern so viel mitzuteilen, dass es unmöglich auf eine Seite passte. Sie entschloss sich, eine Autobiografie zu schreiben, und stieg aus dem Bett, um sofort damit zu beginnen.

»Das *Sascha-du-Mädchen*«, schrieb sie (damit es gleich bei jedem klingeln würde), » – die Autobiografie von Cocà di Cocà«.

Und die würde sie Danny widmen. »Mit der Bitte um Vergebung«, dachte sie. »Für Danny. Mit der Bitte um Vergebung nach all den Jahren«. Oder: »Für Danny. Ich liebe dich noch immer. Nach all den Jahren.«

Die Formulierung der Widmung beschäftigte sie bis zum frühen Morgen. Aber sie fühlte sich so gut wie seit Monaten nicht mehr. Es war wunderbar, sich wieder einem Projekt widmen zu können.

Wie der Leser vielleicht schon vermutet hat, war Cocà di Cocà mit ihren 34 Jahren bereits das, was man als ausgelaugt bezeichnen könnte – schlechter Scherz aus der Branche. Bald nach dem ersten Hit hatte ihr die Plattenfirma – aus Gründen, die sie nie ganz verstanden hatte und die vielleicht auch nicht zu verstehen waren – die kalte Schulter gezeigt. Am Tag, bevor ihre zweite Single erscheinen sollte, sandten sie einen Motorradboten mit einem unverschämten Brief vorbei, in dem es hieß, die Firma werde jede Verbindung zu ihr abbrechen.

»So ist das Leben in der ruchlosen Welt des Show-Business«, hatte ihr Manager Charlie unbesorgt bemerkt. »Wir werden dich bei irgendeiner anderen Firma unter Vertrag bringen. Reg dich nicht unnötig auf und komm ins Bett.«

Doch kurz darauf fand Charlies Boss Lionel, die Drogensucht habe zu großen Einfluss auf Charlies Urteilsvermögen – womit er keineswegs Unrecht hatte –, und beschloss, ihn zu feuern.

Und so wuchsen Charlie und Cocà Ende der 80er vorzeitig zu einer Einheit zusammen. Sie rauschten von Party zu Party und schnupften jede Menge Koks. Mit einigen der bekanntesten Musikgrößen waren sie vertraut genug, um zusammen aufs Klo zu gehen, und trotzdem wollte niemand mit ihnen arbeiten. Charlie hätte etwas Eigenes auf die Beine stellen können; aber als es ihm endlich in den Sinn kam, hatte er mit Cocà bereits sein ganzes Vermögen auf den Kopf gehauen. Er stand vor dem Ruin. Im Winter 89, als das Sascha-du-Mädchen und ihr ehemaliger Manager, in der Branche als Charlie Charmebolzen bekannt, sich gemeinsam in eine Entzugsklinik begaben, standen sie ein letztes Mal im Licht der Öffentlichkeit.

DAS SASCHA-DU-MÄDCHEN – DIE AUTOBIOGRAFIE VON COCÀ DI COCÀ
Seite 43

Im Alter von neunzehn Jahren stand Cocà di Cocà (oder Melanie, wie ich hieß, bevor Charlie in mein Leben trat) die ganze Welt offen. Ich war furchtlos und sorglos und – auch wenn man es selbst nicht aussprechen sollte – schön wie der junge Morgen. Ich trank, und – ja – ich nahm Drogen. Das Leben war eine einzige Party!
Danny und ich kannten uns, seit wir fünf waren; aber verliebt haben wir uns erst in der zehnten Klasse. Er war immer so klug und still und ein bisschen schmächtig. Doch dann, in den Sommerferien 81, schoss er plötzlich in die Höhe. Ich weiß noch, wie mir am ersten Unterrichtstag im neuen Schuljahr die Augen übergingen, als ich ihn sah. Ich konnte den Blick nicht mehr von ihm wenden. Auf einmal hatte er solch breite Schultern und tolle lange Beine und diese lockige braune Strähne, die ihm über die blauen Augen fiel. Ich dachte, gleich werde ich ohnmächtig! Er wirkte so sanft und in sich gekehrt, als denke er über etwas Wichtiges nach – Liebe vielleicht. Ich spürte einen Kloß in der Kehle. Etwas an seinem ruhigen Savoir-faire, wenn Sie wissen, was ich meine, weckte in mir plötzlich ein Gefühl von großer Einsamkeit.
In dem Moment, als ich ihn verstohlen ansah, warf er mir einen Blick zu, und ich wurde rot! Das mir! Mir, die sonst

die Jungs zum Erröten brachte! Und ob Sie es glauben oder nicht, das war der Beginn einer ganz ganz besonderen Freundschaft. Wir gründeten die Band, das heißt eigentlich Danny allein. Nachdem wir die Schule abgeschlossen hatten, hätte ich das Ganze ohne weiteres hingeschmissen. Aber Danny blieb beharrlich am Ball. Er schrieb die Songs, er organisierte die Gigs. Und er nervte mich ständig mit den Proben! Weil wir bis über beide Ohren verliebt waren, hatte unser Auftritt etwas Magisches, das die Zuschauer in den Bann zog und ihnen das Gefühl vermittelte, das Leben sei wundervoll. So hat man es mir erzählt. Wenn nur Charlie nicht gewesen wäre, Charlie, der irgendwann hereinplatzte und unserer Zweisamkeit ein Ende bereitete; wir hätten so glücklich sein können. Und wir hätten etwas aufbauen können, das unseren eigenen Ideen entsprach. Danny und ich – wie Sonny und Cher (na ja, nicht ganz!) Für immer an der Spitze der Charts …

Als Charlie Charmebolzen Melanie, oder Cocà di Cocà, wie sie sich von da ab nannte, zum ersten Mal erblickte, stand sie gerade auf einer düsteren kleinen Bühne im hintersten Winkel eines Londoner Pubs und wiegte sich zum Takt von Dannys Song in den wohlgeformten Hüften. Wie der Zufall es wollte, war Charlie Charmebolzen mit dem goldbraunen Teint, dem sonnengebleichten Haar und der echten Rolex (die längst der Vergangenheit angehört) an dem Abend dringend auf der Suche nach einem neuen Talent, denn Lionel, der Kopf der Firma, hatte ihm vor einer Woche eine äußerst ernst zu nehmende Verwarnung erteilt. In letzter Zeit hatte Charlie Charmebolzen seinem alles andere als schäbigen Honorar nicht mehr entsprochen, und Lionels Geduld war nun am Ende. Lionel wollte Resultate sehen. Lionel wollte einen neuen Stern am Pophimmel. Er wollte ein umwerfendes Mädchen mit geschmeidigen Hüften und weißen Zähnen, mit knackigem Hintern und bezauberndem Lächeln. Und wenn Charlie Charmebolzen seinen Job behalten wollte, dann täte er gut daran, ihm ganz genau zuzuhören, denn Lionel wollte sie gleich Freitag früh hier vor seinem Schreibtisch stehen sehen.

Es war spät am Donnerstagabend, als Charlie in jenen Londoner Pub gestolpert kam. Sie war der dreiunddreißigste Teenie, den er in den letzten vier Tagen in Augenschein genommen hatte, und die Mädchen begannen miteinander zu verschmelzen. Seine Sekretärin hatte Notizen zu Oberweite, Haarlänge, Breite des Lächelns, Telefonnummer ihrer Agenten usw. usw. gemacht, aber dann, um halb sieben an jenem Abend, hatte sie gestanden, die Liste »irgendwie verlegt« zu haben. Sei's drum. Ein Freitag ohne neuen Stern und eine Zukunft ohne Einkommen verfinsterten seine Zukunftsaussichten …

Bis Melanie kam – um halb elf an einem Donnerstagabend. Und es war offensichtlich, dass sie den anderen Mädchen in nichts nachstand. Geschmeidige Hüften, blond und hoch gewachsen, große blaue Augen und zierliche Stupsnase. Ja. Das Idealbild einer Frau, dachte Charlie. Ein bisschen wie Barbie. Genau das, was er gesucht hatte.

DAS SASCHA-DU-MÄDCHEN – DIE AUTOBIOGRAFIE VON COCÀ DI COCÀ
Seite 82

> *Es war wirklich übel, wie Charlie und Lionel uns damals auseinander brachten. Die ersten Zusammenkünfte ließen absolut nicht erahnen, was die beiden vorhatten. Erst bei unserem vierten Besuch in der Firma nahm Lionel Danny still beiseite …*

»Danny, alter Junge«, begann der dicke Lionel hinter seinem dicken funkelnden Schreibtisch. »Wollen Sie sich nicht setzen?«

Danny wusste sofort Bescheid. Er hatte es immer gewusst. Er wollte es nur nicht ... »Gibt's hier irgendwo eine Toilette, Sir?«

»Ich halte sie für einen außergewöhnlich begabten jungen Mann.«

»Oh!«

»Ich denke, Sie sind ein bemerkenswerter Musiker, ein außerordentlicher Musiker und ein guter Songschreiber dazu.«

»Oh!«

»Aber ich denke, Ihnen wäre besser damit gedient, ohne Melanie aufzutreten. Schon mal darüber nachgedacht?«

»Tja ...«

»Ich denke, Sie sind eine viel ... komplexere Persönlichkeit. Wie ich schon sagte, sind Sie ein außergewöhnlich talentierter junger Mann, und um aus Ihnen beiden das Beste rauszuholen ... das werden Sie nicht gern hören, Danny, mein Lieber – aber ich sehe Sie eher als Solokünstler. Eine Art Bob Dylan der 80er Jahre. Ich werde Sie trennen ...«

»Das ist ...«

»Um es rundheraus zu sagen: Ich sehe Sie in einer Solokarriere mit etwas mehr Tiefgang, von etwas längerer Dauer als die Ihrer reizenden Freundin Melanie ...« Er erlaubte sich ein verschwörerisches Lächeln. »So, und jetzt hätte ich gern, dass Sie nach Hause gehen und loslegen, neues Material produzieren. Ich möchte, dass sie sich die Finger wund schreiben! Haben wir uns verstanden?«

»Haben wir? ... *ich*?«

»Ich möchte, dass Sie die Vorhänge zuziehen, die Tür verriegeln, den Hörer von der Gabel nehmen. Ich möchte, dass Sie die nächsten sechs Monate wie ein Eremit leben, Danny. Danach will ich sie hier wieder sehen, und wir werden zusammen ausarbeiten, was davon auf ihre neue Platte kommen soll. Na, wie klingt das?«

»Echt gei… wir … ich meine. Heilige Scheiße!«

Lionel gluckste in sich hinein. »Aber als Erstes würde ich es sehr zu schätzen wissen, wenn Sie mir die Rechte für das Lied verkaufen, das Melanie und Sie heute Nachmittag für uns gesungen haben. Geht das für Sie in Ordnung?«

»Natürlich! Mein Gott! Natürlich!«

»Ausgezeichnet … Ich gehe davon aus, dass wir Sie hier nicht zum letzten Mal gesehen haben, mein Junge. Ich habe noch einiges mit Ihnen vor.«

DAS SASCHA-DU-MÄDCHEN – DIE AUTOBIOGRAFIE VON COCÀ DI COCÀ
Seite 84

»… hier unterzeichnen, bitte.« Ich habe nie herausgefunden, was genau sich da drinnen abgespielt hat, aber an dem Tag verkaufte er den Song, der fünf Monate später die ganze Nation in Aufruhr versetzte. Für 220 Dollar!
Offensichtlich ging Danny ziemlich schnell auf, dass man ihn über den Tisch gezogen hatte. Darum benahm er sich auch so seltsam, als er sich verabschiedete. Ich weiß noch, dass ich gerade ein Video analysierte, auf dem Charlie eine meiner Tanzabfolgen aufgezeichnet hatte. Er legte mir eine Hand auf die Schulter, blieb hinter mir stehen und schaute nur auf den Bildschirm. Nach einer Weile sagte er: »Das ist wirklich gut, Mel.«
Seine Stimme klang so merkwürdig. Ich wandte mich zu ihm um und sah, dass ihm die Tränen in den Augen standen. Ich hatte ihn noch nie weinen sehen. »Ich werd' mich vom Acker machen«, sagte er. »Hab' grade mit Lionel gesprochen …«

Er sagte, Lionel habe ihn gebeten, sich eine Weile aufs Songschreiben zu konzentrieren. »Lionel meint, es wäre besser für unsere Karriere, wenn wir uns einfach … für ein paar Monate nicht sehen. Er meint, ich müsste unbedingt schreiben.«

»Was schreiben?«, fragte ich. Das klang vielleicht dumm, aber ich kannte ihn. Danny war kein Dichter. Er war dazu geschaffen, vor Publikum aufzutreten. Wie ich.

»Einfach irgendwas schreiben«, erwiderte er. »Was auch passiert, Mel, ich werde immer an dich denken. Ich liebe dich. Für immer. Du wirst mich nicht vergessen, oder?«

»Red keinen Quatsch«, entgegnete ich. »Es sind doch nur ein paar Wochen, dann sehen wir uns wieder! Sobald der ganze Wirbel sich gelegt hat.« Aber ich konnte ihm nicht in die Augen sehen. Im Grunde meines Herzens – und das nagt noch heute an mir – hatte ich ihn verstanden. Ich wusste genau, was er meinte. Sie hatten ihn in die Wüste geschickt.

Es war das letzte Mal, dass ich ihn sah.

Cocà di Cocà und Charlie Charmebolzen heirateten, nachdem sie aus der Entzugsanstalt entlassen wurden. Törichterweise hatte Cocà gehofft, Danny würde die Ankündigung lesen und kommen, um sie zurückzuerobern, oder etwas in der Art. Aber der Anlass erregte bei den Medien so gut wie kein Interesse, und so wurden sie ohne Zwischenfälle auf dem Standesamt in Chelsea getraut. Charlie, mittlerweile clean und voller enthusiastischer Pläne für seinen einzigen Klienten, versuchte, die Hochzeit für ein Comeback zu nutzen. Es war demütigend. Cocà ließ sich von Charlie, der längst nicht mehr kreditwürdig war, dazu überreden, ein Darlehen von zwanzigtausend Pfund aufzunehmen, um eine Hochzeitsfeier mit Starbesetzung finanzieren zu können. Sie mieteten einen Saal im Café Royal an und sorgten dafür, dass sämtliche Kellner Sascha-du-Käppis trugen, die extra für den Anlass hergestellt worden waren. Nicht ein Prominenter, geschweige denn jemand von der Presse, ließ sich blicken. (Und ebenso wenig Danny, wie Cocà nicht entgangen war. Sie hatte ihm über die alte Adresse seiner Eltern eine Einladung zukommen lassen.)

Sie sollten sich nie wieder von dieser Pleite erholen. Cocà verkaufte alles bis auf das äthiopische Bett, um den Kredit zu tilgen, und machte den ersten von vielen Besuchen beim örtlichen Sozialamt, während Charlie dazu überging, mit Kokain zu dealen.

Ach Sascha, Sascha du
Ach du Sascha du
Dein Herz macht bum-bum-bum
Und haut mich völlig um – Sascha!
Ach Sascha, Sascha du

Als Cocà di Cocà an diesem Morgen von ihrem Misserfolg geweckt wurde, wischte sie sich die Tränen vom Gesicht und hievte ihren dünnen Körper aus dem Bett. Der Kopf tat ihr weh. Sie war bis vier Uhr aufgeblieben, um an ihren Memoiren zu schreiben, und hatte dabei – wie die Reste auf dem Schreibtisch bewiesen – zweieinhalb Flaschen Wein gepichelt. In zwei Stunden sollte sie sich mit Annabel vom *Samstagsexpress* treffen, und sie bot einen furchtbaren Anblick. Zwischen ihren Brauen hatte sich beim Schlafen ein großer Pickel gebildet, ihr blondes Haar sah aus wie eine Perücke, und ihre Haut wirkte gelb und wächsern.

Das Telefon klingelte. Aber es war nur Charlie Charmebolzen, ihr umwerfend attraktiver Exmanager, Exehemann, Exmensch; der einzige Groupie und einzige Freund, der Cocà di

Cocà geblieben war. Immer wieder Charlie. Im Moment war er wieder clean, und in diesen Phasen schlief er nie. Sie ließ es klingeln.

»Cocà? Ich bin's. Komm schon, nimm den Scheiß-Hörer ab. Ich weiß, dass du zu Hause bist. Hast du das grade gehört? Ja? Ich weiß, dass du da bist. Verdammt, du dumme Kuh, du warst grade eben im *Radio* zu hören!«

Sie nahm ab. »Lass mich in Frieden, Charlie. Ich habe gleich einen Termin.«

»Einen Termin!« Er lachte ungläubig. »Mit wem?«

Und obwohl sie sich geschworen hatte, ihm nicht davon zu erzählen, sich eingetrichtert hatte, ihn diesmal *nicht* wieder alles ruinieren zu lassen, konnte sie einfach nicht wiederstehen.

»Komm schon, Cocà! Mit dem Arzt? Dem Zahnarzt? Dem Friseur? Mit wem?«

»Mit der Presse!«

»Einen Pressetermin?« Panik sprach aus seiner Stimme. »Die Presse! Was zum Teufel soll das heißen?« Und dann, mit dem nächsten Wimpernschlag, »Das ist ja großartig. Perfektes Timing. Sie werden wohl dein Lied gehört haben. Ich glaube, das können wir zu unserem Vorteil nutzen. Was wir jetzt tun müssen, ist Folgendes ...«

Und weil die Tränen auf ihren hohlen Wangen noch feucht waren, oder vielleicht, weil sie sich so einsam fühlte oder Mitleid mit ihm hatte – oder war es einfach nur die Gewohnheit der letzten fünfzehn Jahre? –, erzählte Cocà di Cocà ihm alles haarklein: Zeit und Ort und was genau sie mit der Journalistin besprochen hatte. Charlie verkündete, sie habe alles falsch gemacht, und er würde sie an der Schule treffen, um den Schaden zu beheben. Als er auflegte, bekniete sie ihn noch immer, er solle zu Hause bleiben.

Charlie rief sie drei Mal auf dem Handy an, während sie von South Kensington zur alten Schule in Ealing fuhr. Beim vierten Mal aktivierte sie die Mailbox und versuchte, sich auf die vor ihr liegende Zerreißprobe zu konzentrieren … *Das letzte Mal war sie am Abend des Abschlussballs in der Schule gewesen. Sie war sechzehn. Und verliebt. Und mit Danny zusammen* … (Charlie hatte Recht. Natürlich. Es war gut möglich, dass die Journalistin heute Morgen ihren Song im Radio gehört hatte. Vielleicht würde sie Cocà einen Rat geben können, was die Autobiografie anging. Womöglich kannte sie einen netten Verleger.) … *Und Danny und sie hatten das Lied gesungen, das sie von heute auf morgen zum Star gemacht hatte. Danny und sie hatten auf der Bühne in der alten Aula gestanden, und er hatte sie lächelnd angesehen, und nie hatte sie sich so schön und so lebendig gefühlt* … (Und natürlich hatte der *Express* – wie viele? Eine Million Leser? Sieben Millionen? Wer konnte das schon sagen? Wer konnte schon sagen, wohin das alles führen würde?) Es war eine neue Chance. Ihre letzte Chance, etwas aus sich zu machen. Sie stellte ihr altes, schmuddeliges Auto auf dem Parkplatz ab, der so gut wie leer war, denn es war ja Samstag. Dann zog sie einen Spiegel hervor und verteilte noch einen Klecks mehr auf der dicken beigefarbenen Make-up-Schicht, die ihre Wangen bedeckte.

»Cola de Coco. Sind Sie das?« Eine hübsche junge Frau in knallrotem Hosenanzug lächelte mit leerem Blick durch Cocàs Scheibe hinein. Cocà kletterte so schnell sie konnte aus dem Wagen. Sie hatte eigentlich vermeiden wollen, dass die Journalistin ihn zu Gesicht bekam.

»Perfektes Timing!«, verkündete die junge Frau. »Ich bin Annabel! Sind Sie startklar? Das wird bestimmt ein Riesenspaß, meinen Sie nicht? Meine Güte! Sie sehen fabelhaft aus! Wollen wir reingehen?« Cocà lächelte. »Der –äh – Fotograf baut gerade in der Aula die Beleuchtung auf. Und ich glaube, der Direktor lungert auch dort herum.« Sie kicherte. »Er ist *total* aufgeregt. Meinte, er kann sich noch gut an Sie erinnern. Scheint, als wären Sie ein ziemlich unartiges Mädchen gewesen!«

Cocà hörte ihr nicht zu. Sie blickte zu dem vertrauten Gebäude hinüber, und ihr Mund, von dem weinseligen Abend ohnehin ziemlich trocken, fühlte sich plötzlich an, als wäre er mit Klebstoff gefüllt.

»Ich dachte«, fuhr Annabel fort, »wir könnten vielleicht mit einer Tour durch ihren alten Klassenraum beginnen … Ist das okay?«

Cocà nickte stumm. Sie musste unbedingt ihren Charme zum Einsatz bringen, aber als sie durch die Tür ging, die zum Hauptgang führte, geriet sie ins Wanken. Es lag an dem Geruch, natürlich. Er erinnerte sie zu stark an die Vergangenheit, die aus nichts als Danny bestand. Sie stöhnte tief und schwer – der erste Ton, den sie von sich gab.

»Alles okay … Colo? Alles okay?«

Cocà lehnte sich an den alten Getränkeautomaten, um sich zu sammeln. »Tut mir wirklich Leid«, sagte sie. »Es ist …« Sie zögerte. Zeit für ein Geständnis. Der Moment, auf den sie gewartet hatte. Er würde es lesen. Er würde ihr vergeben. Er würde … Sie würden … »Es ist ein Typ, den ich hier kannte, den ich furchtbar enttäuscht habe … furchtbar …«

Annabel sagte, »Oh. Wo wir gerade dabei sind. Wären Sie so lieb, das hier zu unterschreiben …« Cocà nahm das Formular, das sie ihr hinhielt. »Tut mir Leid. Furchtbar lästig, nicht wahr? Verfluchter Papierkram. Macht mich noch irgendwann verrückt! Gleich *hier* … Super! Vielen Dank! Alles klar. Jetzt kann die Show beginnen!«

Annabels Handy klingelte. Sie ging ein paar Schritte zur Seite, und als sie zurückkam, waren ihre Wangen fiebrig gerötet. »Wissen Sie was, Colon? Ich glaube, wir lassen das mit dem alten Klassenraum. Ich höre gerade, in der Aula verlangt ein umwerfend attraktiver Mann nach Ihnen!«

»Jetzt schon … Himmel … Ich hab ihm doch … mit wem spricht er dort drinnen? Glauben Sie ihm kein Wort! Ich hatte ihm doch gesagt …« Cocà verstummte. Da – sie konnte ganz deutlich Musik hören, die aus der Aula drang und an den Wänden widerhallend lauter und lauter wurde.

Ach Sascha, Sascha du
Ach du Sascha du …

Annabel grinste. »Möchten Sie vorgehen?«

Cocà murmelte etwas Unverständliches vor sich hin, machte ein paar unsichere Schritte in Richtung Aula und fing plötzlich an zu rennen.

»Ich glaube«, keuchte Annabel, während sie versuchte, mit ihr Schritt zu halten, »es ist an der Zeit, dass ich Ihnen reinen Wein einschenke. Sie haben vielleicht schon gemerkt, dass ich nicht wirklich vom *Express* bin, sondern die Moderatorin einer grandiosen neuen Fernsehshow mit dem Titel …«

Als Cocà durch den doppeltürigen Eingang in die verdunkelte Halle stürmte, flammten auf der Schulbühne grelle Lichter auf, und es war genau wie damals im Juni … *Ach du Sascha du* … die langen geschmeidigen Glieder, die breiten Schultern (jetzt noch breiter), das lange, dunkel gelockte Haar … Eine vertraute Gestalt stand vor ihr, eine Gestalt, die seit 15 Jahren ihre Träume beherrschte. Unwiderstehlich wie eh und je. Mit einem Lächeln winkte er sie zu sich, und sie durchquerte die Halle wie eine Schlafwandlerin. Sie war für alles andere blind – den Kameramann, den Tontechniker, die Fernsehmoderatorin in Knallrot, die sich als Annabel vorgestellt hatte, und den Direktor. Sie sah nichts als Danny.

Dein Herz macht bum-bum-bum …

Er sang wieder für sie. Nur für sie. Für Melanie. Sie kletterte auf die Bühne hinauf und stand abwartend vor ihm.

Und haut mich völlig um – Sascha!
Ach Sascha, Sascha du

Der Kameramann hatte sich zwischen den beiden positioniert, während das Lied langsam ausklang. Einen Augenblick war es still, und das ehemalige Liebespaar blickte einander an. Dannys Augen strahlten. Er sah wundervoll aus. Schlank und schön und überglücklich. »Hallo, Cocà«, murmelte er. »Erinnerst du dich noch an mich?«

Er streckte den Arm aus, um ihre Wange zu streicheln. »Seit fünfzehn Jahren habe ich mir diesen Moment herbeigewünscht und mir ausgemalt, wie es sein würde.«

»Danny!« Unbeholfen stolperte sie um die Kamera herum in seine Arme. Plötzlich und unerklärlicherweise erwachte der Zuschauerraum zum Leben. Licht durchflutete die Aula, und tausend Studiogäste brachen in unbändiges Gelächter aus. Wie man es ihm bei der Probe gezeigt hatte, löste sich Danny schnell aus der Umarmung, so dass Annabel sich zwischen die beiden stellen konnte. »Willkommen!«, rief Annabel. »Einen dicken Applaus für Danny, bitte! Hat er seine Sache nicht fabelhaft gemacht?«

Cocà sei zur Schule zitiert worden, erklärte sie, um an einer verblüffenden neuen Fernsehshow zur besten Sendezeit teilzunehmen, in der – »Wie sag ich's am besten: alte Freunde alte Rechnungen begleichen können. Sozusagen, um noch mal vorn anzufangen. Hier …«, sagte sie , »geht es wirklich um junge Liebe … und …« Sie blickte erwartungsvoll ins Publikum.

»RACHE!!!«, gellten die Zuschauer.

»Richtig!«

Annabel grinste. »Danny kommt aus Swindon und arbeitet in der Computerbranche. Er ist ganz wild auf Musik, stimmt's, Danny? Und zufällig ist er einer der wütendsten jungen Männer Englands! Also, erzähl uns, was passiert ist, Danny!«

»Tja, Annabel, im Wesentlichen ...«, begann Danny ...

Eine Woche nach der Sendung hielt sich Cocà di Cocà in ihrer South Kensingtoner Wohnung versteckt und tat, als höre sie Charlie zu, der am Telefon über Phase 2 des x-ten Comeback-Versuchs schwafelte. »Wir müssen dein Image ganz neu überdenken«, erklärte er gerade, während aus dem Radio neben ihr eine altvertraute Melodie erklang:

Ach Sascha, Sascha du
Ach du Sascha du
Dein Herz macht bum-bum-bum
Und haut mich völlig um – Sascha!
Ach Sascha, Sascha du

Sie schaltete es ab.

Die Autorinnen

MARIAN KEYES

Seit Marian Keyes 1995 ihr erstes Werk veröffentlichte, ist sie ein Phänomen auf dem Büchermarkt. Ihre vier Romane, *Wassermelone, Lucy Sullivan wird heiraten, Rachel's Holiday* und *Last Chance Saloon,* waren allesamt auf den internationalen Bestsellerlisten vertreten; sie wurden in mehrere Sprachen, darunter Japanisch und Hebräisch, übersetzt und weltweit zwei Millionen mal verkauft. Ihr fünfter Roman, *Sushi für Anfänger,* erschien im Herbst 2000. Sie lebt mit ihrem Mann in Dublin, hat einen Schuh- und Handtaschentick und ist süchtig nach *Magnum.*

LISA JEWELL

Lisa Jewell ist 32 Jahre alt und lebt mit ihrem frisch gebackenen Ehemann und ihrer Katze in Nordlondon. Sie war als Sekretärin tätig, bis Personalabbau, eine Wette und ein Buchauftrag dazwischenkamen und sie ganz davon abbrachten. Mittlerweile arbeitet sie hauptberuflich als Autorin. Ihr erstes Buch, *Ralphs Party,* wurde 1999 als Bestseller-Debütroman ausgezeichnet, ihr zweiter Roman mit dem Titel *Schon wieder Delilah* erschien im September 2000.

ISABEL WOLFF

Isabel Wolff ist in Warwickshire geboren und hat in Cambridge Englisch studiert. Ihre zwei romantischen Komödien *The Trials of Tiffany Trott* und *The Making of Minty Malone* waren Bestsellerromane, und die Artikel, die sie in freiberuflicher Tätigkeit verfasst, werden in vielen überregionalen Zeitungen veröffentlicht. Zusätzlich schreibt sie für eine Kolumne im *PS-Magazine* und rezensiert die Beiträge für *Breakfast News* auf *BBC1*. Sie lebt in London und gehört *nicht* zum Klub der *Royal Academy of Arts*.

CATHY KELLY

Cathy Kelly hat bereits einige Romane veröffentlicht. *Never Too Late, She's the One* und *Woman to Woman* waren allesamt in England, Schottland und Irland auf den vorderen Plätzen der Bestsellerlisten vertreten. Sie ist als Journalistin für die Dubliner Zeitung *Sunday World* tätig und lebt im County Wicklow, wo sie kürzlich die Arbeit an ihrem neuesten Roman, *Someone Like You*, beendet hat.

WENDY HOLDEN

Wendy Holden, 34, war vierzehn Jahre lang als Journalistin tätig, bevor sie sich ausschließlich dem Romanschreiben widmete. Zu ihrem ersten Buch, *Simply Divine*, eine Parodie auf Hochglanzmagazine und die High Society, inspirierten sie ihre Erfahrungen als stellvertretende Redakteurin des Hochglanz-Gesellschaftsmagazins *Tatler*. Ihr zweiter Roman, *Bad Heir Day*, handelt von schikanierten Kindermädchen, penetranten Eltern und unerträglichen Yuppies.

CLARE NAYLOR

Clare Naylor wurde 1971 in Yorkshire geboren und studierte an der Londoner Universität englische Literatur. 1993 gewann sie einen Preis im *Vogue*-Talentwettbewerb für junge Autoren. Sie hat als Journalistin und Redaktionsassistentin gearbeitet und bislang zwei Romane veröffentlicht: *Love, A User's Guide* und *Catching Alice*. Auch die Arbeit an ihrem dritten Roman ist inzwischen beendet. Als Koautorin eines originellen Drehbuchs mit dem Titel *The Accidental Husband* plant sie zurzeit dessen Produktion. Sie lebt in London und New York.

ALECIA MCKENZIE

Alecia McKenzie wurde in Kingston, Jamaica, geboren. Nach ihrem Studium in den USA arbeitete sie unter anderem für die regionale Zeitungsgruppe der *New York Times, The Wall Street Journal Europe* und *Interpress Service*. 1992 wurde ihr erstes Buch, *Satellite City*, publiziert, das ihr im Jahr darauf einen Commonwealth-Autorenpreis für die beste Erstveröffentlichung einbrachte und seither bereits ins Holländische, Italienische und Polnische übersetzt worden ist. Des Weiteren hat sie eine Novelle mit dem Titel *When the Rain Stopped in Natland* publiziert. Ihre Geschichten sind in Literaturzeitschriften wie *The Malahat Review, Deus Ex Machina, Kunapipi, The Journal of Caribean Literatures* und in diversen Anthologien erschienen, unter anderem in *The Oxford Book of Caribean Short Stories, The Penguin Book of Caribean Short Stories, Das Paradies liegt vor dem Fenster*. Der Titel ihres nächsten Buches lautet *Racconti Giamaicani*. Alecia McKenzie lebt in London.

YASMIN BOLAND

Yasmin Boland ist Australierin und hält sich an den Grundsatz: »Wer einen Laptop hat, soll reisen«. Dementsprechend verbringt sie eine Jahreshälfte in Bondi, Sydney, und die andere in – oder auf dem Weg nach – London. Im Verlauf ihrer Journalistenkarriere redigierte sie Artikel für die Zeitschrift *Just 17*, arbeitete als Produktionsassistentin für die Kultshow *The Word* auf *Channel 4* und verfasste Kolumnen für *Playboy* und *Elle*. Ihr erster Roman, *Carole King Is An Alien*, wurde im April 2000 in Australien publiziert. Ein zweiter Roman ist in Arbeit.

VICTORIA ROUTLEDGE

Victoria Routledge ist in Cumbria aufgewachsen und lebt heute in Balham, Londons Tor zum Süden. Bevor ihr erster Roman, *Friends Like These*, erschien, war sie drei Jahre lang in einem Verlag tätig. Inzwischen hat sie einen zweiten Roman mit dem Titel *Kiss Him Goodbye* veröffentlicht. Victorias eigene Haarfarbe erinnert an gestippte Ingwerplätzchen. Sie geht regelmäßig zu einer fantastischen Friseurin namens Caroline, die mit ihrem Haar die tollsten Sachen anstellt und mit der man sich außerdem unterhalten kann.

ANNA MAXTED

Anna Maxted ist 31 und lebt mit ihrem Mann Phil und ihren zwei Katzen, Disco und Masha, in London. Ihr erster Roman mit dem Titel *Getting Over It* ist 2000 veröffentlicht worden. (Ihre Schwester ist ganz begeistert davon, ihrer Mutter gefiel er gut, und die Großmutter schrieb ihr eine strenge E-Mail mit den Worten: »Es war nicht ganz das, was ich mir erhofft hatte.«) Dessen ungeachtet hat sie bereits einen zweiten Roman, *Running In Heels*, vollendet.

SHEILA O'FLANAGAN

Sheila O'Flanagan wurde in Dublin geboren und hat in den letzten zwanzig Jahren mit Devisen und Wertpapieren gehandelt. Nebenbei bereitete sie Studenten auf Wirtschaftsprüfungen vor. Nur in ihrer Freizeit versuchte sie sich als Autorin.

Ihr erster Roman, *Trouble um Alix*, wurde gleichzeitig im vereinigten Königreich und Irland publiziert und rangierte nicht nur auf Platz fünf der *Sunday-Times*-Bestsellerliste, sondern hielt sich elf Wochen lang als Nummer eins in Irland. Nach diesem Riesenerfolg beschloss Sheila O'Flanagan, sich ihren Lebenstraum zu erfüllen und den Job im Finanzgewerbe aufzugeben, um sich ganz dem Schreiben zu widmen.

Heute lebt sie mit Partner und Katze in Clontarf, Dublin.

ROSALYN CHISSICK

Rosalyn Chissicks Autorenkarriere entwickelte sich aus ihrer journalistischen Tätigkeit. Sie begann mit Artikeln für die Zeitschrift *Just Seventeen*, später erschienen ihre Beiträge in überregionalen Zeitungen und Magazinen wie *Elle, Company, Independent on Sunday, The Guardian* und *The Sunday Times*. Für *New Woman* war sie als Koherausgeberin tätig. 1995 gab sie diese Arbeit auf, um sich ganz der Belletristik zuzuwenden. Mit ihrem ersten Roman, *Catching Shellfish between the Tides*, beziehungsweise mit Auszügen daraus, gewann sie mehrere Preise, unter anderem den internationalen *Armagh Writers*-Preis für Kurzgeschichten von 1995 und den Kurzgeschichten-Wettbewerb der Stiftung *Waterstones und Terrence Higgins* von 1996 (veröffentlicht in *It Must Be Love*, 1997). Auch ihre Gedichte, die sie auf so unterschiedlichen Schauplätzen wie dem Glastonbury-Festival und dem Tempel des Dalai-Lama in Nordindien vorträgt, wurden mehrfach ausgezeichnet. Ihr zweiter Roman trägt den Titel *Colourbook*.

KAREN MOLINE

Karen Moline, Autorin der hoch dotierten Bestsellerromane *Belladonna* und *Lunch*, ist außerdem Filmkritikerin für das *BBC-World-Service*-Radio, Filmkolumnistin für die Rubrik *Two on One* des Online-Magazins *nerve.com* und ehemalige Interviewerin für die Fernsehsendung *The Big Breakfast* auf *Channel 4*. Daneben hat sie als freiberufliche Journalistin im Unterhaltungsbereich für zahlreiche Illustrierte und Zeitungen der USA, Großbritannien und Australien über Hollywood und Popkultur geschrieben, unter anderem für *Tatler, Vogue, Harper's Bazaar, W, Elle, Premiere, Company, New York,* die *Financial Times* und die Londoner Abendzeitung *Evening Standard.* Sie lebt in Manhattan, wo sie an ihren nächsten beiden Romanen schreibt – *Game Over, You Win* und *Remember Your Location.*

DAISY WAUGH

Daisy Waugh hat einen Roman mit dem Titel *What is the Matter with Mary Jane* und *A Small Town in Africa,* ein Buch über ihre Zeit als Lehrerin in Kenia, veröffentlicht. Sie hat für einen Großteil der überregionalen britischen Zeitungen und Zeitschriften geschrieben und als vermeintliche Restaurantkritikerin, Abenteuerin in Los Angeles oder gepeinigte Tante regelmäßig Kolumnen verfasst. Außerdem war sie als Radio- und Fernsehmoderatorin tätig. Zurzeit arbeitet sie an ihrem neuen Roman, *The New You Survival Kit.* Sie hat eine kleine Tochter namens Panda.

Danksagung der Herausgeberinnen Jessica Adams, Chris Manby und Fiona Walker

Alle Autorenhonorare dieses Buches werden der Organisation *War Child* gespendet; wenn Sie ebenfalls in die Zukunft von Kindern investieren möchten, die unverschuldet in Not geraten sind, informieren Sie sich unter www.warchild.org.uk.

Vielleicht liegt eine stille Größe darin, ein unbesungener Held zu sein. Wir nehmen lieber das stärkste Soundsystem, kramen unsere Bananarama-Röcke aus und singen *Really Saying Something*, bis die Balken krachen, um alle Welt wissen zu lassen, wie viele Personen sich Schwielen und Blasen an den Händen geholt haben, um dieses Buch zu realisieren. Sie haben es verdient, in den höchsten Tönen gelobt zu werden.

Für uns sind die Autorinnen, die ihre wundervollen Geschichten unentgeltlich zur Verfügung gestellt haben, allesamt Stars. Wir sind ihnen dankbar für das große Talent, die vielseitigen Kontakte und die Zeit, die sie in dieses Projekt eingebracht haben. Besonders erwähnen möchten wir Freya North und Karen Moline, die durch einen glücklichen Zufall an jenem Abend, als uns diese Idee kam, im selben Lokal saßen und sofort zur Mitarbeit bereit waren. Ihre Begeisterung sorgte für den entscheidenden Anstoß, der den Stein ins Rollen brachte. Ein weiterer Dank gilt »Lady« Jane Owen, unserer Expertin für schlüpfrige Anspielungen, die als Mittelsfrau beim *BBC* alle Hebel in Bewegung setzte und kräftig die Werbetrommel rührte. Und für all den Spaß, den wir an unseren gemeinsamen Abenden hatten, erheben wir die Gläser auf die Mitarbeiterinnen Jenny Frielich, Julie Wright und Joanne Finnie und verleihen ihnen den Ehrentitel der Literatur.

Wir freuen uns, dass wir Jonathan Lloyd von *Curtis Brown* als unseren Agenten für dieses Projekt gewinnen konnten. Es hat sich gelohnt, ihn zu unmenschlicher Zeit in Australien aus dem Bett zu klingeln, um ihn für die Sache zu begeistern. Jonathan, Tara Wynne und Carol Jackson zollen wir großen Dank.

Für *Girls Night* konnte es nur einen Verlag geben. Der Enthusiasmus bei *HarperCollins* war von Anfang an unschlagbar; Einsatz, Verständnis und Leistung in allen Abteilungen waren einfach phänomenal. Das *HarperCollins*-Gebäude in Hammersmith, London, birgt ein gewaltiges und freundliches Aufgebot an Mitarbeitern. Die Verlagsfee Rachel Hore war damit einverstanden, unsere einunddreißig Autorinnen unter Vertrag zu nehmen. Ihr gebührt eine Tapferkeitsmedaille und das Diplom in Diplomatie. Ebenso großen Dank an Yvette Cowles, Fiona McIntosh, Claire Round, Jennifer Parr, Georgina Hawtrey-Woore und der unerschütterlichen Anne O'Brien (wir hoffen, dass es ab sofort zu keinen einohrigen Osterhasen mehr kommen wird). Ein dreifaches Hoch auf Martin Palmer, Jane Harris, Karen Davies und Katherine Ball: Sie haben dafür gesorgt, dass diese Anthologie in Massen bestellt wurde, so dass nun mehr Geld für Spielplätze und Schlafräume zur Verfügung steht.

In Australien geht unser Dank an Julie »Juwel« Gibbs und Fiona Inglis, die bei der Entstehung von »Phase II« geholfen haben – eine weitere Ausgabe dieses außergewöhnlichen Buches, das 2000 auf der anderen Seite des Globus veröffentlicht wurde.

Eine Hymne singen wir für Liz Sich und Melody Odusanya von *Colman Getty PR*, die derart viele Autorenkontakte, unterschiedlichste Zeitpläne und empfindliche Egos unter einen Hut brachten und so eine sensationelle Medienkampagne möglich machten.

Mindestens ebenso heldenhaft war der Einsatz des großartigen Neil Morrisey, dessen Arbeit bei *War Child* weit über die gewöhnliche Promi-Unterstützung hinausgeht. Ihm widmen wir eine große Liebesballade.

Das lauteste Loblied aber gebührt denen, für die dieses Buch nur ein kleiner Schritt auf einem langen Weg ist. Als Jessica das erste Mal das Londoner Büro von *War Child* betrat, wusste sie, dass dieser Ort etwas Besonderes ist. Auf dem Boden neben den Telefonen türmte sich Diabetiker-Kost, und Schlafsäcke stapelten sich neben dem Kessel. Es war unübersehbar eine sehr praxisnahe Hilfsorganisation, und sie ist es immer noch. Danke an Heather, James, Johnnie, Nicky, Sue, Anne-Marie und vor allem Lynne Kuschel von *War Child*, unsere rechte Hand bei diesem Projekt. Danke auch Bill Leeson, dem Mitbegründer von *War Child*, für seine große Vision.

Offen für ein neues Glück ...

Sheila O´Flanagan

Die Träumerin

Roman

Die junge Irin Jane O'Sullivan hat viele Träume: Sie träumt von weißen Stränden, von Sonne und blauem Himmel, und sie träumt von der einen großen Liebe. Von dem Mann, der alle Wünsche wahr werden lässt. Doch als sie diesen vermeintlichen Traummann heiratet, muss sie bald erkennen, dass ihr Eheleben nicht der Himmel auf Erden ist, und Jane beschließt, ihr Leben selbst in die Hand zu nehmen …

Knaur Taschenbuch Verlag

Der neue Roman der britischen Bestsellerautorin!

Lisa Jewell

Zu den Sternen und zurück

Roman

Ana ist 25 Jahre alt, als ihre Halbschwester Bee stirbt. Sie hat an sie nur sehr verschwommene Erinnerungen, da Bee das Elternhaus sehr früh verließ, um mit einem berühmten Song kurzzeitig alle Hitparaden zu stürmen. Und nun ist Bee tot. War es Selbstmord? Allmählich entdeckt Ana die Wahrheit über Bees Leben. Sie erkennt, dass diese ganz anders war, als sie es sich immer vorgestellt hatte – und dass sie von einem dunklen Geheimnis gequält wurde.

Knaur Taschenbuch Verlag